我是6号

THE POWER OF SIX

洛林传奇第二季

[美]庇塔库斯·洛尔 著
PITTACUS LORE

王晓东 杨文地 译

山东文艺出版社

图书在版编目(CIP)数据

我是6号/（美）洛尔著；王晓东，杨文地译.
—济南：山东文艺出版社，2012.9
 ISBN 978-7-5329-2989-4

Ⅰ.我… Ⅱ.①洛… ②王… ③杨… Ⅲ.长篇小说—美国—现代 Ⅳ.①I712.45

中国版本图书馆CIP数据核字（2012）第159648号

图字：15-2012-129号

First published in the United States under the title：
THE POWER OF SIX
Copyright © 2011 by Pittacus Lore
This edition arranged with William Morris Endeavor Entertainment，LLC.
Through Andrew Nurnberg Associates International Limited.
Simplified Chinese edition copyright © 2012 by Shandong Publishing House of Literature and Art.
All rights reserved.

我是6号

〔美〕庇塔库斯·洛尔 著　王晓东 杨文地 译

主管部门	山东出版集团
集团网址	www.sdpress.com.cn
出版发行	山东文艺出版社
社　　址	山东省济南市英雄山路189号
邮　　编	250002
网　　址	www.sdwypress.com

读者服务	0531-82098776（总编室）
	0531-82098775（发行部）
电子邮箱	sdwy@sdpress.com.cn

印　　刷	山东德州新华印务有限责任公司
开　　本	890×1240mm　1/32
印　　张	9.75
字　　数	166千字
版　　次	2012年9月第1版
印　　次	2012年9月第1次印刷
书　　号	ISBN 978-7-5329-2989-4
定　　价	29.00

版权专有，侵权必究。如有图书质量问题，请与出版社联系调换。

书中所述系真实事件。

人名和地名作了改动，
  以保护洛林六杰，
   他们仍在藏匿。

  本书仅做警示：
 其他文明的确存在，
 有些企图消灭你们。

第 1 章

我叫玛丽娜,就是大海的意思。 其实,后来人们才这样叫我。 最开始,他们只是叫我七号——洛林星球活下来的九个加尔德中的一员。 我们九个来到地球,自生自灭,完全靠我们自己。 今天,我们当中那些还活着的,还没有迷失方向的,依然掌控着自己的命运。

到地球那会儿,我刚六岁。 我们的飞船猛地落在陆地上,颠簸摇晃着停下来。 船上载着我们九个加尔德,还有九个赛邦。 虽然那时还很小,我却感觉到这世界满是危险在等着我们,也知道我们唯一的希望就是去面对这一切。 我们制造了一场风暴,把飞船送进地球的大气层。 记得当我们的双脚第一次落在地球上时,飞船周身散发着一缕缕蒸汽,鸡皮疙瘩爬满了我的两只胳膊。 要知道,我有整整一年没有感受过自然界的风了。 外面,寒风刺骨。 已经有人在等着我们。 我不知道他是谁,只记得他递给每个赛邦两套衣服和一只大大的信封。 至于那信封里面装着什么,对我来说至今是个谜。

我们围作一圈,心里明白,此去一别,可能永无再见之日。 告别、拥抱,然后各奔东西。我们明白自身的使命。十八个人,两两一组,九个不同的方向。离开的时候,我不停地偷偷扭头往回看,眼看着其他人一个接一个地慢慢消失在远方,最后,一个人影也看不到了。只剩下我和阿德莉娜,在这近乎完全陌生的世界中孤独地跋涉。直到现在,我才理解了阿德莉娜当时心中的恐惧。

我记得我们登上一艘游轮,驶向某个未知的地方。记得随后又换了两到三趟火车。这一路,我们相依为命,尽量远离人群,躲在不起眼的角落里。我们徒步走过一处处乡镇,翻过一座座山脉,穿过一片片田野,敲过一扇扇门,回回吃闭门羹。我们又饿又累,担惊受怕。我还记得自己坐在街边上,向过往的路人讨几个子儿。记忆中,我总是在哭泣,而不是酣睡。那时候阿德莉娜拿出的洛林星球宝石肯定珍贵无比,但却只不过换来几顿热饭而已。没办法,我们实在太饿了。我们的宝石也许就是这样用完的。最后,我们来到了西班牙的这个地方。

那扇厚重的橡木门开了一条缝,门后站着一位表情严厉的女子,后来我知道她叫露西娅修女。她七斜着瞄了阿德莉娜一眼,看到后者双肩低垂的样子,就看出了内心的绝望。

"你相信上帝之道吗?"修女用西班牙语问道。她双唇微微撅起,眯起眼睛细细打量着阿德莉娜。

"上帝之道即我之誓约。"阿德莉娜颔首答道,神情肃穆。我不知道她怎么会想出这样一句话,或许是几个星期前,当我们躲在一座教堂的地下室里的时候,她无意中听到的吧。她给出了正确的回答,露西娅修女为我们敞开了大门。

从那以后,这儿就成了我们的家。整整十一个年头,我们都在这座石结构修道院里度过。陪伴我的是那发霉的房间、冷风飕飕的走廊,还有像冰块一样光滑、寒气逼人的地面。修道院里很少有人来访，于是网络就成了我和外面的世界取得联系的唯一途径。我一直在网上搜索信息，想找到其他人下落的蛛丝马迹，想找到他们也在搜寻或者战斗的些许线索。我要证明，在这个星球上，我并不是孤身一人。因为时至今日，我敢说，阿德莉娜的信念已不再坚定，她的内心已离我越来越远。当年跋涉于穷山恶水之间时，她就已经动摇。或许是在那一个又一个寒冷的夜晚，当一扇又一扇的大门无情地向这对饥肠辘辘的母女关闭的时候。无论如何，阿德莉娜仿佛已经不愿再四处漂泊，她心中复兴洛林的信念也被修道院里那些修女们的信仰所替代。当她有一次突然提到我们要靠上帝的指引和安排才能活下去时，我清楚地看到她的眼神起了变化。

　　而我对洛林星球的忠诚却从未动摇半分。一年半之前，在印度，先后有四个人目睹了一个男孩用意念搬动物体。这则报道刚出来时没引起什么关注，但这男孩很快就失踪了，这在当地引发了一些议论和谣传，并开始了搜寻这个男孩的工作。据我从网上了解到的信息，迄今为止还没有人找到这男孩。

　　几个月前，还有一则关于一个阿根廷女孩的新闻：她在一次地震后，举起一块五吨重的混凝土水泥板，救出被困人员。随着这则英勇救人新闻的播放，她也神秘失踪，和那个印度男孩一样，至今下落不明。

　　接下来就是这对来自美国俄亥俄州的父子了。他们现在是新闻风云人物，正被警察通缉。按照警方的说法，这两人将一整所学校夷为平地，并捎带杀了五个人。犯罪现场几乎没有留下任何痕迹，只有几堆神秘的灰烬。

　　"这儿看上去像是打过仗。除此以外我想不出还有什么能造成这么严重的破坏。"调查负责人的话像在照本宣科，"但我们不会犯错误，会一查到底,我们会找到亨利·史密斯和他的儿子——约翰。"

也许约翰·史密斯——如果他真的叫这个名字的话,只是一个普通孩子,只不过被逼得太狠,做出了过激的举动。但我敢肯定不是这样。每当他的照片出现在电脑屏幕上,我的心跳就开始加速。我感觉到自己被一种难以名状的绝望紧紧抓住。我从骨子里觉得他就是我们中的一员。不知为什么,我认为必须要找到他。

第 2 章

我趴在冰冷的窗台上，望着外面片片雪花从阴暗的天空飘下，落在对面山坡上。那儿满是一块块巉岩，间或稀稀拉拉地长着些松树、栓皮栎和山毛榉。大雪下了一天也没见歇气儿，修道院里的人都说会下个一整晚。整个世界笼罩在白色的雾霾中，只能看到小镇周边，再往北就什么都看不到了。白天要是碰上晴朗无云，能眺望到比斯开湾那湾蓝色的海水。碰到这种天气，当然只是白茫茫一片。我不禁瞎想：在这漫天风雪中可能潜伏着什么危险。

我看了看身后。房间很高，而且冷风飕飕，里面摆着两台电脑。谁想用电脑，必须得先登记。到晚上的时候，如果后面有人排队，就只能用十分钟；没人排队，则可以用二十分钟。到现在，那两个上机的女孩都已经用了半个多小时了，我的耐心都快要耗尽了。早餐之前，我偷偷溜进来浏览了一下新闻，那时还没有关于约翰·史密斯的新消息。从那之后到现在，我再也没有碰过电脑，我怀疑今天可能会有新进展，毕竟，自从报道出来之后，每天都有新的爆料。

圣德肋撒不仅是一座修道院，还兼做收养女孩的孤儿院。这儿有三十七个女孩，我是里面年纪最大的。自从半年前有个女孩年满十八岁离开修道院后，我就一直保持着这份"殊荣"。照规矩，到了十八岁，我们必须做出选择——是走出去自力更生，还是留下来做个修女。没有一个年满十八岁的女孩会选择留下来。我能理解她们。再有不到五个月，我就要满十八岁了，当然，这是根据阿德莉娜和我刚到修道院时编的那个出生日期算的。和其他人一样，我铁了心要逃离这座监狱，逃得越远越好，不管阿德莉娜要不要和我一起走！她要是肯离开才怪呢。

这座修道院始建于一五一〇年，完全用石头砌成。对于住在里面的这几十个人来说，这儿实在是太大了。大多数房间常年空置，利用起来的房间里也满是潮气和泥土的气息；每次说话，声音都会在天花板和地板间回荡。修道院位于西班牙北部"欧洲之峰"，建在最高的一座山顶上，俯视着下面的小镇。小镇和修道院一样，也是用石头建造的，也叫做圣德肋撒。镇上的许多屋舍都是依山而建。主大街是镇上最繁华的一条街，走在上面，你绝对会不由自主地心生绝望。这小镇仿佛已经被时光遗忘，过去几百年的光阴几乎将一切化作灰绿斑驳的苔印，那种发霉的气味弥漫在空气之中。

五年前，我第一次恳求阿德莉娜带我离开这儿，遵照我们接受的指示，不停地搬家、换地方。"我的超能力很快就要出现，我可不想在这儿展现，吓着这些女孩和修女们。"我对阿德莉娜说。她拒绝了我的请求，还引用了西班牙语《圣经》里的一段话，意思是我们要原地等待上帝的救赎。此后，我每年都会提起这个话题，而每一次她都用那空洞的眼神望着我，然后从《圣经》里找一句话来驳斥我。其实，我明白，在这儿，我根本得不到救赎。

我的目光越过修道院的大门，沿着门前的缓坡向山下望去。能看到镇上微弱的灯光，在暴风雪中若有若无，仿佛漂浮的色圈。镇上有两家小酒吧，尽管听不到那里传出的音乐声，但我敢肯定，两家都挤得满满的。镇上还有一家饭馆、一间咖啡馆、一个菜市场、一处酒窖，以及基本上每天早晨和下午都沿着主大街两边叫卖的各种商贩。在山脚下，小镇的南端，有一所砖瓦结构的学校，那里就是所有孤儿们上课的地方。

突然，叮叮当当地响起一阵铃声，我猛地扭头朝四下观望。铃声提醒我们，再过五分钟就该去祷告，然后直接上床睡觉。我必须要知道有没有关于约翰的最新报道。也许他已经被抓住，也许警方在学校废墟里发现了一些最开始被忽略的线索。就算没有什么新进展，我也得亲眼确认了才行，否则我肯定睡不着。

我死死地盯着加布里埃拉·加西亚——或者就叫她加比，她正坐在其中一台电脑边。加比十六岁，人很漂亮，长长的黑发，棕色的眼睛。只要出了修道院，她总是穿得很风骚：紧身短T恤，故意露出肚脐眼上的孔环。每天早晨起床时，她会穿那种宽松又严实得像布袋一样的衣服。但只要出了大门，离开了修女们的视线，她就会立刻把外面的衣服脱掉，露出里面那身紧身且少得不能再少的装扮。她会一边往学校走，一边往脸上扑粉，并摆弄她的头发。她那四个朋友也是一个德性，其中有三个是我们修道院里面的孤儿。当一天结束，在回修道院的路上，她们就会把脸上的妆擦得一干二净，重新套上原先的布袋衣服。

"干吗？"加比对我怒目而视，气势汹汹地问，"没看到我在写电子邮件吗？"

"我已经等了远远不止十分钟，"我说，"而且你也不是在写信。你是在看那些半裸男子的图片。"

"那又怎么样？打算去打我的小报告吗，长舌妇？"她带着嘲讽的语气反问，那神态就像在戏弄一个小孩。

旁边的另一个女孩跟着笑起来。 她叫希尔达，但学校里的孩子们都叫她"拉戈达"，就是西班牙语"胖妞"的意思。 当然，大家都是在背后这样喊她，从没当着她的面这样叫。

加比和胖妞，她俩算是死党。 我忍着没发作，双手抱胸，转身回到窗台边。 我心里窝着一肚子火，一方面是因为我真的需要用电脑，另一方面则因为怨自己每次都不知如何回应加比的嘲弄。 还有四分钟就要去做祷告了，我的急躁慢慢让位于彻底的绝望。 很可能此刻就有关于约翰的新消息，而且可能是爆炸性新闻！ 但我却无从得知，就因为这两个自私的混蛋不愿让出哪怕一台电脑。

只剩三分钟了，感觉怒火都快让我燃烧起来了。 这时突然冒出一个主意，我脸上不禁浮起一丝笑容。 这个办法确实有些冒险，但要是能成也值了。

我稍稍转了下身子，让眼睛的余光能看到加比坐的椅子，然后深吸一口气，运用心灵传动，把所有力气都集中在那把椅子上，将它往左边一拉，再猛地向右一推，差点把它掀翻。 拉比蹦了起来，大声尖叫。 我故作惊讶状，笑呵呵地望着她。

"怎么啦？"胖妞问。

"不知道。 像是刚刚有人踢了我的椅子。 难道你没感觉到？"

"没有。"胖妞的话音刚落，我就隔空把她的椅子往后拉了几厘米，然后朝右一推。 在整个过程中，我都站在窗户边一动没动。 这下，她俩开始失声尖叫。 我推一推加比的椅子，再推一推胖妞的椅子；她俩尖叫着逃了出去，再也没看电脑屏幕一眼。

"成啦！"我欢呼着奔到刚才加比用的那台电脑前，迅速在浏览器里敲进地址访问新闻网站，这家网站是我认为最靠谱的。接下来就是让人抓狂的等待，等待页面打开。修道院的旧电脑，再加上破网络，真要把人逼疯了。

浏览器终于有反应了，一行一行地展开网页。刚打开大约四分之一，铃声又一次响起。离睡前祷告只有一分钟了。我不想理这铃声，就算被处罚又怎么样。我真的无所谓。我在心里默念："再熬五个月。"

网页打开一半了，露出约翰·史密斯的半张脸，他的眼睛大大的，黑色的瞳孔里面透着自信。尽管还有那么一丝不安，但可以忽略不计。我靠在椅子边上，等着网页完全打开，心中激动不已，双手不自觉地颤抖起来。

"快点！"我对着屏幕催促，尽管知道这是徒劳的。"快点，快点，快点！"

"玛丽娜！"从大开的门口传来一声吼叫。我猛一转身，看到了朵拉修女。她是修道院的大厨，身材高大肥胖，这会儿正用她那犀利的眼神瞪着我。每次都是这样。当我们端着盘子排队等着打菜时，她总会用那足以杀人的目光打量着我们，仿佛我们吃点东西就是对她个人的冒犯。此时此刻，只见她把嘴唇抿成一条线，非常直的一条线，然后眯起眼睛冲我嚷道："过来！就现在！一秒钟也别耽搁！"

我无奈地叹口气，心知只能照她说的做。我赶紧清除了浏览记录，关闭浏览器，跟着朵拉修女进入昏暗的走廊。网上应该有约翰的新消息，否则网页上怎么会有约翰的大幅特写照片呢？事情毕竟已经过去十来天了，人们对于这件事早已失去最初的新鲜感，除非又有什么重大发现，否则网页上是不会给他这么多版面的。

我们走到圣德肋撒修道院那恢宏的中殿，这里空间宽敞，立柱高耸，支起拱形的天花板，墙面嵌有彩色玻璃窗。讲道坛下面是一排排靠背木长椅，三百个人同时就座一点问题没有。大家都到齐了，只等朵拉修女和我了。我一个人坐在中间一排的长椅上。露西娅修女站在讲道坛上，她就是当年收留了阿德莉娜和我的修女，至今负责管理修道院的日常事务。她现在正闭着双眼，低垂着头，双手合十放在胸前，台下的人都学她的样子做。

低沉的祷告声汇聚一处："仁慈的圣父，请庇佑您的信徒，用您的爱保护我们……"

我试着不去听那些祷告声，只望着面前的一只只后脑勺。人们都低着头，全神贯注，或许有些只是把头低着做做样子吧。我用眼角余光找到了阿德莉娜。她在第一排，在我的前方偏右，和我隔了六排长椅。阿德莉娜双膝跪地，完全沉浸在冥思之中。她那棕色的长发结成紧紧的发辫，垂在腰间。她一直低着头，压根儿没打算往后排看看我来了没有。记得刚到修道院的时候，每当我来晚了，她总会偷偷扭头找到我，然后和我相视一笑——这成了我俩之间的小秘密。虽然秘密依旧是秘密，但不知从什么时候开始，阿德莉娜和我之间不再有默契；不知从什么时候开始，我们原先的约定失效了。刚来时，我们约好，只要觉得足够强大，或者足够安全，我们就离开这儿。但现在阿德莉娜却渴望留下，或者说她害怕离开。

约翰·史密斯的事情发生以后，我就告诉了阿德莉娜，而在此之前，我们已经有好几个月时间没有商量有关未来的安排了。九月里，我腿上添了第三道疤痕，我给她看了。这意味着又有一个加尔德遇害，也意味着我俩离被莫加多尔人追杀又近了一步。阿德莉娜的样子仿佛在说这一切并不存在，她要否认我们心里都明白的事实。 听到约翰的新闻后，她只是翻了翻眼皮子，叫我不要相信那些鬼话。

"以圣父、圣子、圣灵的名义，阿门！"祷告结束，伴随着最后一句话，在场的每个人齐刷刷画十字。 我也混在其中，从前额画到肚脐眼画到左肩，最后到右肩。

那天晚上，我梦见自己张开双臂从山上往下冲，仿佛就要飞起来一样。 突然，我被一阵剧痛惊醒，第三道疤痕发着强光裹住了我的小腿。光线如此之强烈，以至于宿舍里有几个女孩醒了。 值得庆幸的是，没有惊动管教修女。 同寝室的女孩都以为我是违反宵禁的规定，躲在被子下面用手电筒看杂志呢，睡我旁边床的埃琳娜还把她的枕头丢过来提醒我。埃琳娜是个文静的女孩子，十六岁，有着一头漆黑的长发，说话时甚至常常咬到发尾。 我感到皮肉在灼烧，痛得我死死咬住被子一角不让自己叫出声来。 我的泪水却止不住地往下流，因为我明白，那个三号——他或者她，已经在地球的某个角度遇害了。 只剩下我们六个了。

今夜，我和其他的女孩从修道院中殿鱼贯而出，走向我们的宿舍——那间摆放着两排嘎吱嘎吱作响的床铺的冰冷房间时，在我的心中，有一个计划在孕育。 可能是修道院也觉得我们睡的床太硬、房间太冷吧，为了补偿我们，提供的亚麻床单很软和，盖的毯子也蛮厚。 这些也是我们在修道院所享受的唯一的奢侈品了。 我的床铺在最里面的一个角落里，离大门最远，这位置是最安静、最不引人注目的。 我也是费了很长时间，一张床一张床地挪过来的，因为只有等某个女孩到了年纪离开修道院，我才有机会换床位。

等每个人都上床就寝，房间的灯就熄了。 我平躺在床上，凝视着高高天花板上模糊的轮廓。 房间里静悄悄的，偶尔有人窃窃私语，也很快被管教修女的嘘声禁止。我一直没合眼，焦急地等待所有的人都入睡。又过了半个小时，低语声渐渐平息，只剩下平缓的呼吸声。我还是不敢冒险，再等一会儿。又过了一刻钟，依旧没有人再说话，我也等不起啦。

我屏住呼吸，一寸寸地把双腿挪到床沿上，埃琳娜有节奏的呼气声在我耳边响起。我将脚向下探，刚一碰到地面就感到彻骨的寒冷。我慢慢地站起来，以防床铺嘎吱嘎吱响，然后踮着脚尖穿过房间，溜到门口。我小心翼翼，生怕不小心撞到别人的床铺。来到走廊，我撒腿向大厅跑去，然后拐进电脑房，把椅子拉出来，按下电脑开关。

我一边等着电脑启动，一边不停地往门那边看，以确保没有人跟过来。经过漫长的等待，才终于可以输入网址，接着屏幕变白，之前浏览的那个网页中央冒出两张图片，周边都是文字，上面是黑色加粗的标题，不过太模糊，看不清写的是什么。怎么变成两张图片了？我心里纳闷，这一会儿的工夫，究竟发生什么变故了？终于，网页完全打开，标题映入眼帘——

国际恐怖分子？

约翰·史密斯的照片位于屏幕左侧，方下巴，茂密的金发，还有蓝色的眼睛；他父亲亨利的画像在右边，我想，更有可能是他的赛邦。亨利的像不是相片，而是一幅用铅笔手绘的黑白素描。我浏览了一下新闻，前面的内容都是我已经知道的——学校被毁，五人遇害，突然失踪；往下则是刚刚报道的爆炸性消息：

在这个奇怪的迷局中，FBI调查员们今天发现了一些工具，并认定是用于证件伪造，而且相当专业。在亨利和约翰·史密斯父子租住的俄亥俄州天堂镇房子的主卧室里，警方从地板下的暗格里找到了几台专门用于伪造证件的机器。史密斯父子在天堂镇社区里引发骚乱后即逃亡在外，现已威胁到国家安全。FBI请求知情民众提供线索追查二人下落。

我将网页拖回到约翰照片的位置，当我看着他的双眼时，双手竟开始发抖。 他的双眼，虽然只是在照片里，还是让我倍感亲切。 要不是在驶向地球的一年多的旅途中曾经朝夕相伴，我怎么会认出这双眼睛呢？ 他会不是我们中的一员？ ——任谁说我都不信。 他绝对是幸存的六名加尔德之一，他仍然成功地混迹在这异族的世界里。

我往椅背上一靠，把遮住眼睛的刘海吹开。 我的心里是多么希望能亲自去寻找约翰啊。 当然，对于史密斯父子而言，躲开警察的追捕应该没有多大问题，毕竟，他们已经藏匿了整整十一年，就像阿德莉娜和我一样。 但是，满世界的人都要抓他，我又如何能奢望找到他呢？ 我们又怎么可能重逢呢？

莫加多尔人的眼线无处不在。 不知道一号和三号是怎么暴露的，但我相信二号之所以被莫加多尔人找到，是因为他或者她在网上发的一条帖子。 当时我也看到了这条帖子，我坐在那儿整整一刻钟没动，想着要怎样回复才不会暴露我的行踪。 尽管帖子内容晦涩，但是对于我们这些正在寻找彼此的人来说却再明白不过：**"九个，现在是八个。你们其他人在吗？"** 而且楼主就叫二号。 我已经把手放在键盘上，并点击了快捷回复，就在我要敲下"发布"键的时候，页面更新了——有人比我先回复。

我们来了。

我惊得目瞪口呆。这两条信息让我心中涌起无限希望。正重新输入一条回复准备发表，我的脚上突然散出一道强光，皮肉灼烧的嗞嗞声随即传入耳中，紧接着就是撕心裂肺的剧痛。我摔倒在地板上，痛苦地蜷作一团，一面扯开嗓子大声呼唤阿德莉娜，一面用双手护住脚踝，不让别人发现上面的疤痕。阿德莉娜一赶过来，马上明白发生了什么事。我冲她指了指电脑屏幕，但上面什么也没有，两条留言都被删除了。

我的视线从电脑里约翰·史密斯那熟悉的双眼上移开。电脑旁边摆了盆小花，显然已被人遗忘。花儿已经枯萎，缩得只有平常一半高，叶子边缘也已发黑、发脆。有几片花瓣落在花盆周围，也都干枯起皱。这盆花虽然还活着，但离枯死也不远了。我凑过去，双手捧起花盆，用我的嘴唇轻轻触碰叶子的边缘，然后朝上面哈了几口热气。一股寒流穿过我的脊柱，与此同时，这盆小花又一次绽放了生命。花茎向上攀长，叶片、茎梗刹那间转呈青翠的绿色，新的花瓣长出来——起先没有颜色，接着慢慢变成亮紫色。我露出一丝淘气的微笑，禁不住猜想那些修女们要是见到我"施法"会有何反应。但我是不会让她们看到的。她们会认为这是巫术，我可不想被放逐到外面的冰天雪地里去，我还没有做好充分的准备。我确实就要离开修道院了，但还不是现在。

我关掉电脑，匆匆赶回寝室，脑海里还浮现着约翰·史密斯的影子。

我在心里默念：小心保重，我们会找到彼此的。

第3章

耳边响起低低的私语声,声音中透着冷冰冰的寒意,我的四肢动弹不得,耳朵却在认真地听。

我再也睡不着了,但也没有完全醒过来。我感觉身体麻痹,意识却很清晰。耳语声越来越大,我睁开眼睛环顾四周,发现这是一间汽车旅馆的客房,房间里一片漆黑。我平躺在床上,正上方出现的一幅景象,让我感到有一丝紧张,同时想起在俄亥俄天堂镇的日子,想起当我的第一项超能力出现时,我的双手都亮起来了。那时,亨利还活着,还和我在一起。但现在,他走了,永远地离开了我,再也不会回来了。哪怕到了这个州,我还是无法接受这个现实。

我完全融入到面前的景象中,让双手亮起来,试图划破房间里的黑暗,但很快就被阴影吞没。我啪的一声熄灭手上的光亮,周围的一切重归平静。我将双手举到面前,却什么也摸不着。此刻的我双脚离地,正飘浮在一片虚无之中。

耳边的说话声越来越多,用的不知是什么语言,但很奇怪,我却能听懂。说话的人好像很着急,语速很快。 黑暗渐渐褪去,我所在的空间变成了一块灰色的阴影。 面前出现一条路,直通向一片亮白,光线耀眼夺目。 一团薄雾飘到我面前,随即穿过我的身体,接着,我看到一间很大的厅,墙上点着蜡烛。

"我——我不知道哪儿出了差错。"声音明显在颤抖。

大厅又长又宽,有一个橄榄球场那么大。 空气中弥漫着硫黄那辛辣的气味,刺激得我鼻腔生疼,眼泪汪汪。 里面又闷又热。 这时我看到他们了,在大厅的另一头:两个裹在黑暗中的身影,其中一个要比另一个大很多,而且隔得这么远,都能感觉到大块头身上的杀气。

"他们跑了,不知怎么就逃脱了。 我不知道怎么——"

我移步向前。 我心里特别平静,就是那种明知是在睡觉做梦,所以无论任何事物都无法真正伤害到我的平静。 一步一步,我向他们靠拢,两个身影越来越大。

"所有的士兵,所有的士兵都死了。 还有三头派肯兽和两只克劳尔兽。"那个小些的身影说。 站在那个大块头面前,他显得很紧张,手足无措。

"本来我们抓住他们了。 我们正准备——"他接着说,但那个体型更大的家伙打断了他的话。 这个人向我这边看来,他已经感觉到我的存在。 我停下脚步,屏住呼吸,但他还是看到我了。 那一刹那,我背上不自觉地打了个寒战。

"约翰!"声音在空气中荡开,仿佛是从很远的地方飘过来的。

这个人来到我的面前。 他比我高出很多,足有二十英尺高,肌肉发达,面部轮廓分明。 和其他莫加多尔人不一样,他不是长头发,而留着一头板寸,而且皮肤呈古铜色。 我俩的眼神立马交缠在一起。 他慢慢靠近我,三十英尺、二十英尺……离我十英尺的时候,他停住了。 我感到脖子上的项链嵌入肉里,吊坠越来越沉。 我注意到他脖子上有一道奇怪的淡紫色伤疤,形状活像领子。

"我等你很久了。"他开口了,平缓而冷峻。 他举起右臂,从背上的剑鞘中抽出一把长剑。 剑一出鞘,马上活了,形状未变,金属却似乎液化了。 俄亥俄一战中,我肩膀上被莫加多尔士兵用匕首刺伤的地方突然又剧烈地疼痛起来,仿佛又被刺了一下。 剧痛逼得我跪倒在地。

"有很长时间了。"他接着说道。

"我不知道你在说什么。"我用一种从没说过的语言和他对话。

我想立刻抽身,不管这里是什么地方。 我试着站起来,但却像是被黏在地板上了,动弹不得。

"你不知道?"他反问。

"约翰!"我又一次听到外面某个地方有个声音在呼唤我。 莫加多尔人似乎不以为然,他的眼神有种魔力,死死抓住我的视线,我甚至不能看向别处。

"我本不该来这儿的。"我的声音听上去很微弱。

周边的一切渐渐暗了下去,只剩下我俩,别无其他。

"如果你希望的话,我可以让你消失。"他用长剑在空中画出一个"8"字,剑锋划过的地方留下一条白闪闪的条纹。 接着他向我扑过来,注满能量的长剑发出阵阵破空之声。 他顺手一甩,长剑像颗子弹,直奔我的喉咙而来。 我知道此刻我只能束手待擒,任凭他让我身首异处。

"约翰!"那个声音再次响起。

我强迫自己瞪圆双眼。 有两只手紧紧抓住我的肩膀。 我满身是汗,都快喘不过气来了。 我慢慢看清楚了,面前站着的是萨姆,还有六号,她那双淡褐色的眼睛看起来既像蓝色又像绿色。六号跪在我身旁，看上去疲惫不堪，就像刚被我吵醒似的。可能她真的是被我吵醒了。

"刚才你怎么了？"萨姆问。

我摇了摇头，以求驱散残存的幻觉，看清房间里的情况。房间的窗帘都拉上了，因此屋子里很黑。我躺在床上，身上的伤口在慢慢愈合。十天前我们住进来的时候，我就躺在这张床上。六号一直在我旁边养伤。这些天来，我俩都没有离开这房间半步，完全靠萨姆出去找给养。房间很破旧，摆了两张单人床。这家汽车旅馆就在北卡罗来纳州特拉克斯维尔的主干道边上。萨姆用我的驾照开的房间，那是亨利遇害前给我准备的若干张驾照中的一份，上面显示我十七岁了。幸运的是，旅馆前台的老头当时正忙着看电视，压根儿就没细看驾照上的照片。我们现在位于北卡罗来纳的西北边境，离弗吉尼亚和田纳西都只有十五分钟车程。选在这儿的主要原因是考虑到在受伤的情况下，这已经是我们能走到的最远的地方了。现在我们身上的伤正慢慢地好转，力气也慢慢回来了。

"你刚才满口外语，而且是我从没听过的一门语言。"萨姆说，"哥们，我猜是你自己瞎编的吧。"

"不，他是在说莫加多尔语，"六号纠正萨姆说，"里面还夹杂了些洛林语。"

"什么？"我吃了一惊，"真是太奇怪了。"

六号走到窗边，拉开右侧的窗帘："你梦到什么了？"

我摇了摇头。"我也说不清。感觉在做梦，又不像在做梦。就是有幻觉，我想都是关于莫加多尔人的。我们正准备开战，但我却——说不清怎么回事，我却非常虚弱，或者说是非常混乱。"说着，我仰头看了看萨姆，见他正蹙着眉头盯着电视，就问他："你怎么了？"

"坏消息。"他摇了摇头，长叹一口气。

"什么？"我从床上坐起来，揉了揉惺忪睡眼。

萨姆点头示意我往前看，我扭过头，看见刺眼的电视屏幕上，左边是我的一张脸部特写，右边则是亨利的手绘人像。其实画得一点也不像，脸画得太瘦了，过于憔悴，看起来比真人要老上二十岁——当然，他已经不在了。

"被视作国家安全的威胁或者恐怖分子，貌似也蛮好的，"萨姆打趣道，"他们还悬赏呢。"

"为了我？"我问。

"你和亨利。单纯提供相关线索帮助警方抓到你们，就奖励十万美元；要是有人抓住你们俩中的任何一个，就奖励二十五万美元。"萨姆说。

"我这一辈子都在逃亡，"我说着揉了揉眼睛，"有没有被悬赏又有什么区别？"

"对，没错。但这对我来说可是头一遭。他们甚至还为抓我设置了奖金，"萨姆说，"但只有可怜的两万五千块，你能相信吗？我也不知道自己当逃犯究竟在不在行，我可从来没有这方面的经验啊。"

我小心翼翼地将身体往前挪了挪，身子僵硬依旧。萨姆坐在另一张床上，双手捧着头。

"放心吧，萨姆，有我们和你在一起，你还怕什么？我们会做你的坚强后盾的。"我给他鼓劲说。

"我一点也不担心。"他信誓旦旦。

萨姆可能真不担心，但我却不能不去担心。我咬着腮帮子，思考在没有亨利的情况下，该如何保证萨姆的安全，如何保护六号和我的生命。

我扭头对着萨姆,他看上去挺紧张,都快要挑自己那件黑色 NASA T 恤的茬了。 "听着,萨姆,我希望亨利能在这儿。 我甚至都无法告诉你我究竟有多么希望他在这儿,有太多太多的理由了。 不仅因为这么多年来我俩从一个州到另一个州,他总是保护我平安无事,而且因为他了解关于洛林和我家族的一切。 他遇事超级冷静,总能让我们远离麻烦。 我能不能像他那样来保护大家的安全,我心里也没底。 但我知道,如果亨利还活着,他是不会让你跟着我们去冒险的。 他绝对不会让你深陷其中。 可你已经来了,也只能将错就错了。 萨姆,我向你保证,我不会让你受到伤害。"

"我想和你们一起冒险,"萨姆说,"这是有生以来我所经历过的最酷的一件事了。"他顿了顿,凝视着我的双眼,又说,"另外,你是我最好的朋友,我以前可从来没有好朋友的。"

"我也一样。"我对他说。

"那还不快拥抱一下?"六号在旁边打趣道,萨姆和我都乐了。

电视屏幕上还有我的头像。 那张照片是我第一天到学校、第一次碰到萨拉时,她给我拍的。 照片上的我带着一丝尴尬和不安的神情。 屏幕的右边现在换成了五张较小的照片,是警方声称被我们杀害的五个人:三位老师、男子篮球队的教练,还有一名门卫。 画面又一次切换到遭劫后的校园——真的是惨不忍睹,教学楼的整个右半边只剩下一堆瓦砾。 接下去是对天堂镇居民的采访,最后一个采访对象是萨姆的妈妈,她一直在哭泣,面对镜头绝望地哀求"绑匪们":"求求你们,求求你们,不要伤害我的宝贝儿子,把他还给我吧。"萨姆看在眼里,我肯定他的心中一定不平静。

最后是上周的葬礼和烛光守夜活动的画面。 萨拉在屏幕上一闪而过，她手持一根蜡烛，泪水沿着脸颊往下流。 我觉得喉咙发紧，有种想给她打电话的冲动。 只要能听到她的声音，我可以放弃一切。 一想到她必须面对的苦楚，我就心如刀割。 始作俑者就是那段视频，那段我俩从马克家大火中飞出来的视频，网络上现在到处疯传，甚至还有人说那把火就是我放的，没想到马克挺身为我辩护，发誓起火与我无关。 其实，如果他用我做挡箭牌，完全可以让自己摆脱困境。

我们刚离开俄亥俄的时候，对学校被毁一事的最初解释是毁于一场起因不明的龙卷风。 随着搜救工作的开展，人们很快就在废墟中发现了一间完好无损的教室，里面有五具尸体，而且尸体等距离排开，尸身上并没有明显的伤痕。 法医报告说他们都是自然死亡，没有使用毒品或者受过外伤的迹象。 谁也不知道究竟怎么回事。 但有个记者听说我曾经从校长办公室破窗而出，逃离校园，又联想到亨利和我不知所踪，就编了一条新闻，把亨利和我视作罪魁祸首。 其他记者也不甘落后，纷纷效仿。 再加上最近警方又发现了亨利伪造证件的工具，还有落下的一些假证件，终于把老百姓的怒火给点爆了。

"从现在起，我们得格外小心。" 六号靠墙坐着，突然冒出这么一句。

"躲在这个破破烂烂的汽车旅馆里，窗帘拉得死死的，还不够小心吗？" 我反问道。

六号走到窗边，拉开窗帘一角向外瞄了一眼。 一道银色的日光透进来，落在地板上。

"再过三个小时，太阳就要下山。 天一黑，我们就离开这儿。"

"谢天谢地！" 萨姆很高兴，"今晚有一场流星雨，要是我们往南边走的话，兴许可以看到呢。 还有，要是再让我在这个鬼地方多待一分钟，我都要变蠢了。"

"萨姆，我第一次见到你的时候，你也没聪明到哪里去。"我拿他开玩笑，他朝我扔了一个枕头过来，我手都没抬，就把枕头拨到一边，用心灵传动让它在空中打了两个转儿，然后把它向电视机掷过去。枕头像火箭一样飞过去，正好把电视给关了。

我心里明白六号说的没错，我们应该接着赶路，但我多少有些挫败感。这种东躲西藏的日子好像看不到尽头，这世界上没有一个地方对我们来说是安全的。伯尼·科萨蜷在床脚，把我的脚焐得暖暖的。自从离开俄亥俄，它就基本上没离开我半步。这时，它睁开眼睛，打了个哈欠，又伸了个懒腰，然后昂头望着我，用心灵感应告诉我它已经感觉好多了。它身上那些小的伤口早已结痂，现在大都不见了，而那些大的伤口也愈合得很好。骨折的前腿上还带着临时夹板，以后的个把月时间里，它都要一跛一跛地走路了；除此之外，它很快就能恢复以前的神采。伯尼·科萨轻轻地摇着尾巴，蹭着我的腿，我弯腰把它抱起来放在腿上，挠它的肚子。

"感觉怎么样啊，哥们？准备好离开这个垃圾堆了吗？"

伯尼·科萨用它的尾巴狠狠地打在床上。

"我们去哪儿，伙计们？"我问。

"不知道。"六号答道，"最好是一个暖和的地方，让我们舒舒服服过个冬天。我特别讨厌下雪。当然，我更讨厌不知道还有几个人究竟身在何处。"

"现在只有我们三个。四号加上六号，再加上萨姆。"

"我喜欢代数。"萨姆说，"萨姆等于 X，变量 X。"

"你可真呆到家了，哥们。"我彻底无语。

六号走进浴室，随即拿着一大把洗漱用品出来了。"如果说还有什么值得欣慰的，那就是，至少其他加尔德知道约翰不仅从人生第一战中活下来了，而且还赢得了胜利。或许他们会从你身上看到一丝希望。所以当务之急就是去找到其他人，然后大家一起训练，准备决战。"

"好！"我看着萨姆说，"哥们，现在回家还不晚，你还能脱得了干系。你可以随便编个故事，告诉他们你被我们绑架、挟持了，然后你一找到机会就逃了出来。这样你就会成为一个英雄，女孩子们会围着你转的。"

萨姆咬着下嘴唇，坚定地摇了摇头："我可不想当什么英雄，而且已经有女孩缠着我了。"

六号和我一听，直翻白眼，但我注意到六号脸红了——也许只是我的想象吧。

"我的意思是，"他赶紧解释，"我不会走。"

我耸了耸肩："那就这么定了吧。萨姆就是这个等式里的 X。"

六号走到电视机旁整理她的小行李袋，萨姆望着她的背影，脸上明显写着痴情。六号穿着黑色的棉质短裤和白色的无袖背心，头发扎成一个马尾；有几缕头发没扎进去，垂在脸旁。她左大腿的正面有一道紫色的伤疤，很是明显；伤疤周围缝的针脚则是淡粉色的，也已经结痂。缝针、拆线都是六号自己动的手。当她抬起头来的时候，萨姆赶紧将眼神移向别处，面露羞赧之色。原来，萨姆坚持和我们在一起，还另有原因。

六号弯下腰，伸手拿起行李袋，取出一份地图。

她将地图展开，铺在床头，用手指着特拉克斯维尔说："这里，我们就在这儿。再看这儿。"她的手指从北卡罗来纳划到靠近西弗吉尼亚正中的一个地方,那儿用红色水笔做了一个星形记号。 "莫加多尔人在这儿有个老巢,我只知道这一个地方。"

我望着她手指的地方。哪怕从地图上看,这地方都是相当的偏僻:方圆五英里范围内,没有一条主干道;方圆十英里之内,甚至没有一座小镇。

"那你是怎么知道这个地方的?"

"说来话长,"她卖了个关子,"路上的时间应该够我说了。"

她又在地图上指了一条新的路线:从西弗吉尼亚出发,往西南方向穿过田纳西,停在阿肯色州靠近密西西比河的一个地方。

"这又是哪儿?"我问。

她显然回忆起一些往事,鼓起腮帮子,长舒了一口气,脸上露出一种特别的神情,一副全神贯注的样子。

"我的箱子曾经在这里,"她开口了,"还有卡塔莉娜从洛林星球带来的一些东西。我们曾经把它们都藏在这儿。"

"曾经? 你的意思是……"

她摇了摇头。

"难道已经都不在那儿了?"

"不在啦。当时莫加多尔人在追踪我们,我们绝不能让他们得到这箱子,不能冒这个险。 箱子和我们在一起不安全,于是我们就把它和卡塔莉娜的东西一起藏在阿肯色州的这个地方,然后全力逃跑,我们本以为可以赶在莫加多尔人前面,可是——"她的声音越来越小。

"他们赶上你们了,是不是?"我想起就是在三年前,她的赛邦卡塔莉娜遇害了。

她长叹一口气:"这是另一个路上要讲的故事啦。"

我花了好几分钟才把衣服塞到行李袋里。装包的时候,想起上次还是萨拉给我整理的行装。这才刚过去十来天,却感觉像是过了一年半载似的。我总在想:她在学校有没有被警察盘问?有没有被其他同学疏远?学校都不在了,她又到哪儿去上高中呢?我知道她能照顾自己,就是怕她过得太辛苦,尤其是她压根儿就不知道我身处何地,是生是死。我多么希望能和她互诉衷肠,同时又丝毫不用担心会让我们身陷险境。

萨姆又把电视打开,用的当然是传统方式——遥控器。他要再看看新闻,趁这会儿六号施展隐身术到卡车上检查车况的空当。我们推测萨姆的母亲并没有注意到家里的卡车不见了,否则警方绝对会四处搜查这样的车辆。几天前,萨姆从另一辆卡车上偷了一块前车牌,这或许能帮我们撑到目的地去。

我收拾完东西,把行李袋放在门边。萨姆正在那儿乐着呢。原来,新闻又重播了一轮,他的照片又出现在屏幕上。他显然很享受这小小地做一回名人的感觉,哪怕是被视作一名逃犯。新闻里接着又出现我的照片,我知道下面就应该是亨利的画像了。只要看到亨利的样子,我就心如刀割,哪怕是望着那张一点也不像他的素描。现在不是内疚的时候,也没有时间悲伤,但我依然如此地思念他。要不是因为我,他绝不会死。

过了一刻钟,六号走进屋来,拎着一只白色塑料袋。

她举起手中的袋子,朝我们晃了晃:"我给你们买了点东西。"

"好啊,是什么?"我问。

她从里面掏出一把理发剪:"我想该给你俩理个发啦。"

"别,我的头太小,如果头发剪短了,看上去就像只乌龟。"萨姆不愿意。我被他逗乐了，努力去想萨姆把那毛蓬蓬的头发剪短了会是什么样。他的脖子又细又长，要是头发短了还真像一只乌龟。

"这样别人认不出你。"六号劝他。

"嗯，我可不想隐姓埋名。我就是 X，变量 X。"

"别怕这怕那的。"六号给他鼓劲。

萨姆蹙起眉头，我则故作轻松。"没错，萨姆。"我边说边脱掉衬衣，然后走到浴室里，弯腰趴在浴缸边上。六号跟着进来，把理发剪上的包装纸扯掉，开始给我剪。她的手指有一些凉，我感觉到顺着脊背起了一路的鸡皮疙瘩。此刻我多么希望这个正扶着我肩膀给我改头换面的人是萨拉啊。萨姆站在走道上往里看，故意大声叹气，以表示他的不满。

六号剪完了，我用毛巾掸了掸碎发，站起身来，在镜子里端详自己的模样。以前头发遮住的地方要比脸上其他部分白一些，只要在佛罗里达的珊瑚群岛待上几天，问题立马迎刃而解——又想起在去俄亥俄之前，亨利和我住在那儿的日子。

"你看，约翰剪这个发型显得强壮有型，换作我就像一坨屎啊。"萨姆在那儿直嘟哝。

"我本来就强壮有型好不好？"我冲他说。

他翻了翻白眼。六号清理完剪刀上的头发茬。"低头！"她对萨姆说。

萨姆依言跪在地上，弯腰趴在浴缸边。六号剪完了，萨姆站起来，向我抛来求助的眼神。

"到底有多糟，哥们？"

"挺不错的，"我答道，"看上去像个逃犯。"

萨姆揉着脑袋,最终下定决心照照镜子。

"我看上去像一个外星人!"他嚷嚷着,嘲弄地自讽完,瞄了我一眼,来了句"无意冒犯"。

六号把浴缸里的头发聚在一处,丢进马桶里冲掉,没留下一根残余。随后她将理发剪上的细绳绕了一个圈,打个结系紧,塞回到包装袋里。

"机不可失,要走就趁现在。"她说。

我俩把行李袋都挎在六号的肩膀上,她双手抓紧,然后就隐形了,两件行李也和她一同消失。 六号冲出门,神不知鬼不觉地把包都放在卡车上。 趁她出去的这会儿工夫,我伸手够到衣橱的右上角,拨开上面遮盖的几条毛巾,取出我的洛林箱。

"你会打开这个箱子吧?"萨姆问。 自从我和他提过洛林箱后,他就迫不及待地想知道里面有什么。

"没错,我会的。"我答道,"在我觉得安全的时候就会打开。"

房间的门打开又随即关上了。

六号重新出现在我们面前,她瞥了一眼我的洛林箱:"我没法让你、萨姆,还有这只箱子同时消失。 我只能控制我双手接触的东西。 我想还是先把这只箱子送到卡车上吧。"

"不用的,你牵着萨姆走,我在后面跟着。"

"别犯傻啦,约翰,你打算怎么跟上我们?"

我戴上帽子,套上夹克,把拉链拉到头,又将夹克的风兜翻上来,只露了张脸在外面。

"放心吧,和你一样,我也能听音辨位。"我说。

她狐疑地打量我两眼,无奈地摇了摇头。 我抓起伯尼·科萨的项圈,套在它脖子上。

"上了卡车就摘掉。"我安慰伯尼·科萨说,它特别讨厌被人用项圈牵着走。 转念一想,伯尼·科萨的腿还没有痊愈,于是我俯身想抱起它,但它却告诉我宁愿自己走。

"我们准备好了。"我对六号说。

"好的,开始吧。"六号只好依了我。

萨姆把手递给六号,有点小激动。 我竭力不让自己笑出来。

"怎么啦?"他还是注意到了。

我赶紧摇头:"没什么。 我会尽力跟上你们的,但你们别走得太快。"

"要是跟不上,你就咳嗽一声,我们会停下来等你们。 卡车在废弃的谷仓后面,从这儿走过去只要几分钟,"六号顿了顿,"很好找的。"

房门打开,萨姆和六号遁去身形。

"该我们啦,BK①,现在就看我俩的啦。"

伯尼·科萨跟着我出了房间,吐着舌头,欢快地小跑着。 这段时间,除了到汽车旅馆旁边的小草坪上厕所能够出去一下外,其余时间它都和我们一样待在房间里,可把它给憋坏啦。

夜晚的空气凉爽清新,带着一丝丝松木的味道,微风拂在脸上,让人精神为之一振。 走路的时候,我闭上双眼,用心去感受清风;伸出双手,用心灵传动来体会周围的景物。 我试着感觉六号的方位,就像在雅典市的时候让空气凝固、阻止子弹飞行一样。 我感觉到他们了,就在我前方几英尺略略偏右的地方。 我用肘部轻轻地顶了六号一下,她吓了一跳,大气也不敢出。 过了两三秒,她明白是怎么回事了,就用肩膀撞

---

① BK 是伯尼·科萨(Bernie Kosar)的缩写。

我，差点把我撞倒了。我笑出声来，她也乐了。

"你俩在搞什么鬼？"萨姆问。显然，我俩的小游戏让他不爽。"我们不是要保持安静吗，都忘啦？"

我们终于走到卡车旁边。车停在一座废弃的谷仓旁，谷仓有些年头了，看上去摇摇欲坠。六号松开萨姆的手，萨姆爬上车，坐在驾驶室中间。六号跳上来，握住方向盘。我侧身进去挨着萨姆坐下，BK 上来趴在我脚边。

我故意逗萨姆："见鬼，哥们，你头发怎么啦？"

"闭上你的臭嘴。"

六号发动了卡车，掉个头，卡车的转向灯一闪一闪，驶上了沥青路面。此时，我不禁面露微笑。

"又怎么啦？"萨姆问。

"我刚才想到，我们车上四个人，有三个来自外星，两个是涉嫌恐怖活动的逃犯，就是没有一个人有合法的驾照。凭直觉，事情变得越来越有趣了。"

听到这儿，六号也忍不住露出笑容来。

第 4 章

"我十三岁的时候,莫加多尔人找到了我们。"六号开口说道。 这时我们从特拉克斯维尔的汽车旅馆出发已经有一刻钟了,已经成功穿越田纳西州的边境。 以前我问过她和卡塔莉娜是怎么被抓的,她一直没说。 "当时我们逃到了西得克萨斯。 本来我们一直躲在墨西哥,但我俩犯了一个愚蠢的错误,我俩都对一篇号称是二号的人在网上发布的帖子着了迷。 尽管压根儿不知道这是不是真的二号写的,我们还是回复了。 要知道,在墨西哥,我们离群索居,住在一个尘土飞扬的小镇,四周渺无人烟,我们必须要知道这个二号究竟是不是一个加尔德。 结果是我们不得不逃离自己的藏身之所。"

我点了点头,能理解她所说的。 亨利也注意到这条帖子了,那时我们还在科罗拉多。 第二道疤痕出现的时候,我正站在舞台上,参加学校的拼字比赛。 人们赶紧把我送到医院,医生看到了第一道疤痕,还有第二条深可见骨的伤痕。 接着亨利来了,他们要以虐待儿童的罪名起诉他。 这也促使我们离开科罗拉多,启用新的身份,开始又一段新生活。

"'九个,现在是八个。你们其他人在吗?'——是这条信息吗?"

"就是这条。"

"这么说,是你们回复了帖子?"

亨利截了屏,后来还给我看了。当时他发了疯似的要去黑掉服务器,赶在造成伤害前把帖子删掉,但还是没来得及。二号遇害了,随即有人将这条帖子删除,我俩都认为是莫加多尔人删的。

"是卡塔莉娜回复的,只敲了'我们在这儿'五个字。接着不到一分钟,我腿上出现了一道疤痕。"六号回忆着,痛苦地直摇头。"二号明知道自己是莫加多尔人下一个猎杀对象,还发这样的帖子,实在是太愚蠢了,到现在我还想不通她为什么要冒这个险。"

"那你们晓得二号当时藏在哪里吗?"萨姆突然问道。

我望着六号,说:"你知道吗,亨利觉得应该是在英格兰,但他也不是百分百确定。"

"不知道。我们只晓得,莫加多尔人能那么快抓到二号,那他们找到我们也肯定用不了多久。"

"话说回来,你们怎么知道这帖子是二号发的呢?"萨姆反问。

六号扫了他一眼。

"你的意思是?"

"我也说不清。但你们甚至都不确定二号在什么地方,凭什么就认为发帖子的就是真二号呢?"

"那还能有谁?"

"好吧,我的意思是说,我观察过你和约翰,你俩做事都小心翼翼,不留丝毫痕迹。假如你们知道自己就是下一个猎杀对象,你俩绝不会傻到在网上发帖子,这是无法想象的。特别是你们对莫加多尔人了解得那么透彻,知道他们心狠手辣、诡计多端。我想,你们是绝不会在网上发布什么信息的。"

"你说得很对,萨姆。"

"有可能是他们抓住了二号,在杀死她之前,试着用她做诱饵把你们引出来。这也可以解释你们刚一回帖,二号就被杀害的原因。莫加多尔人兴许就是在虚张声势。还有一种可能是,二号知道莫加多尔人要干什么,就用自杀来警告你们其他人。很难说究竟是哪种情况,这只是我的一些推测。"

"没错。"萨姆的话给我很大的启发。有些东西我之前没有想到过,不知道亨利有没有意识到。

我们都在回味萨姆的话,车厢里一片安静。六号将车速控制在最高限速以内,不少车辆从我们身边超过。高速公路两边是高架照明灯,灯光让远处延绵的群山显得阴森可怖。

"二号可能是感到害怕、绝望了,"我打破平静,说,"所以才做出一些愚蠢的举动,比如不小心在网上发一条这样的帖子。"

萨姆耸耸肩:"我觉得这不可能。"

"没错。"我接着说,"但莫加多尔人有可能先杀了她的赛邦,这让她完全乱了阵脚。她应该只有十二岁,或者十三岁。想想你自己十三岁时的样子吧。"说完了我才意识到,刚才这番话简直就是六号经历的真实写照,好在六号只是看了我一眼,就继续目视前方开车。

"我们根本就没有想到这是一个圈套,"她说,"那时候,我们被吓坏了,而且我脚踝上的肉烧了起来。当你觉得你的脚像是要被锯掉一样时,你是很难理清思路的。"

我点了点头,表情严肃。

"哪怕在最初的恐惧过去之后,我俩还是没有想到这一点。我俩回复了,让莫加多尔人盯上了我们。萨姆,或许就像你说的,我俩这么做真的很可笑。我只希望现在我们能从中吸取教训,变得更聪明,我是指还活着的这几个。"

我们当中只有六个还活着。我们六个要面对的是无以数计的莫加多尔人,而且我们六个还无从知晓如何找到彼此。我们是洛林唯一的希望。团结就是力量,六个人的力量。一想到这儿,我的心跳比平时快了一倍。

"怎么啦?"六号问。

"我们只剩下六个了。"

"这我知道。那又如何?"

"我们只有六个,顶多再算上有些加尔德的赛邦。但我们六个要面对的莫加多尔人有多少?一千?十万?还是一百万?"

"嗨,别忘了把我算上。"萨姆打断我的话,"还有伯尼·科萨呢。"

我点点头:"抱歉,萨姆,你说得对,我们八个。"我突然想起一件事——"六号,你了解第二艘离开洛林的飞船吗?"

"除了我们,还有一艘飞船?"

"是的,在我们之后离开洛林的。至少,我是这么认为的。里面载满喀迈拉,大约十五头,还有三个赛邦,或许还有一个婴儿。亨利训练我的时候,我曾经看到过他们,但亨利不相信。但是,迄今为止我看到的一切都确实发生了。"

"我真的不知道。"

"搭载飞船的是一种古旧的火箭,看上去有点像NASA的太空穿梭机。就是用燃料驱动,后面留下一条烟雾的那种。"

"那这艘飞船是不可能飞到地球上来的。"六号说。

"嗯,亨利也是这么说的。"

"喀迈拉是什么?"萨姆问,"是和伯尼·科萨一样的动物吗?"我点点头,他突然来了精神:"伯尼有没有可能就是这么来到地球的呢?假如它们全部都是这样来到地球的呢? 你能想象吗? 你们不是也看到伯尼在战斗中的表现了吗?"

"确实很精彩。"我同意他的看法,"但我很肯定伯尼当时和我们在一艘飞船上。"

我伸手抚摸着伯尼·科萨的背,能感觉到它满身的伤疤,而且都已经结痂。萨姆长叹一口气,往椅背上一靠,脸上露出如释重负的表情,或许他正想象着一支由喀迈拉组成的军队在最后一刻出现,帮助我们击败莫加多尔人。六号看了一眼后视镜,后面一辆车的大灯经过折射,在她脸上映出一道光带。她的注意力又回到正前方,那若有所思的眼神,像极了亨利开车时的样子。

"莫加多尔人——"她柔声说道,萨姆和我侧耳聆听。 六号清清嗓子:"他们追上我俩了,就在我俩回复二号的帖子的第二天,地点是在西得克萨斯的一座荒凉小镇。 我们从墨西哥出发,卡塔莉娜连续开了十五个小时的汽车。 天色渐晚,我俩一路都没有睡觉,已经精疲力竭。 我们停在一家汽车旅馆,离高速公路有一定距离,和我们仨刚才离开的那家差不多。 那个镇子很小,就像是西部片里的那种,到处都是牛仔和牧场主。 有些房子外面甚至还有桩子,方便人们拴马。 整个镇子非常古怪,但由于我俩刚离开墨西哥的边境小镇,也就没有多想,住下了。"

一辆车从我们旁边超过,六号警觉地闭口不言。 她目送着那辆车越开越远，垂目看了一下速度表，随即又望着道路前方。

"住下后，我俩到一家快餐店去吃东西。刚吃到一半，有一名男子走进来，找了个位置坐下了。他穿一件白衬衣，打着领带，但却是那种过时的西部风格领带，很老土。我俩都没有留意他，尽管我也注意到餐厅里其他人用一种异样的眼神盯着他；但我俩进来的时候，他们也用同样的眼神望着我们。这个人曾一度回头，盯着我俩坐的地方看，但因为餐厅里的其他人都有过类似的举动，我也没有多想。那时我只有十三岁，而且折腾那么久，我的脑袋里只想着填饱肚子再好好睡一觉。于是我俩吃完饭就回到房间。卡塔莉娜抓紧时间洗了个澡；就在她刚洗完、裹着浴袍迈出洗手间的时候，有人来敲门了。我俩面面相觑。她开口问是谁，门外的男子自称是旅店经理，给我们送干净毛巾和冰块来了。我没有多想，就上前打开了房门。"

"千万不要啊！"萨姆忍不住叫出来。

六号点点头："门外站着的就是餐厅里系着西部风格领带的那个男子。他径直走到房里，反手关上房门。我正好带着护身符，他一眼就知道我是谁了，卡塔莉娜和我也马上意识到他是一个莫加多尔人。他很流畅地从腰带里抽出一把刀，朝我头上挥过来。他的动作太快了，我根本没有时间做出反应。那时我还没有超能力，也不知如何保护自己。但接下来发生的事情却异常怪诞：那把刀扎进我的头颅，反而是这个莫加多尔人的脑袋裂开了，我却毫发无伤。后来我才明白，莫加多尔人尚未知晓符咒的力量，他们不知道，除非先依次杀死一号到五号，否则他们杀不了我。那个莫加多尔人随即倒在地板上，化作一团灰烬。"

"好极了！"萨姆为杀死敌人而喝彩。

"等一下！"我打断六号的话，"据我所知，莫加多尔人是很容易辨认出来的。 他们的皮肤非常白，就像是漂白过的一样。 他们的牙齿和眼睛……"我的声音慢慢低下来，"在餐厅的时候，你们怎么会没认出来呢？ 你为什么又会让他进到房间里呢？"

"只有莫加多尔的斥候和士兵长得像你说的那样，这点我很肯定。他们是军队版本的莫加多尔人，反正卡塔莉娜是这么说的。 一般的莫加多尔人看上去和普通人没什么区别。 这个在餐厅里的莫加多尔人看上去就是一个会计，戴着金属框架眼镜，穿着黑色长裤、白色短袖衬衫，还打着那条领带。 他嘴唇上还留了胡子，是那种很可笑的八字胡。 我记得他肤色黝黑，所以我俩根本没有想到莫加多尔人已经追上我们了。"

"这可真是个好消息。"我不无嘲讽地说。

我的脑海里回放着刀子劈进六号头颅，而莫加多尔人死掉的画面。要是那把刀劈向我，倒下的就不是莫加多尔人了。 我竭力不去想这样的事情，接着问六号："你觉得他们还在天堂镇吗？"

足足有一分钟，她没有说话。 但当她最终开口的时候，我又宁愿她保持沉默。

"我想他们可能还在那儿。"

"那萨拉还有危险？"

"每个人都身处险境，约翰。 天堂镇的每个人都是，不管是我们认识的还是不认识的。"

我也知道，整个天堂镇可能都已经处在他们的监控之下，小镇方圆五十英里都不安全。 哪怕打个电话或者寄封信都不行，他们会知道我俩的关系，会知道萨拉对我的重要性。

"唔——"萨姆想把话题岔开，"那个莫加多尔'会计'倒在地板上死掉了，然后呢？"

"卡塔莉娜把洛林箱丢给我，抓起我们的手提箱，拉着我冲出房间，她身上甚至还穿着浴袍。卡车的门没有锁，我们跳进驾驶室。又一个莫加多尔人从汽车旅馆后面冲过来。卡塔莉娜太慌张了，找不到车钥匙在哪儿，她只好锁紧车门，把车窗摇上来。但这个莫加多尔人直接一拳打碎了副驾驶座的车窗，抓住了我的衬衣。卡塔莉娜大声呼救，惊动了附近的一些男人。

"还有些正在用餐的人也从里面跑出来，想看看发生了什么事。那个莫加多尔人别无选择，只好松开我，去对付那些男人。

"'车钥匙还在旅馆房间里！'卡塔莉娜对着我大叫。她瞪着大大的眼睛望着我，眼里充满了绝望。她完全慌了神，我们都是一样。我跳出卡车，冲回房间去找车钥匙。多亏了那些得克萨斯的男人，要不是他们，我们逃不了，是他们救了我们的命。当我从房间里拿了钥匙出来的时候，一个得克萨斯男人正用枪瞄准那个莫加多尔人准备射击。

"之后发生了什么事，我们也无从知晓，因为卡塔莉娜趁这个机会开车离开，我们也没回头看。又过了几个星期，我们把洛林箱藏起来后，紧接着就被莫加多尔人抓住了。"

"难道他们已经得到前三个加尔德的洛林箱啦？"萨姆问。

"我很肯定他们得手了，但不明白他们拿着洛林箱有什么用。要知道，在我们死去的那一刻，洛林箱就会自动解锁；到那时，不管里面有什么，都将变得毫无用处。"六号向萨姆解释道，我也点头赞成，因为曾听亨利提到过。

"里面的东西不仅是没用了，"我补充道，"而且会完全分解，就和莫加多尔人被杀以后化为灰烬一样。"

"了不起！"萨姆发出感叹。

这时我想起一张记事贴，就是在俄亥俄州雅典市救亨利那次发现的那张。

"难道就是亨利去找的那些办杂志的家伙？就是《他们走在我们中间》的那些家伙？"

"怎么啦？"

"他们有一个线人，那个人应该抓过一个莫加多尔人，并且严刑逼问出一些消息。照他的说法，七号在西班牙被盯上梢了，九号则在南美洲的什么地方。"

六号考虑了一会儿，接着，她咬着下唇，瞥了一眼后视镜，说："有一点我很肯定，就是七号是一个女孩。在飞船里的时候，我对她印象深刻。"她话音刚落，我们身后警笛大作。

第 5 章

　　星期六晚上，雪终于停了，夜空中飘荡着铲雪锹在沥青路面上的刮擦声。我站在窗边，望着外面一个个模糊的身影。居民们正把道路上的积雪铲到一旁，这样，他们明天早晨就可以走去教堂参加礼拜。每一个铲雪人都为着同一个目的，在这样一个安静的夜晚，忙碌的小镇洋溢着一种宁静的气氛，我多么希望自己也能身处其中。然而，就寝的铃声响了，不到一分钟，房间里的十四个女孩就躺到了各自的床铺上，灯也熄了。

　　我刚闭上眼睛就开始做梦，梦到一个温暖的夏日，我站在一片鲜花之中。在我右手边，远方连绵的山脉映衬在落日的余晖中；在我左手边，是一片广阔的大海。不知从哪儿冒出来一个身着黑衣的女孩，她的头发乌黑，灰色的眼睛十分明亮。她面带微笑，强悍而自信。整个世界只有我们两个。突然，我身后地动山摇，仿佛地震了一般，大地裂开了口子，绽开一条缝。我并没有转身去看究竟是怎么回事。那个女孩紧紧盯着我的双眼，举起一只手，示意我抓住。我伸手去够——这时，我的眼睛睁开了。

阳光透过窗户泻进来。梦中感觉只有几分钟,现实中却已一整夜。我晃了晃脑袋,让自己从梦中清醒过来。礼拜日应该是休息的日子,对我们来说却是一个星期里最忙的一天,真是莫大的讽刺。首先开始的就是漫长的弥撒。

从表面上看,大批镇上居民来教堂做礼拜是由于小镇浓郁的宗教氛围,其实并非如此。很多人都是奔着弥撒之后的盛宴来的,而我们这些住在修道院的女孩必须为筵席做准备。我的任务是给排队的民众打菜。只有等他们都吃完了,我们才允许有一些自由支配的时间。如果走运的话,下午四点前筵席就能结束,到那时我们可以出修道院转转,但必须在日落之前回来。在现在这个季节,六点过一会儿太阳就落山啦。

我们奔向淋浴间,迅速冲个澡,刷个牙,把头发梳理梳理,然后穿上最好的衣服,其实不过就是统一的黑白相间的套服,只露出我们的手和头。当大多数女孩都跑出去了,阿德莉娜走进房间里来。她站在我面前,替我整理好束腰长袍的领子,这让我感觉自己一下子小了许多。我能听到外面人群涌入教堂中殿的喧哗声。阿德莉娜一直沉默不语,我也没有开口。我注意到她红褐色的头发里夹杂着灰白的发缕,这是以前没有发现的。她的眼角和嘴角也有了皱纹。她才四十二岁,看上去却像五十多岁了。

"我做了一个梦,梦到一个黑头发、灰眼珠的女孩,她向我伸出手,"我打破两人间的沉默,说,"她想让我抓住她的手。"

"好吧。"她说。她看上去像是不明白我为什么要和她说起做梦的事。

"你觉得她会是我们中的一员吗?"

她用力拉了拉领子:"我觉得你不应该在这里胡思乱想。"

我想和她争论,但又不知该说些什么,只好来了这样一句:"这个梦感觉很真实。"

"有时候梦就是这样的。"

"但很久以前你也说过,在洛林星球上,我们彼此相隔再远都可以互相交流。"

"没错,我是说过,而且我还会读故事书给你听,跟你说一头能把房子吹倒的狼,还有一只会下金蛋的鹅。"

"那些都是童话故事。"

"对,而这一切不过是一个更大的童话,玛丽娜。"

我气得直咬牙:"你怎么能这么说?我们都知道这不是童话故事。我们都知道我们来自哪里,为什么会在地球上。你为什么要装作你不是从洛林星球来的?为什么装作没有传授我技艺的义务?我真的搞不懂!"

她把双手背在身后,仰头望着天花板。"玛丽娜,因为我来到了这里,因为我们来到了这里,所以我们是幸运的,能了解到创世的真相,知道我们是从哪里来的,知道我们在地球上的真正使命是什么——所有这一切的答案都能在《圣经》里找到。"

"难道《圣经》就不是一个童话吗?"

她的肩膀僵住了。

"洛林并不是一个童话。"我抢在她开口之前反驳道,并运用心灵传动从旁边的一张床上举起一只枕头,让它在空中打转儿。阿德莉娜扇了我一耳光,很用力的那种。这辈子她从来没有这样对待过我。枕头落到了地上,我用手紧紧捂着发痛的面颊,惊得张大了嘴巴。

她冲我咆哮起来:"你这样做就不怕被他们看到?"

"我刚才做的事情,就不是个童话。 我不是童话故事里的人物。 你是我的赛邦,你也不属于童话。"

"你想怎么说就怎么说吧。"她不再和我争辩。

"难道你没有看新闻吗? 你晓得俄亥俄州那个男孩是我们中的一员。 他可能是我们唯一的机会!"

"什么唯一的机会?"她反问。

"活下去的唯一机会。"

"难道你现在不是活着吗?"

"在异族的谎言中虚度时日,对我来说不是真正的活着。"我坚定地说。

她无奈地摇摇头:"放弃吧,玛丽娜。"

说完她就往外走,我无奈地跟在她身后。

玛丽娜。 这个名字现在听起来是如此的自然,仿佛就应该是我。 当阿德莉娜在我耳边轻唤着这个名字的时候,当走出校门,孤儿院的其他孩子挥舞着我落下的数学书,追着我喊这个名字的时候,我都会毫不犹豫地答应。 但这并非一直是我的名字。 当我们还在漫无目的地为一顿热饭或者一个睡觉的地方奔波的时候,在来到西班牙和圣德肋撒之前,在阿德莉娜还不叫阿德莉娜的时候,我曾叫做"热纳维耶芙",阿德莉娜叫"奥黛特",都是法语名字。

"每到一个新的国度,我们就要换一个新的名字。"当我们的船经过几个月的海上漂泊,终于在挪威靠岸的时候,她附在我耳边说。 她给自己起了一个挪威名字叫"齐格妮"。 她之所以选择"齐格妮",就是因为她看到柜台后面那位女士的衬衫上有这个名字。

"那我该叫什么呢?"我问她。

"你想叫什么就叫什么。"她答道。

在挪威一座荒凉村庄的一家咖啡馆，我们两个人分享着一杯热气腾腾的巧克力。齐格妮站了起来，从旁边桌子上拿了一份周末的报纸。头版是一幅女子的照片，她是我这辈子见过的最美的女人——金黄色的头发，高高的颧骨，深蓝色的眼睛，她的名字叫"贝尔吉塔"，所以我决定也叫这个名字。

哪怕我们坐在火车上，和一个个国家擦肩而过，就像窗外飞逝的树木一样，我们也总是不停地变换姓名，有时候一个名字只用几个小时。是的，就是为了不让莫加多尔人或者其他可能在跟踪我们的人发现我们的行踪，但不可否认的是，不断更换姓名也是我们打发失落的一种方法。我曾经认为这很有趣，甚至还希望能在欧洲转上几圈。到了波兰，我叫敏卡，她叫诺扎里；在丹麦，她成了法蒂玛，我则是雅丝米；到澳大利亚，我有了两个名字——索菲和阿斯特丽德，她则喜欢上了艾玛丽娜。

"为什么是这个名字？"我曾经问她。

她笑了："我也说不清，可能是因为它由两个名字组合而成吧。而且每一个名字都很美，当你把它们糅合在一起，就得到一个非凡的名字。"

如今我常常怀疑那次可能就是我最后一次听到她的笑声，是我们最后一次相拥，是我们最后一次谈论我们未来的命运。我敢肯定的是，那是最后一次我感觉到她还试图做好我的赛邦，在意洛林发生的事情，在意发生在我身上的事情。

我们在弥撒开始前赶到了。只剩下最后一排座位，其实我非常乐意坐在那儿。阿德莉娜挪到前排修女们坐的地方。牧师马尔科神父用他那总是充满忧郁的嗓音领起开会祷告。他的话飘到我这里的时候已经模糊不清，我就喜欢这样，明明身在弥撒现场，却可以耳根清净。 我竭力不去想阿德莉娜扇我耳光的事儿，只考虑盛宴结束之后该做些什么。 外面的雪一点也没有融化，我决定还是去山洞那儿。 我准备画一些新东西，并且把上周开始画的那幅约翰·史密斯的肖像画完。

弥撒总是会拖得很久，至少每次都给我这种感觉：没完没了的仪式、礼拜、领圣餐、读经、祷告，还有各种繁文缛节。 当最后一次祈祷开始时，我已经精疲力竭，连像平时那样装模作样都不想了。 我就坐在那儿，昂着头，瞪着眼睛，来回瞄那些祷告的人们的后脑勺。 我嘴里也在跟着念马尔科神父背诵祷告词，但只是做做口型而已，驾轻就熟。 有个男子直直地靠在椅背上睡着了，他双臂抱胸，下巴都垂到胸口了。 我一直盯着他看，直到他在梦中惊了一下，吧嗒着嘴巴醒过来。 好几个人都扭头朝他这边看。 我控制不住微微一笑，再抬眼一看，朵拉修女正满脸怒容地望着我。 我赶紧低下头，闭上双眼，作祈祷状。 完了，这次被逮个正着！ 朵拉修女最擅长一边祷告，一边注意观察我们有没有做一些与弥撒无关的事情。

随着在胸口画个十字，祷告结束了，弥撒也终于完结。 我第一个从长椅上站起来，急匆匆地从中殿跑到厨房去。 虽然朵拉修女可能是所有修女中块头最大的一个，但她却总能在关键时刻展现出令人匪夷所思的灵巧，我可不想让她有机会训斥我。 要是她这会儿逮不住我，我就有可能逃过处罚。 这次还真让我躲过了，因为五分钟后当她走进厨房来时，我正和一个瘦瘦高高的叫保拉的十四岁女孩，还有她十二岁的妹妹露西娅一起削土豆皮。 朵拉修女见了，狠狠地瞪了我两眼。

"你怎么惹着她啦？"保拉低声问我。

"她抓到我在做弥撒的时候偷笑。"

露西娅从嘴角挤出一句话:"算你走运,没有挨板子。"

我点点头,接着削土豆皮。只有这一刻,我们修道院的女孩们才会懂得团结,才会意识到我们只有一个共同的敌人,而这样的时刻总是过得太快。早两年,我还以为我们同病相怜,都是孤儿,栖身同一个屋檐下,过着毫无自由的生活。我还以为同样的境遇足以让我们成为一生一世的朋友。然而事实是,我们越来越疏远,小小的群体里甚至还产生了很多小帮派——漂亮的女孩抱作一团(当然,胖妞除外,尽管她也属于这个小团体),还有聪明的女孩一派,爱运动的又是一派,年纪小的也自成一派;只有我属于另类。

又过了半小时,一切准备妥当,我们把饭菜从厨房端出来。排队等待的人群鼓起掌来。在队伍的后面我看到了赫克托耳·里卡多,他是圣德肋撒镇上我最喜欢的一个人。他的衣服脏兮兮、皱巴巴,头发乱蓬蓬,两只眼睛布满血丝,面颊绯红。从我站的地方都能看到他的双手在微微颤抖。一到周日他就这样,因为一周之中只有这一天,他发誓滴酒不沾。今天的他看上去格外潦倒,但等到终于轮到他时,他伸出盘子,脸上绽放出他所能展现的最乐观的笑容。

"最近怎么样啊,我亲爱的海洋女王?"他笑着说。

我向他还了一个屈膝礼:"我挺好的,赫克托耳。你呢?"

他耸耸肩,轻松地说:"生活就像美酒,要小口喝、慢慢品。"

我被他逗笑了。赫克托耳总能说些有趣的谚语。

第一次遇到赫克托耳时,我才十三岁。他孤零零地坐在主大街的咖啡屋外面抱着瓶子喝酒。当时已经是下午三点多了,我走在从学校回家的路上,经过他身边时,和他对望了一眼。

"玛丽娜,就是大海的意思。"他说。

他怎么知道我的名字？其实也不奇怪，因为从我来的那天起，我每周都能在教堂看到他。

"来陪一下我这个醉酒的老头子吧，就几分钟。"

我照做了。我也说不清理由，或许是赫克托耳让人觉得特别和蔼可亲吧。他让我觉得轻松，不像许多其他人那样，把自己伪装得面目全非。他的态度很明确——"我就是我，接不接受随你的便"。

那一天我们坐在那儿聊了很久，他喝完一瓶又去要了一瓶。

"和赫克托耳·里卡多待在一起，"在我不得不回修道院的时候，他对我说，"我会照顾你的。就在我的名字里，赫克托耳来自拉丁文，意思是'保卫和抓紧'；里卡多的意思是'力量和勇敢'。"他边说边握起右拳捶了胸口两下，"赫克托耳·里卡多会照顾你的！"

我能看得出他是认真的。

他接着说："玛丽娜，'大海的'，这就是你名字的含义，你知道吗？"

我告诉他我不知道。我还想知道贝尔吉塔是什么意思，雅丝米是什么意思，艾玛丽娜的词源又是什么。

"也就是说，你是圣德肋撒镇自己的海洋女王。"他咧嘴笑着说。

我笑着对他说："你喝得太多啦，赫克托耳·里卡多。"

"没错。"他答道，"亲爱的玛丽娜，我是镇上的醉鬼。但不要被表象欺骗了，赫克托耳·里卡多是来保护你的。记住，金无足赤，人无完人！"

这么多年过去了，他依然是少数几个我视作朋友的人当中的一个。

给几百号人发圣餐花了二十五分钟。等队伍里的最后一个人领完圣餐，就轮到我们坐在一边，开始用餐了。我们都是能吃多快吃多快，因为大家心里都明白，越早吃干净、收拾完，就越早拥有自己的自由时间。

一刻钟以后，我们五个负责打饭菜的女孩开始刷洗碗碟、擦拭餐台。打扫餐厅最少也要一个小时，而且前提是每个人吃完就走，遗憾的是这一前提显然无法成立。 在打扫过程中，趁别人不注意，我会往包里丢一些不容易腐坏的食物，准备待会儿带到山洞去，比如果脯、干果、坚果、金枪鱼罐头或者豆子罐头。 这已经成为我的另一项每周传统节目了。 我花了很长时间来说服自己，我这么做是为了在山洞里作画时有些零食吃。其实真正的原因是，我要储备食物，以防最糟糕的事情发生，而我又不得不躲起来。 当然，我说的最糟糕的事情就是——他们来了。

第 6 章

　　我换上暖和些的衣服，把床上的毯子卷起，夹在腋下，终于走出了修道院大门。 这时太阳已经西斜，天上没有一朵云彩。 已经六点半了，最多还有一个半小时的自由活动时间。 我特别讨厌礼拜日匆匆忙忙地度过：获得自由之前度日如年，一到自由支配时间的时候，却又感觉时光飞逝。 向东边看去，折射在积雪上的夕阳余晖让我不由得眯起眼睛。 去山洞要翻过两座山头。 山上的雪和这里地上的雪一样厚，我甚至担心今天可能看不到洞口。 但我还是戴上帽子，拉起夹克的拉链，向东走去。 毯子系在脖子上，就像披了一件斗篷。

　　登山小径开始的地方有两棵高高的桦树。 脚一踩入深深的积雪，就感觉到冰冷彻骨。 毛毯斗篷拖在雪地上，将我身后的脚印一一抹去。 一块突出的岩石、一棵倾斜角度和周围不同的树都是我的路标，能告诉我前进的方向。 我循着路标前进，过了大约二十分钟，路过一块很像骆驼背的岩石，我就知道快到山洞了。

　　隐约有种被人窥视的感觉，好像是被人盯梢了。 转过身环顾四周，一片安静，四下里白雪茫茫，再无其他。系在脖子上的毛毯可是起了大作用，很好地隐藏了我的行迹。

脖子后面有一种刺痛的感觉慢慢爬上来。我曾经见过兔子是如何利用周围环境隐藏自己的，有时候，你走到它们身边，都注意不到它们；我也知道，我没有看到人并不意味着别人看不到我。

又过了五分钟，终于看到那片圆形的灌木丛，灌木丛后就是山洞的入口了。洞口嵌在山坡上，就像是一个土拨鼠掏出来的洞，只不过大一些；若干年前，我真把这里当做土拨鼠的窝。好在当时仔细看了一下，才能发现里面另有乾坤。山洞很深，里面很黑，仅凭洞口透进来的一丝光亮，什么都别想看到。我心里却生出一种说不清的欲望，想要探寻山洞的秘密，我也怀疑就是这种好奇心让我的天赋出现的：在黑暗中辨物的能力。虽然在黑暗中看东西没有在日光下那么轻松，但哪怕是在黑暗的最深处，对我来说也像是有烛光照亮一般。

我跪在洞口，敲掉一些积雪，以便钻到洞里去。我先把背包丢下去，再将毯子解下来，在雪地上一扫，将足迹抹去。我把毯子挂在入口的一侧，这样可以挡风，让洞里暖和一些。入口很窄，往里跪行三米就来到一道陡坡，人完全可以直立着下到坡底，这时，眼前豁然开朗。

洞顶很高，说话有回音，五面洞壁在上方交汇，构成一个近乎完美的五边形。一条小溪从山洞深处右侧的角落里喷出来，又消失在地底某处。我也搞不清这水是从哪里来，又流到哪里去的，水位从没下降或者上涨过，而且溪水一年四季冰冰凉。正因为这儿有稳定且干净的水源，所以这座山洞就成了一处完美的藏身之地，让我可以躲开莫加多尔人，躲开那些修女，躲开那些修道院的女孩，甚至躲开阿德莉娜。这儿也是使用和磨炼我的超能力的完美场所。

我将背包放在小溪旁，取出里面那些可以长期保存的食物，将它们放在一处岩架上。上面已经堆了一些吃的，有几块巧克力，几包小包装的燕麦卷、燕麦片、玉米片、奶粉，还有一罐花生酱以及各种罐装的水果、蔬菜和汤，足够吃上几个星期的了。我把包里的东西都拿出来整理好，这才站起身环顾四周，欣赏自己留在洞壁上的作品。

在学校里第一次接触到画笔时，我就疯狂地爱上了绘画。绘画让我能够以自己想要的方式去看世界，而不必直面事物原本的样子；对我来说，这是一种逃避，是一种保存想法和记忆的方式，也是保持希望和梦想的一个办法。

我将画笔用水化开，将笔头的猪鬃软化，然后用水调了些小溪底部沉积的矿物做颜料。我调出土灰色，正好搭配山洞墙壁的灰色。走到约翰·史密斯的画像前，才完成了一部分的他那张脸，正带着迟疑的微笑在迎接我。

我花了很多时间，费了很大劲才画出他那深蓝色的眼睛，画出我想要的感觉。灵感稍纵即逝，很难复制。有时候我也厌倦了努力，就开始画另一幅画，画的是我曾梦到过的那个头发乌黑的女孩。和画约翰的眼睛不同，我画这个女孩没有丝毫的困难。我猜想，假如让我在洞壁前点上一根蜡烛，灰色的洞壁将完全发挥出它的魔力，烛光将微微改变墙上的颜色，同样，我也深信，她的眼睛会随着心情和周围的光亮改变颜色。当然，这只是我个人的感觉。此外，我还画了赫克托耳、阿德莉娜以及几个我每周都会在镇上看到的小贩。洞穴又深又黑，我相信除了我之外，没有人会发现这里的画像。我当然知道这么做依然很危险，但我就是情不自禁地想要画出来。

待了一会儿，我沿着来时路爬上去，拉开挂在洞口的毛毯，将头探出洞外。洞外什么都没有，只有白色的积雪和远处地平线上依依不舍的太阳。我该回去了。今天画画的时间太短，并没有尽兴。在把画笔洗干净之前，我走到约翰画像正对着的那面墙跟前，凝视着上面一个巨大的红色方块。这也是我画的，为了遮盖之前我所做的蠢事，一件会让我暴露身份的蠢事——我在洞壁上写了一串数字。

我用手轻轻触摸着这方块，想着色块下面覆盖的头三个数字。指尖划过干涸开裂的颜料，那些线条的意义让我陷入深深的伤悲。如果说他们的死还有什么是令人稍感安慰的，那就是，他们三个现在已经入土为安，再也不用担惊受怕地活着。

我转过身去，不再看那方块，不再看下面被盖住的名单，接着清洗好画笔，将东西归位。

"下周见啦。"我对这些画像说道。

在离开山洞之前，我看到进出通道之间的那堵墙上的风景画。这是我在洞里画的第一幅作品，大概是在我十二岁那年；尽管这几年来我又给它进行过润色和修改，但基本上还保持着原来的样子。画的是我卧室窗外洛林星球的景色，每一处细节我仍然清晰地记着。连绵的群山，绿草茵茵的平原，高耸的大树，还有一条蓝色的河流穿过。画上散布的色块代表的是正在饮水的喀迈拉。在远处，代表洛林九位长老的九道拱门之上，依稀可见庇塔库斯·洛尔的雕像矗立着；虽然雕像隔得很远，模糊难辨，但绝对就是它，是带给我们希望的灯塔。

我匆匆忙忙从山洞往修道院跑，一路上都在注意有什么不同寻常的地方。当我离开登山小径的时候，太阳已经落山，看来我要晚归了。等到我终于推开修道院厚重的橡木门时，欢迎的钟声大作，看来修道院又来了新人。

我加入队伍中,和其他人一起往住处走去。我们有一个欢迎的传统:大家伙都站在自己的床边,双手背在身后,面对着新来的女孩一个接一个地作自我介绍。记得刚来的时候,我很讨厌这样做,因为我所想要的是隐藏自己,却被迫在众人面前展示自己。

露西娅修女站在门口,手里领着一个小女孩,她的头发是赤褐色的,有着一双充满好奇的棕色眼睛,整个人娇小可爱。小女孩始终低头盯着石头地面,不安地将身体重心从一只脚移到另一只脚。她穿了一件灰色羊绒外套,上面印着粉色花朵的花纹,头上戴着一只小小的发卡,也是粉色的;脚上是一双黑色的鞋子,鞋扣则是银色的。看见她的手指不停地摆弄着腰带,我不禁心生怜悯。露西娅修女在等着我们露出欢迎的微笑,看到我们这三十七个孤儿全都挤出了笑容,她才开口了。

"这是埃拉,七岁了。从现在开始,她将和我们住在一起。我相信你们全都会让她感受到你们热情的欢迎。"

后来听说,埃拉的父母在一场车祸中丧生,而她又没有别的亲戚,所以被送到这里来了。

埃拉大多数时候都垂目注视着地板,只有听到每个人说自己名字的时候,她才微微抬眼看一下。看得出来,她心中充满了恐惧和悲伤,但我晓得她是那种讨人喜欢的女孩子,她在这儿不会待得太久。

接着我们一起走到教堂的中殿,以便露西娅修女向埃拉解释这个地方对于整所孤儿院的重要性。加比·加西亚站在人群后面打了一个哈欠,我扭头望了她一眼,注意到加比背后的那面墙上有一扇彩色玻璃窗,外面立着个黑色的身影,正隔着其中一片透明的玻璃朝里面看。在黄昏阴暗的光线中,我勉强辨识出他的样貌:黑色的头发,浓浓的眉毛,还有唇上厚厚的胡子。他那两只眼睛正盯着我看,这点我绝对不会搞错。 我紧张得心跳都快停止了。 我大口喘着气,向后退了一步。 其他人不知道发生了什么事,都回头看着我。

"玛丽娜,你没事吧?"露西娅修女问。

"没事儿。"我说着摇了摇头,"没事儿,我很好。 不好意思。"

我的心怦怦直跳,双手不住地颤抖。 我攥紧双手,不让别人注意到我的紧张。 露西娅修女又说了些欢迎埃拉的话,我一个字也没听进去。我又扭头望了一眼那扇窗户——那个身影不见了。 随后,我听见露西娅修女宣布解散。

我冲过中殿,来到那扇窗户边朝外面看。 一个人影也没看到,只注意到雪地里留下一排孤零零的靴印。 我在心里安慰自己说,也许刚才的那个人是准备来修道院领养一个女孩,所以先远远地观察一下;也许他是这里某个姑娘的亲生父亲,养不起自己的女儿,只能到这儿偷偷望两眼,以解思念之情。 但不知为何,我总觉得不安全。 那个人看着我的眼神让我很不舒服。

"你没事吧?"后面有人问我,我吓了一跳,转身一看,原来是阿德莉娜。 她站在那儿,双手相扣放在腹部,手上还挂着一串念珠。

"没事,很好。"我说。

"你看上去像是撞见鬼了。"

比鬼还要可怕——我心里想,但没有说出口。 想起早晨她抽我的耳光,我不敢再和她提莫加多尔人。

"有人站在窗户外面看着我,"我把双手插到口袋里,低声说,"就在刚才。"

她眯起眼睛。

"你看，你看那些脚印！"我转身指着地面对她说。

阿德莉娜的背挺得很直，嘴唇抿得有些紧，我还以为她真的很关心这件事，没想到她很快放松下来，走上前去观察了一下脚印。

"没事的，我很肯定。"她说。

"什么叫没事？你怎么能这么说？"

"我一点也不担心。这脚印有可能是任何人留下的。"

"可他就在盯着我看啊！"

"醒醒吧，玛丽娜。算上今天新来的，刚才这儿有三十八个女孩。我们修道院会竭尽全力确保你们这些女孩的安全，但总会有个把镇上的男孩溜到这里，偷偷窥视你们，我们也抓过几个。还有，你们当中有些女孩穿衣打扮的方式太招摇，在去学校的路上边走边换上那些放荡露骨的衣服，不要以为我们不知道。而且你们当中有六个女孩马上就要满十八岁了，镇上的人也都知道。总之，我并不担心你所看到的男子，他不过就是镇上学校里的一个小男生。"

那绝不是什么学校里的男生，我很确定，但是我没有说出口。

"还有，我想为早晨的事向你道歉。我不该打你。"

"这没什么。"我说。

有那么一会儿，我想和她再次提提约翰·史密斯的事情，但最后还是决定算了。这会增加我俩之间的摩擦，我也不想和她闹得太僵。我很怀念我们之间以前的那种融洽。而且修道院的日子已经够难熬了，可不能再让阿德莉娜对我发火。

阿德莉娜还想说些什么，朵拉修女匆匆地走过来，附在她耳边说了些什么。阿德莉娜看着我，频频点头微笑。

"我们晚点再谈。"她对我说。

说完,她和朵拉修女走开了。我回头看着那排脚印,背上起了一层鸡皮疙瘩。

在接下来的一个小时里,我从每间房的窗口依次往山下昏暗的小镇眺望,但再也没有看到那个幽灵般的身影。或许阿德莉娜是对的吧。

尽管我竭力想要说服自己,但还是觉得事情并没有像她说的那样简单。

第 7 章

车上的人都没有说话。六号瞥了一眼后视镜,警灯红蓝交替的亮光映在她脸上。

"这可不妙。"萨姆说。

"该死。"六号恨恨地骂道。

闪亮的警灯和尖叫的警笛甚至惊到了伯尼·科萨,它也直起身子扒着后窗往外看。

"现在该怎么办?"萨姆问。听上去他是被吓到了,快绝望了。

六号松开油门,将卡车靠边,停在高速公路右侧。

"也许什么事都没有。"她冷静地说。

我摇摇头:"难说。"

"等等,我们干吗停下来?"萨姆急了,"别停车,踩油门走啊!"

"我们先看看到底是什么情况。要是现在就和警车来一场高速公路追逐,我们是到不了目的地的。警察会呼叫后援,他们会派直升机来。到那时,我们只有束手就擒。"

伯尼·科萨开始咆哮。我要它安静下来，它没有再叫，但仍然警觉地望着车窗外。我们的卡车慢慢开上路肩，下面铺的碎石在轮胎下嘎吱作响。左边车道的汽车飞驰而过。后面那辆警车也靠边，停在离我们的后保险杠不到十英尺的地方，头灯把我们车里照得透亮。车里的警察关掉头灯，用探照灯扫过我们的后窗玻璃。警笛没有再叫，但灯仍然在闪。

"你们怎么看？"我看着右边后视镜问。

警车上的探照灯让人目眩；一辆车碰巧经过，我看到车上的警察正用右手拿着无线电，可能在查我们的车牌，也有可能是在呼叫后援。

"最好的办法是徒步逃跑，"六号说，"假如警察发现我们的话。"

"熄火，拔掉车钥匙。"警察用扬声器喊道。

六号把车子熄火，回头看了我一眼，拔出钥匙。

"如果他用无线电向总部报告了，你必须得做好莫加多尔人截听到的准备。"我说。

她点点头，没有说话。

警车的车门嘎吱一声打开了，接着传来警靴踩在柏油路面上的咔嗒声。

"他会认出我们来吗？"萨姆问。

"嘘——"六号让他不要说话。

我又看了一眼右边后视镜，发现警察并不是走向驾驶员一侧，而是右转朝我这边过来了。他用手中的镀铬手电筒敲了敲车窗，我犹豫了一下，还是把车窗摇了下来。他用手电对着我的脸，照得我睁不开眼。然后他又对着萨姆和六号照了一遍。他仔细端详着我们三个，眉毛拧作一团，心里恐怕是在纳闷怎么这几个人如此眼熟吧。

"警官,有什么问题吗?"我问。

"你们几个是住在附近吗?"

"不是的,警官。"

"你们开着雪佛兰 S-10 穿过田纳西,车牌却是北卡罗来纳的,而注册的车型又是福特漫游者,介不介意告诉我这是怎么回事啊?"

他瞪着我看,意思是要我回答。我感到脸上发热,竭力想找一个理由出来,想了半天也没想出半个。警察弯下腰,又用手电筒先后照着六号和萨姆看了看。

"有没有人告诉我啊?"他问。

没有一个人做声,这可把他逗乐了。

"你们当然说不出。"他咯咯笑着说,"三个小屁孩在周六晚上从北卡罗来纳偷了一辆卡车,然后开车准备穿过田纳西。你们是在偷运毒品,让我说中了吧?"

我扭头盯着他的脸,他脸色红润,胡子刮得很干净。

"你们想怎么样?"我说道。

"我想怎么样?哈!你们这几个小子准备去蹲监狱吧!"

我冲着他摇了摇头:"我刚才那句话不是对你说的。"

他俯身将胳膊肘支在车门上。

"说吧,毒品藏哪儿了?"他说着就用手电筒扫了一遍车厢里面。当手电照到我脚下的洛林箱时,他停了下来,脸上露出扬扬自得的微笑。

"好的,没关系,不用你们开口。看上去我已经找到了。"

他伸手去拉车门。那一刹那,我猛地用肩膀将车门顶开,把他向后撞翻。他哼了一声,还没倒地就伸手去掏枪。我使出心灵传动,将他的手枪夺下,并在我迈出车门的那一刻,送到我手中。我退出弹匣,将里面的子弹倒在手上，然后又将弹匣合上。

"真他妈的……"他被惊得目瞪口呆。

"我们没有偷运毒品。"我冷冷地说。

萨姆和六号也从车上下来，站在我身旁。

"放你口袋里装好。"我把子弹递给萨姆，接着把手枪也递给他。

"你把枪给我做什么？"萨姆问。

"我也不知道，先和你爸爸那支一起放在你包里吧。"

远处又传来刺耳的警笛声，大概在两英里开外，显然正朝我们这边过来。地上躺着的警察出神地盯着我，眼睛瞪得圆圆的——他把我认出来了。

"见鬼！你们就是新闻里提到的那两个男孩，没错吧？你们都是该死的恐怖分子！"他说着朝地上吐了口痰。

"闭嘴！"萨姆叫道，"我们不是恐怖分子！"

我转身去抱伯尼·科萨，它腿伤没好，还躺在车里。我刚把伯尼放到地上，就听到一声痛苦的哀号划过夜空，转身一跃，看到萨姆在那儿不停地抽搐。我想了一下才反应过来是怎么回事：那个警察用泰瑟枪①打中了萨姆。我离萨姆有十英尺远，就用心灵传动将泰瑟枪扯开。萨姆倒在地上，抽搐着，如同癫痫发作一般。

"你是不是有毛病！"我朝警察吼道，"我们是在救你的命，难道你还不明白？"

他脸上闪过困惑的神情。我让泰瑟枪在空中盘旋，然后按下按钮，蓝色的电流从枪口冒出来。那警察手脚并用企图逃开，见状，我用心灵

---

① 一种非致命的电击枪。

传动扯住他，将他从路边的卵石和垃圾上拖过来。他双脚狂踢，尝试着挣脱我的控制，却是徒劳。

"求你了！"他哀求着，"对不起，对不起。"

"别这样，约翰。"六号劝我。

我没有听她的。我的心中现在只有以牙还牙。我把泰瑟枪抵在这个警察的肚子上整整两秒钟，居然没有一丝一毫的懊悔。

"哼，你觉得怎么样啊？拿着泰瑟枪，你不是很强悍吗？为什么你们都把我们当坏蛋呢！"

他使劲地摇着头，脸上痛苦的表情让人生怖，前额上挂满了晶莹的汗珠。

"我们得快点离开这儿！"六号对我喊道。

此时此刻，第二辆警车红蓝闪烁的警灯已经出现在视野中。

我举起萨姆，将他扛在肩上。伯尼·科萨尽管只有三条好腿，却也还能自己跑。我将洛林箱夹在左胳膊下面，六号拿着其他行李。

"这边走。"六号说着跃过路边的护栏，跑进一片贫瘠的荒野，向一英里开外的群山奔去。

我扛着萨姆，夹着洛林箱，全力向前冲。伯尼·科萨觉得一跛一跛地跑太麻烦，就变成一只小鸟，飞在我们前面。不到一分钟，第二辆警车就到了现场，接着又来了第三辆。不知道这些警察会不会沿着足迹追捕我们；不过假如他们跟着来，六号和我就算在负重的情况下，也能轻易地把他们甩掉。

"放我下来。"萨姆终于开口了。

"你没事吧？"我把他放下来。

"没事，还好。"萨姆有些站不稳，额头上满是汗珠。他用夹克衫的袖子擦了一把汗,然后长吸了一口气。

"快点!"六号催促道,"他们不会这么轻易放过我们。再过十分钟,顶多十五分钟,直升机就会加入进来追捕我们。"

我们向山林跑去,六号冲在最前面,我紧随其后,萨姆在后面竭力跟上。他现在跑起来要比几个月前我们在体育课上跑圈时快多了。唉,感觉那都是好几年前的事了。我们一个劲地往前跑,没人回头看;当我们终于跑到山脚的斜坡上时,夜空中传来狗的吠叫声,可见有一名警察牵了一条警犬来。

"怎么办?"我问六号。

"我本打算把行李藏起来,然后隐身,这样就可以躲过直升机。但现在不行了,警犬会嗅到我们的气味。"

"真见鬼!"我一边骂一边四下环顾,发现右手边有一座山峰,于是提议说,"我们翻过这座山,看看另一边有什么。"

话音未落,伯尼·科萨嗖地飞过,消失在夜空中。还是六号领头狂奔向山顶,我紧跟其后,萨姆殿后。尽管他已经气喘吁吁,但脚步丝毫不敢放慢。

我们在山顶停了下来,远眺,满眼皆是连绵的群山,依稀还能听到潺潺的流水声。我转了一个圈,看到高速公路上,八道手电筒的强光包裹着萨姆父亲的那辆卡车;更远的地方,还有两辆警车分别从两个方向疾驰向现场。伯尼·科萨落在我身旁,变回小猎犬的模样,吐着舌头。警犬的叫声再次响起,离我们更近了。毫无疑问,它是循着我们的气味追过来的,这也意味着徒步追捕的警察离我们不远了。

"不能让警犬老跟着我们。"六号说。

"你听到了吗?"我反问她。

"听到什么？"

"流水的声音。我想，山脚下应该有条小溪，或许是一条河呢。"

"我也听到了。"萨姆插话道。

我冒出一个主意。我拉开夹克衫拉链，脱下衬衣，在脸上、胸口一抹，沾上我的汗液和体味，然后把它丢给萨姆。

"照我的样子做。"我对他说。

"没门，太恶心了。"

"萨姆，要知道，整个田纳西州都想抓住我们，我们可没太多时间了。"

他叹了口气，只好照我说的做。六号虽然不知道我有什么计划，但非常配合，也照着做了。我换了件新衬衣，套上夹克衫。六号把那件满是我们汗味的衬衣扔过来，我用它在伯尼·科萨的脸上和身上擦了一遍。

"伙计，我们需要你的帮忙，准备好了吗？"

尽管在黑暗中看不清它的反应，但它兴奋地用尾巴砸地的声音却向我明白无误传递了信息——它时刻愿意为我效力，为活着而高兴。我能感觉到它内心那种渴望被追逐的古怪欲望，不知怎的，我就是能感觉到。

"说说你的计划？"六号问。

"我们得抓紧时间。"我说着迈步向山脚下有流水的地方奔去。

伯尼·科萨又变成一只鸟儿，和我们一起冲向山脚。警犬的吠叫声时起时落，离我们越来越近。我在想，假如我的计划落空，是否应该直接和这只警犬交流一下，告诉它不要再跟着我们。

山脚下果然是一条河，河面很宽，水面很静，说明它比我们在山顶上听起来的要深得多。伯尼·科萨已经在河岸边等着我们。

"我们得游到对岸去！"我喊道。我们已经没有退路。

"什么？约翰，你知道在冰冷的河水中，人类的身体会有什么反应吗？随便说一个，休克导致心搏停止。假如你还死不了的话，那么你的四肢会失去知觉，让你根本没有办法游泳。我们会被冻僵，然后淹死。"萨姆表示坚决反对。

"这是摆脱警犬跟踪的唯一办法。跳到水里至少还有一线生机。"

"那根本就是自杀。你别忘了，我可不是外星人。"

我单膝跪在伯尼·科萨跟前，对它说道："你得带着这件衬衣，拖着它跑，有多快跑多快，跑上两三英里。我们会渡过河去，这样警犬就闻不到我们的气味，而去追你带着的这件衬衣。过了河，我们还会沿着河继续走。你甩掉警犬再飞过来，追上我们应该没问题。"

伯尼·科萨变成一只巨大的秃鹰，用爪子抓起衬衣，展翅高飞。

"没时间了。"

说完，我用左臂夹紧洛林箱，腾出右手划水。就在我即将跃入水面的那一刹那，六号一把抓住了我的胳膊。

"萨姆说得对，我们会冻僵的，约翰。"她劝道。看得出，她也害怕了。

"他们越来越近，我们已经别无选择。"

见我态度坚决，她咬着嘴唇，看了一眼面前的河流，然后转过身来抓紧我的胳膊，说："好吧，就照你说的做。"

她松开我的胳膊，我能看到她的眼白在黑暗中闪光。她一把将我推开，迈向河边，然后微微翘起头来，像是在集中精神。警犬的叫声传来，比刚才又近了一些。

她慢慢呼出一口气，吐气的同时，她向前伸出双手，缓缓举起。随着她的双手越抬越高，我们面前的河水开始向两边分开。伴着一声急促的巨响,河水向两边退去,水流激荡,满是泡沫,中间露出一条约有五英尺宽的泥巴路来,直通向河对岸。 两边的河水翻滚,就像是巨浪要打下来一般,但却被悬在半空中,那冰冷的水汽蒙了我们一脸。

"快走!"六号命令道。 只见她面色凝重,双眼盯着水面,不让自己分神。

萨姆和我从河岸上跳下来。 我一脚陷到烂泥中,没至膝盖。 但这也比深夜在华氏四十度①的河水中游泳好多了。 我们尽量把步子迈大一些,竭力把脚从厚重的泥土中拔出来,一点一点往前挪着。 等我们上了岸,六号跟着跳下来。 通道两边巨浪汹涌,蓄势待发,都是六号创造出来的。 她走过的时候,不停地旋转双手。 当她爬上河岸,不再控制,两边的波浪立马相撞,发出一声沉闷的巨响,就如同有人向河中打了一发炮弹一般。 河面因为震动而上下起伏,不久又恢复了平静,仿佛什么也没有发生过。

"太了不起啦,"萨姆感叹,"你就像摩西一样。"

"快走,快钻到树林里去,别让警犬看到我们。"她应道。

我的计划奏效了。 没过几分钟,警犬在河对岸停了下来,一顿猛嗅,又转了几圈,然后向伯尼·科萨离开的方向追去。 萨姆、六号和我就躲在树林边上,离大河很近,因为萨姆实在迈不动步子了。

我们接着走,最开始几分钟还能听到对岸警察相互之间在吆喝,后来就渐渐没有了。 又过了十分钟,我们听到空中传来直升机马达的嗡嗡声。 我们停下,等它露面。 一分钟以后,空中出现一道探照灯的光柱,就在伯尼·科萨飞去的方向。 探照灯扫过那一片山林,一会儿照左边,

---

① 相当于摄氏四度。

一会儿又闪到右边。

"它应该回来和我们会合了。"我有点担心伯尼。

"它会没事的,约翰。"萨姆安慰我,"它可是 BK,我所知道的最顽强的动物。"

"可它有一条腿断了。"

"不是还有两只健康的翅膀吗?"六号也安慰道,"它没事的。我们得接着赶路。就算现在还没发现,他们也迟早会知道追错方向的,我们必须赶在他们前面。等得越久,他们追得就越近。"

我点了点头。她是对的,我们必须继续前行。

又走了半英里,河水向右转了个急弯,朝高速公路的方向流去,离山林越来越远。我们在一棵大树的矮枝旁停下脚步。

"现在怎么办?"萨姆问。

"不知道。"我也在想对策。我们等于是兜了一个圈子,直升机就要飞过来,它的探照灯会把这片山林扫个遍的。

"不能再沿着河走了。"我说。

"是的。"六号赞成,"伯尼会找到我们的,约翰,我保证。"

从树顶高处传来一声鹰啸,听起来离我们不远。但夜色太浓,我们无法看到伯尼的方位,它也找不着我们。我毫不犹豫地伸出手掌,瞄准天空,冒着暴露的危险,让我的两只手发光,尽我所能发出最强光,持续了半秒钟。然后我们原地不动,屏住呼吸,翘首以盼。没多久,我听到了狗的喘息声,接着就看到伯尼·科萨变回小猎犬的模样,从河岸边冲了过来。它累得上气不接下气,但是很兴奋,吐着舌头,摇着尾巴。我弯下腰,亲昵地抚摸它。

"干得好,伙计!"我亲了它脑门一下。

但庆祝刚刚开始就戛然而止——我们被发现了!

当时我正半弯着膝盖亲伯尼,又一架直升机从我们身后的山里蹿出来,上面的探照灯正好照着我们。

耀眼的强光顿时让我看不到东西,我迅速直起身子。

"快跑!"六号喊道。

我们向最近的一片山林冲上去。直升机一个俯冲,盘旋在我们头顶,螺旋桨刮起的大风打在我们背上,把树都吹弯了,地面的沉积物都被刮起来了,空气中灰尘弥漫。我用胳膊挡着嘴巴,眯着眼睛不让粉尘刺眼。还有多久他们就会向FBI报告呢?

"不许动!"直升机上的一个男人用喇叭喊话,"你们被捕了。"

听到叫嚷声了——徒步赶过来的警察离我们不到五百英尺。

六号突然停住,萨姆和我也跟着站住。

"我们输了!"萨姆沮丧地叫着。

"好吧,你们这些杂种,那我们就来硬的了。"六号压低声音说。

她放下行李,我还以为她打算带萨姆和我一起隐身。行李不要了,我没问题,但是洛林箱呢?她没法将我们仨和洛林箱一起隐形。

一道耀眼的闪电将夜空划开,旋即,雷声隆隆,狂风怒吼。

"约翰!"六号喊着我的名字,眼睛依然望着前方。

"在这里。"

"你对付那些警察,不要让他们靠近我。"

萨姆一脸茫然,不知如何是好,我将洛林箱塞到他怀里,郑重地对他说:"用你的生命保护它,你就蹲在这儿!"我又转向伯尼·科萨,告诉它留下来保护萨姆。

我冲下山坡,又一道闪电划过夜空,跟着就是震耳欲聋的雷声。 祝你们好运,伙计们,你们会需要这场风暴的——我很清楚六号的超能力有多强。

我来到山脚下,躲在一棵橡树后。人声逼近,听得出他们跑得很快,在两架直升机探照灯的指引下前进。雨开始落下,雨点很大,打在身上冰冰冷。透过倾盆大雨,我仰望天空。尽管狂风大作,两架直升机还是努力保持着平衡,探照灯并没有乱晃。但是,它们坚持不了多久的。

最前面的两个警察喘着气从我身边走过,还有一个紧跟在他们身后。等他们走出十五英尺左右,在他们抬脚的一瞬间,我用心灵传动将他们任扯回来,撞向这棵粗粗的橡树。他们飞过来的速度太快,我只好从藏身处跳出来,免得被他们砸到。两个警察撞在树上失去知觉,瘫在地上;还有一个抬起头,一脸困惑地伸手去掏枪。在他碰到手枪之前,我将枪从枪套里扯出来,夺在手上。金属的冰冷触感传递到我的掌心,我转而面对两架直升机,将枪掷了过去。手枪就像一颗子弹一样飞向离我近一些的那架直升机。就在这个时候,我看到了那双眼睛,就在暴风雨中央,乌黑的眼珠充满忧郁。随即,那张苍老、满是皱纹的脸出现了。在俄亥俄,当六号杀死攻击学校的那头怪兽时,我也看到了同一张脸。

"不许动!"我听到身后有人在喊,"把手举起来!"

我慢慢转过身,看到那名倒地的警察用泰瑟枪对准了我的胸口。

"到底要我怎样?举起手,还是不许动啊?我可只能做到一条啊。"

他扬了扬手中的泰瑟枪:"别这么喜欢讽刺人,小子。"

突然,一道闪电劈下来,旋即雷声轰隆,警察被吓了一跳。他望着雷声传来的方向,惊慌地瞪圆了眼睛。乌云中的那张面孔,仿佛醒过来了!

我趁警察分神之际,一把夺过他手中的泰瑟枪,狠狠一拳砸在他胸口。他飞出去三十多英尺，结结实实撞在一棵树上。没容我转身，一根警棍砸在我后脑勺，我扑倒在泥土里，眼冒金星。但我很快翻过身，朝袭击我的警察举起一只手，死死抓住他，让他没法再次攻击我。他低吼着，像头困兽。我用尽全力将他抛向空中，他发出惊恐的尖叫，越飞越高，声音也被直升机螺旋桨的噪音和隆隆雷声所掩盖。我摸了摸后脑勺，低头一看，手上满是鲜血。被丢到高空的警察坠落下来，我在他离地还有五英尺的时候把他接住，然后又让他在空中翻腾了几秒钟，才将他抛到大树上撞晕。

一声巨大的爆炸声撕裂夜空，直升机那嗡嗡的噪音戛然而止。风住，雨停。

"约翰！"山顶传来六号的尖叫，声音中带着恳求，也有绝望，我明白她要我做什么。

我让两只手掌亮起来，发出的强光一点不比刚刚熄灭的探照灯弱。两架直升机都被拧成麻花，冒着浓烟从高空坠落。我不知道那张脸对他们干了什么，但六号和我必须去营救机上的人员。

两架直升机像鱼雷一样落下，离我较远的那架突然向上升了一下——六号正在尝试阻止它坠落。我知道她对此无能为力，也知道我同样做不到：飞机毕竟太重了。我闭上双眼。记得雅典市的那个地下室吗？记得你是怎么控制地下室里的一切并让飞行的子弹停止的吗？我还要这么做，去感觉驾驶员座舱内部的一切。操作系统，武器系统，座椅，机上的三名男子。我只抓住这三个人，当树木在飞机的重压下折断时，我把他们扯了出来，直升机随即坠毁在地面上。

与此同时，六号那边的直升机也撞到了地面，两团巨大的红色火球从钢铁废墟中升起。我让空中的三个人和爆炸现场保持一个安全的距离，然后将他们小心地放到地上。随后我又跑上山顶,与六号和萨姆会合。

"真牛!"萨姆瞪圆了眼睛。

"你把他们拉出来没有?"我问六号。

她点点头:"慢一秒就完了。"

"我也差不多。"

我从萨姆怀中拿过洛林箱,将它塞到六号怀里,萨姆弯腰拾起我们的行李。

"你为什么把它交给我?"六号问。

"因为我们要离开这鬼地方!"我说着一把抓起萨姆,让他骑在我脖子上,对他喊道:"抓紧啦!"

我们又开始全速奔跑,这次是逆流而上,钻进大山深处。伯尼·科萨变成一只雄鹰,在前面引路。让警察来追我们吧,我心里说。

扛着萨姆跑其实很累,但我的速度仍然比他自己跑要快三倍,当然,也比任何一个警察都要快很多。他们的叫喊声渐渐平息,而且他们两架直升机都已变成灰烬,谁还敢说他们能跟上我们?

全力冲刺了大约二十分钟以后,我们在一座小村庄落脚。我脸上汗如雨下。我将萨姆放下,他把行李丢在地上,伯尼·科萨也跟着落下来。

"嗯,我猜这下我们又要成为新闻焦点了。"萨姆说。

我点点头:"再要隐藏起来就难多了。"我双手撑着膝盖,弯着腰,大口喘气。我想试着微笑一下,但很快就变成自己都不相信的干笑。

六号也配合地咧嘴一笑,整了整怀中的洛林箱,又开始向另一个山头进发。

"加油,伙计们,"她说,"从树林里出去还有很长的路呢。"

第 8 章

在田纳西，我们跳上一列货运火车。刚一坐定，六号就开始讲她和卡塔莉娜如何在纽约州北部被莫加多尔人抓住的事情，那次与她俩在西得克萨斯虎口逃生只隔了一个月。而莫加多尔人在上次搞砸了之后，也计划得更周详了一些。他们用了三十多个人来突袭六号和卡塔莉娜居住的旅店。她俩打倒了几个，但很快就败下来，被五花大绑，塞住嘴巴，还打了麻药。六号醒来的时候，发现自己一个人被关在牢房里，丝毫不知道究竟昏迷了多久。过了一些时日，六号才知道自己是在西弗吉尼亚，在一座被掏空的大山内部。后来她还得知莫加多尔人其实一直都在跟踪她俩，在观察她俩，希望她俩去找其他的几个，因为，用六号的话来说就是——"为什么不放长线钓大鱼？"当她说这话的时候，我心神一怔。也许莫加多尔人还在跟踪着六号，他们在等待一个完美的时机，将我们一网打尽。

"在得克萨斯的时候，我俩的车停在餐厅外，莫加多尔人在上面装了窃听器。我俩谁也没有想到要去检查一下。"说完，六号陷入回忆中，许久没有说话。

六号当时被关在一间八英尺长八英尺宽的牢房里。牢房完全是在岩石上凿出来的,牢房外是一道铁门。铁门正中有个滑动活板,用来给被囚者送吃食。牢房里一片漆黑,没有床铺,也没有卫生间。头两天完全是在黑暗和沉寂中度过的,没吃也没喝(但她从没觉得饥饿或口渴,事后她才明白,这完全是由于符咒的力量),她甚至开始以为自己被遗忘了。事实上,她没那么好运,第三天,莫加多尔人来了。

"他们打开铁门时,我躲在另一头的角落里。他们朝我泼了一桶冷水,架起我,蒙上眼睛,把我拖了出去。"

他们把六号拖到一条隧道里,然后让她自己走,有十来个莫加多尔人围着她。她什么也看不见,却听到许多其他不知什么原因被关在这里的囚徒的惨叫和哭喊。听到这里,萨姆似乎突然想起了什么,准备打断六号提些问题,但最终还是没开口。锁在牢房里的怪兽在不停地咆哮,还能听到金属撞击的声音。随后六号被推进一个房间,两只手腕被铐在墙上,嘴巴也被塞死。他们摘掉她的眼罩,当她最终适应了房间里的光线时,她看到卡塔莉娜就被锁在对面的墙壁上,也被堵上了嘴巴,而且看上去比她的情况糟糕很多。

"后来莫加多尔人进来了,其中有一个看上去就和你在大街上擦肩而过的路人没什么两样。他身材矮小,胳膊上毛很厚,嘴唇上留着大胡子。不光是他,其他几个基本上也都留着胡子。他们也许是在模仿地球二十世纪八十年代初的电影人物形象,想混到人类中来吧。他穿一件白衬衣,最上面一粒扣子是松开的,露出来的胸毛特别扎眼。他的眼睛是黑色的,发现我正盯着他看,他对我微微一笑,用这种方式告诉我他很期望去做即将要做的事情。我被吓得哭了起来,泪如泉涌,望着他从房间正中的桌子里一件件地取出剃刀、尖刀、钳子，还有锥子，我整个人就瘫了。 只是因为手腕被镣铐锁着，才勉强挂住了。"

这个莫加多尔人一共取出了二十多件刑具，然后走到六号面前，距离她的脸只有几英寸，六号都能闻到他那酸臭的口气。

"你看到这些东西了吗？"他问，六号没有吭声。"我打算每一件都在你和你的赛邦身上试一试，除非你如实地回答我每一个问题。 你要是不配合，我向你保证，你们俩肯定会觉得生不如死。"

他随手拿起一把薄薄的剃刀，带有橡胶手柄的，用刀片在六号的脸上轻轻摩挲。

"我追捕你们这几个小鬼很久了，"他说，"而且已经干掉了两个，现在又抓住了一个，虽然还不知道你是几号。 你可能也猜到了，我最希望你就是三号。"

六号还是没说话，拼命地向后退，仿佛以为能够消失在墙壁里。 这个莫加多尔人咧开嘴巴奸笑着，将剃刀的刀背搭在六号脸上。 接着他翻转剃刀，将刀锋压在六号的面颊上，一边盯着六号的眼睛，一边用力压下刀刃，在六号脸上开出一条细长的血槽。 他是想在六号脸上开个口子，可结果却是他自己脸上被切开了。 血立刻从他面颊上涌出，他尖叫起来，又痛又怒，还把桌子给踢翻了，弄得他的那些刑具满天飞。 接着他离开了房间。 六号和卡塔莉娜被拖回到各自的牢房，在黑暗中又被关了两天，然后再次被塞上嘴巴，带到同一间牢房，铐在墙上。 那个莫加多尔人坐在屋子中间的桌子上，脸上缠着绷带，看上去没有上次那么狂妄自大了。

他从桌子上跳下来，扯掉六号嘴里的破布，又抓起上次那把剃刀，举在六号面前翻来转去，让刀刃的寒光映在六号脸上。 "我不知道你是几号……"六号还以为他会再割自己一刀,但他没有,而是转身走向对面的卡塔莉娜。他站在卡塔莉娜身边,眼睛却注视着六号。然后,他用刀锋抵着卡塔莉娜的胳膊说:"但你马上就会告诉我的。"

"不要!"六号尖叫起来。莫加多尔人在卡塔莉娜的手臂上划了一道口子,他的动作很慢,以确保对卡塔莉娜造成伤害。看到流血,他的嘴巴咧得更开了,就在刚才的伤口旁边又划了一刀,这次划得更深一些。卡塔莉娜痛苦地呻吟着,鲜血顺着她的胳膊往下直淌。

"我可以一整天都这样做,你明白我的意思吧?你要告诉我所有我想知道的事情,就从你是几号开始吧。"

六号闭上双眼。当她再一次睁眼时,莫加多尔人回到了桌子旁边,把玩着一把匕首,这把匕首会在舞动过程中改变颜色。他拿起匕首,想要六号看看那正在扭动着的、发着寒光的、仿佛活物一般的刀刃。六号能感觉到这匕首对于血的饥渴。

"现在——告诉我你的编号。四号?七号?还是特别走运,碰巧是九号呢?"

卡塔莉娜冲六号摇头,阻止她开口。六号知道任凭什么酷刑也撬不开她赛邦的嘴巴。但她也知道,她宁愿自己死,也不愿意看到卡塔莉娜被人摧残。

莫加多尔人走到卡塔莉娜跟前,举起匕首,刀尖对准卡塔莉娜的心脏。匕首在他手中跃动,仿佛那心脏就是一块磁铁,对它有着无穷的吸力一般。

"我有的是时间慢慢审问你。"他望着六号的眼睛,面无表情地说,"虽然我在这儿招呼你,但我们的人还在外面追踪其他的加尔德。不要以为我们抓住你,就停滞不前了。我们掌握的信息比你想象的要多,可我们想知道所有的一切。如果你不想看到她的肉被一片片削下来，最好现在就招，而且要抓紧哦。你说的话最好每一个字都是真的，你撒没撒谎，我会知道的。"

于是六号招了。她将她记忆中离开洛林到达地球的旅程、她的洛林箱、箱子的埋藏点，全都一五一十、原原本本地招了。她说得很快，一会儿提到这个，一会儿提到那个。她还说是的，她是八号，当时她的语调中充满了绝望，甚至骗过了那个莫加多尔人。

"你真是脆弱，是不是？你那些洛林星球上的亲人们，虽然不堪一击，但他们至少还是斗士，他们至少够勇敢，懂得维护尊严。但是你——"他顿了顿，摇摇头，仿佛很失望，"你什么都没有，八号。"

说罢他将手中的匕首向前一推，刺进了卡塔莉娜的心脏。六号所能做的只剩下哭叫。在卡塔莉娜离去之前，她俩对视了一秒钟。卡塔莉娜的嘴巴还是堵着的，她靠着墙壁慢慢地滑下，直到手腕上的镣铐将她扯住。她就那样无力地挂在那儿，眼中的光芒渐渐消失。

"不管怎样，他们都会杀了她的。"六号轻声说，"告诉他们我做过的事情，至少可以让她不受酷刑，死得安详一些——如果说还存在一丝慰藉的话。"

说到这里，六号双臂抱膝，凝视着车窗外面模糊的灯光。

"当然是这样的。"我试着安慰她说。我应该站起来，给她一个拥抱，但我没有那么勇敢。

让我惊讶的是，萨姆却有这样的勇气。他站起身，径直走到六号身边。他没有说话，也没有张开双臂拥抱她，只是挨着她静静地坐下。六号靠在萨姆的肩头，泣不成声。

过了不知多久，她止住啜泣，拭去脸上的泪珠，继续诉说遭遇："卡塔莉娜死了以后,他们试尽一切办法想把我杀掉——电击、水淹、炸药炸,无所不用其极。 他们给我注射氯化物,一点作用也没有,我甚至感觉不到针头扎进胳膊。 他们把我扔进毒气室,我却觉得那毒气是我呼吸到的最新鲜的空气。 但在毒气室外面的一个莫加多尔人却死了,就在他按下释放毒气的按钮几秒钟之后。"六号说着拿手背擦了一下脸颊,"想起来挺有趣的,我觉得我被关押期间杀死的莫加多尔人要比在俄亥俄的学校里杀掉的多得多。 他们没招了,就给我换了个牢房。 他们可能打算把我一直关在那儿,直至三号到七号都被他们杀死。"

"你做得很好,告诉他们你是八号。"萨姆在一旁说道。

"现在回想起来,我却感觉很糟糕。 那就好像是亵渎了卡塔莉娜的尊严,还有那真正的八号。"

萨姆伸出双手扶着六号的肩膀:"一点也没有,六号。"

"你被关了多久?"我问。

"一百八十五天。 应该是的。"

我半天没合拢嘴。 半年多的时间,被关在暗无天日的牢房,无依无靠,而且性命堪忧。 "我真的不该问,对不起,六号。"

"我一直等待着、祈祷着,希望我的天赋能早日显现,这样我才能从那鬼地方逃出去。 于是有一天,第一项超能力终于来了。 那天我刚吃完早饭,低头一看,发现我的左手不见了。 一开始我被吓坏了,这是肯定的,但接着我意识到我还能感觉到自己的左手。 我试着用手拿起调羹,没有一点问题。 我这才明白是怎么回事——隐形正好也是我逃出生天所需要的能力。"

六号身上天赋来临的方式和我的差不多。 我想起在天堂镇高中,在我的第一堂课上,我的手突然开始发光的情形。

两天后，六号已经可以让自己完全隐形。那天挨到午饭时间，莫加多尔看守拉开铁门上的活板，推进她的午餐，却发现牢房空空如也。他睁大眼睛四下里张望了一通，紧接着敲响了警报，整个山洞里顿时回响起刺耳的哀号。铁门被拉开了，四个莫加多尔人冲进来。他们站在牢房里，正纳闷俘房怎么可能逃出去的时候，六号偷偷溜了出来，沿着隧道往下跑，这也是她第一次看到这个山洞的全貌。

整个山洞就像一个巨大的迷宫，也像由长长的、相连的隧道编织而成的一张网。隧道里光线很暗，但通风良好，到处都有监控摄像头。她经过几间装有厚玻璃的房间，里面干净明亮，看上去应该是科学实验室。那里面的莫加多尔人穿着白色塑料工作服，戴着护目镜；但她跑得太快，没看清楚他们究竟在做什么。还有一个不太规整的大厅，里面摆了大约一千台显示器，而且每台前面都坐着一名莫加多尔人。六号猜测他们是在网络上搜寻我们的蛛丝马迹。亨利也是这么做的——我心想。还有一条隧道，两边都是厚重的钢制牢门，应该是关押其他犯人的地方。但她只能接着跑，因为她的超能力远没有完善，恐怕不能持续隐身太久。她就在持续不断的警报声中跑到了大山的中心，那里是一个巨大的、洞穴式的大厅，足有半英里宽。里面又黑又暗，她看不清对面，也不知道有多深。

大厅里又闷又热，六号汗流浃背。大厅的墙壁和顶部都镶嵌了大型的木网格，以防山洞坍塌。狭长的钢架连接着各条隧道，也点缀着黑漆漆的墙壁。在她头顶正上方，依山凿出了几条长长的拱桥，连接山洞两边。

六号紧紧贴在一块凸起的岩石下面，来回扫视，想找到一条路出去。面前有无数个路口，不知该走哪一条路。她站在那儿不知所措，茫然地扫视着四周无尽的黑暗,看不到一丝希望。突然,她看到了——在沟壑对面,一条较宽的隧道尽头,微微透进针眼大小的自然光。她准备爬上木网格,再上石桥,然后走进那条隧道。就在这时,她看到一个人,就是杀死卡塔莉娜的那个莫加多尔人。她不能就这么放过他。于是她尾随他走进杀死卡塔莉娜的那间房。

"我径直走到他的桌子旁,拿起我能看到的最锋利的一把刀,从身后抓住他,割开了他的喉咙。我看着他的血淌了一地,一直看着他化作灰烬,才意识到心里渴望让他死得慢一点、更痛苦一些,或者再杀他一次。"

"那你逃出山洞以后呢?"我问。

"我爬上了对面的一座山,从山顶眺望那个山洞。我整整观察了它一个小时,竭尽全力记住周边的每一个细节。做完这项工作,我跑了五英里的路,一路上经过的一切我都留意了。跑到最近的一条公路,正好有一辆皮卡开过,车速很慢,我就跳上了后车斗。皮卡沿着公路开了一截,停在一座加油站加油,我从驾驶室里偷了一份地图、一个笔记本,还有几支笔。差点忘了,还顺手拿了一包薯片。"

"好极——啦。什么口味的?"萨姆兴奋地问。

"嘿,哥们。"我提醒他别打岔。

"怎么啦?"

"烧烤味的,萨姆。我在地图上标出了山洞的方位,在汽车旅馆已经指给你们看了。我又在笔记本上画了一个图表,列出我所记得的一切内容,就像是一个流程图。有了这张图的引导,谁都能直接找到洞口。当时我又慌又怕,就把图表藏在离小镇不远的地方,只留地图在身边。后来我偷了一辆汽车,一直开到阿肯色州;当然已经晚了,我的洛林箱早就被莫加多尔人夺走了。"

"六号，对于发生在你身上的事，我感到很遗憾。"

"我也很遗憾，"她接着说，"但他们没有我的帮助是打不开那只箱子的。也许将来某一天，我会把它夺回来的。"

"至少我的洛林箱还在我们手上。"我答道。

"你要尽快打开它。"六号说。

我知道她说得对。我本应早已开启洛林箱，不管箱子里面是什么，不管它隐藏着什么秘密，亨利都希望我找出来。秘密。洛林箱。这正是他的遗愿。而我拖了这么久还没打开，真是愚蠢至极；不管箱子里是什么，我有一种预感，它会让我们四个开始一段漫长的艰难旅程。

"我会的。"我说，"但我们要先下火车，再找个安全的地方。"

第 9 章

清晨，教堂的钟声敲响，我第一个从床上爬起来。我总是第一个起床，不完全因为我习惯早起，更主要的是因为我喜欢赶在其他女孩前面独自使用公共卫生间。我迅速整理床铺，经过这么多年的锻炼，我已经相当擅长做这项工作。其中的关键就是要先将床单、毛毯，还有被子的一头紧紧塞进床尾。然后从床尾，将它们铺到床头，拉直，并把两边塞到床铺下面，再把枕头放在上面。这样铺好的床铺特别平整，丢个硬币上去都能弹起来。

我快要整理好的时候，对面床，也就是最靠近大门那张床上的女孩也起来了，就是那个礼拜日来到修道院的埃拉。和早两天一样，她试着模仿我的样子整理床铺，尽管很认真，但效果并不佳。她的问题在于不是从床尾铺到床头。这周在寝室值班的凯瑟琳修女对她很宽容，但今晚她的轮班就结束了。接下来的一个星期是朵拉修女当班，她可不管你是不是新来的，或者还在适应期，达不到她眼中的完美标准就是不行。

"要我帮忙吗？"我穿过房间，向她走去。

她看着我，眼中满是悲伤，能看得出并不是为了这床被褥。我想，她现在对周围的大多数事物根本不在意；也不能怪她，要知道，她的父母刚刚过世。我本来想告诉她不用担心，她不像我们这些"被判了无期徒刑的人"，她很快就会离开这里，可能要不了一个月，最多也就两个月。但是，这种话对现在的她来说又有什么意义呢？

　　我在床尾弯下腰，将床单和毛毯拉直，把它们的边塞到床垫下面，然后把被子铺到上面。

　　"帮忙抓着那一头？"我扬头示意床铺左边，自己则走到另一边。我俩一起把被褥拉得紧紧的，就和我那床一样整洁。

　　"大功告成！"我欢快地说。

　　"谢谢你。"她的声音很轻，带着胆怯。我低头看着她那大大的棕色眼睛，不自觉地喜欢上了她，也感到有必要照顾她。

　　"关于你父母的事，我很遗憾。"我对她说。

　　埃拉看向别处，但随即冲我微微一笑："谢谢你的关心。我真的很想他们。"

　　"他们也很想你，我很肯定。"

　　我们一起走出房间。我注意到她踮着脚尖走路，没有发出一丝声响。

　　埃拉站在卫生间的洗脸池边刷牙，她拿牙刷很靠上，纤细的手指都快碰到刷毛了，这也让她手中的牙刷看上去要大一些。我看到她在镜子望着我，就冲她微微一笑，她也笑了，露出两排碎牙。她嘴里的牙膏泡沫溢出来，顺着胳膊流，从胳膊肘那里滴下来。我看着那泡沫水走了一个S形，心下觉得特别熟悉，不禁勾起了万千思绪。

　　那是六月的一个炎炎夏日，蓝色的天空飘着白云，水面在烈日下泛起涟漪，空气清新，带着松树的味道。我深吸一口自然的气息，让圣德肋撒修道院带给我的压抑烟消云散。

我深信在第一项超能力到来之后不久，我的第二项天赋很快就会出现，但都过去整整一年了，还是没有来。我发现第二项超能力的到来纯属巧合。

每年学校放暑假的时候，为了表彰那些修女们认为"出色"的学生，修道院会组织一次到附近山区的野营活动，为期四天。我一直都很喜欢这种野营，原因和我喜欢去那个山洞是一样的。这是一种逃避——我们很少有这样的机会，可以整整四天在群山环抱的大湖中游泳，可以出门远足，可以睡在繁星下，可以呼吸新鲜空气，远离圣德肋撒那发霉的走廊。总之，这是一个难得的机会，可以做我们这个年纪该做的事情。我甚至曾看到过几个修女开怀大笑，当然，她们以为没人注意到。

湖里有一个浮动船坞。我是一只旱鸭子，因此这么多个夏天，我都只是坐在湖边，远远地看别人在水里笑啊、玩啊，从船坞跳到水里。我花了好几个夏天在水浅的地方独自练习，直到十三岁那年的夏天，我终于掌握了一种不太完美的、总是要把头露出水面的狗刨式。就这样慢慢游到船坞上，对我来说也已经足够。

大家在船坞上的游戏就是把对方推到水里去。我们会先组成队，当只剩下一组人时，就各自为战了。我以前认为胖妞要赢得这比赛，肯定是手到擒来，不费吹灰之力，毕竟她是整个修道院个子最大、最壮的一个。但实际情况是，她基本上没赢过。她总是被比她瘦小、比她聪明的女孩打败，其中把她推下水次数最多的应该就是博妮塔。

我一般不参与这个"船坞女王"的游戏。我喜欢坐在船坞边沿，将两脚垂在湖水里。但那次，博妮塔从后面猛地将我一推，我一头扎进湖水里。

"要么一起玩,要么回岸边去。"博妮塔轻轻掸着肩上的长发对我嚷道。

我爬上船坞扑向她,使出全身力气推她,她向后一倒,落进水里。

不曾想胖妞就在我身后,她那两只强有力的手冷不防地从后面将我使劲一推。船坞的木板打湿了,很滑,我没站稳,头和肩膀狠狠撞在船坞边上。我被撞得头晕目眩,还失去了知觉。等我睁开眼睛,人已经在水下。黑漆漆一片,什么都看不见,我本能地使劲踢水,双手乱抓,想浮到水面上去,但我的头却直接撞到了船坞的底部。我知道水面和船坞的木板之间有一条小缝。我试着将头往后仰,把鼻子和嘴巴露出水面,不料水立即拍进了我的鼻腔。顿时,肺里就像有火在烧似的。我慌了神,又挣扎着向左边游,也找不着出路——我被困在船坞的塑料浮筒里了。水往我的肺里灌,想到自己快要被淹死了,我脑子里冒出一些荒诞的念头来。我想到其他的加尔德,想到他们的脚踝上将增添一道新的灼痕。他们会以为是三号被杀了吗?会知道真正死的是我吗?这条疤痕会和其他的一样吗?毕竟,我不是被莫加多尔人杀死的,是因为自己的愚蠢。我慢慢闭上双眼,开始下沉。就在我感觉到最后一串泡泡从我唇间冒出的时候,我的眼睛猛地睁开了,内心充满一种异样的平静,肺部也没有了灼烧感。

我是在呼吸。

湖水弄得我肺部痒痒的,但同时也满足了我不得不呼吸的迫切需求。这时,我才知道我找到了第二项超能力:在水里呼吸的能力。而之所以能发现,只是因为我被推到了死亡的边缘。

船坞上的女孩们潜入水中寻找我,我还不想让她们看到我,就让自己一直沉到湖底。世界慢慢地完全黑下来,直到我的双脚最终沉入冰冷的淤泥中。等我的眼睛适应了黑暗的环境，我开始能够透过混沌的棕色湖水观察周围了。十分钟过去了，二十分钟过去了，那些女孩子最终都离开了船坞。我估摸着午饭的钟声已经敲响，但我就那样等着、等着，一直到非常确定她们都去吃饭了，才慢慢走向岸边。湖底的淤泥很黏，我的脚深陷其中，只能一寸一寸往前挪。过了一会儿，冰冷的水开始变得暖和，周围也越来越亮，淤泥逐渐让位于岩石和沙子，最后，我的头露出了水面。这时，我听到女孩们一下子如释重负似的欢呼起来，向我泼水，其中也包括胖妞和博妮塔。上了岸，我检查了一下身上有没有受伤，发现肩膀上有一道口子正在流血，鲜血沿着我的胳膊往下流，隐约像个"S"。

结果那个下午，修女们强迫我坐在树下的餐桌旁，不许我下水玩。我毫不在意，毕竟，我又拥有了一项超能力。

埃拉注意到我从镜子里望着她胳膊上的牙膏泡沫发愣，显得有些尴尬，于是模仿我的样子刷牙，结果，更多的泡泡从她嘴里溢出来。

"你真是个泡泡工厂。"我笑着说，顺手抓起毛巾给她擦干净。

等其他女孩来洗漱了，我们正好要回到寝室穿戴整齐；等她们从卫生间回到寝室，我们已准备出门——我总是比她们领先一步，我一向喜欢这么做。我俩到自助餐厅带上午餐，然后走进寒冷的晨风中。我在上学的路上把苹果吃了，埃拉也和我一样。今天我到学校要比平日早上十来分钟，好有时间上网看看有没有关于约翰·史密斯的新消息。一想到他，我不禁面露微笑。

"你在笑什么呢？你喜欢上学吗？"埃拉看到我笑了，就问我。

我低头看着她，那个啃了一半的苹果在她的小手里显得特别大。"今天天气很好啊，应该是这个原因吧。另外，我找到一个好同伴。"

我俩穿过小镇，街上的小贩们刚开始准备一天的买卖。积雪还没有融化，堆在主大街的两边，路面上的雪已经扫掉。道路前方右侧，赫克托耳·里卡多家的前门打开了，他推着坐在轮椅里的母亲从里面出来。他母亲患有帕金森症，五年前，她不得不坐上轮椅；三年前，已经不能开口说话。赫克托耳把母亲的轮椅推到晒得到阳光的地方，放下轮椅刹车。见和煦的阳光似乎让她觉得舒服多了，赫克托耳默默走开，耷拉着脑袋坐在背阴的地方。

"早上好啊，赫克托耳。"我大声朝他打招呼。他抬起头，半眯着眼睛望望，然后举起颤悠悠的手，朝我挥了一挥。

"玛丽娜，大海的意思。"他用嘶哑的声音说，"明天唯一的局限就是我们今天的疑虑。"

我停下来对他微笑，埃拉也跟着站住。

"这句算是比较有水平的。"

"不要怀疑赫克托耳，他还有一堆金块呢。"他开玩笑道。

"你怎么样啊？"

"力量、信心、谦逊，还有爱，这是赫克托耳·里卡多的幸福生活四大信条。"他自顾自地说道，根本与我问他的话无关，但却让我感觉很好。他将视线移到埃拉身上，问："这位小天使是谁啊？"

埃拉抓着我的手，躲到我身后去了。

"她的名字叫埃拉。"我扭头望着她说，"这位是赫克托耳，我的朋友。"

他看埃拉还躲在我身后，就自我评价说："赫克托耳可是一个好人。"

我们接着往学校走，赫克托耳一直朝我们挥手。

堂镇,警方原先将其视作人质,现在则划为同谋。

第三个人是谁？一个乌发的女孩。我梦中的女孩也是乌发。

亨利在哪儿？

他们又是如何逃离两架直升机和三十五名警察的追捕的？

两架直升机是怎么坠毁的？

我如何才能联系上他或者其他人？

在网络上发布些什么吗？

太危险！有没有什么办法能让我既在网上发布信息,又能避开莫加多尔人的耳目呢？如果有的话,其他的加尔德会看到吗？

约翰正在逃亡,他会查看网络吗？

阿德莉娜是否知道一些我不知道的事情？

我能否不动声色地在她面前提起这件事呢？

我的笔尖悬在笔记本上方。网络和阿德莉娜,是我现在仅有的两个信息来源,可好像哪一个都不容乐观。我还能做些什么？仿佛一切都是徒劳,就像爬到山顶,去点燃烽火传递信息一样。我总觉得自己错过了什么——某个至关重要的因素,它是如此的明显,仿佛就在面前看着我,但我却怎么也想不起来。

历史老师还在那里絮絮叨叨。我闭上眼睛整理思路：九个加尔德和九个赛邦,一艘飞船将我们带到地球,终有一天也会带我们回到洛林；我们隐藏在地球的某个角落；我所记得的就是,我们在一场暴风雨之中降落在一个遥远的地方,有一道符咒保护我们加尔德不受莫加多尔人伤害,但只有当我们分开,而且彼此远离的时候才有效。为什么？一道需要我们分开才奏效的咒语,仿佛完全违背了帮助我们打败莫加多尔人的初衷。这样做又有什么意义呢? ——就在问自己这个问题的时候,我无意中想到另外一些事。 我闭上双眼,尝试进行逻辑推理。

我们加尔德要隐藏起来,但是要躲多久呢? 一直要等到我们具备超能力,拥有作战的武器,能够取得胜利的那一天。 当第一项超能力最终来到的时候,我们能做一件什么事情呢?

答案是显而易见的。 我握紧钢笔,在纸上写下我能想出的唯一答案——

洛林箱。

第 10 章

现在我每次入睡都会做噩梦。每天晚上都会梦见萨拉的面孔,但只是浮现一下,就被无穷的黑暗吞噬,随后便传来她的呼救声。无论我多么疯狂地寻找,就是看不到她的影子。她一直在呼救,叫声凄惶,听得出她很害怕、很孤独,但我就是看不到她。

接着亨利来了,他的身体扭曲,还在冒着烟。他望着我,知道我们又重逢了。我在他的双眼中从没看到过恐惧、遗憾,或者悲伤,我看到的是骄傲、安慰和爱。他似乎在告诉我要坚持下去,去战斗,去赢得胜利。最后,他瞪圆了双眼,恳求再多给他一些时间。"来到这儿,来到天堂镇,并不是偶然。"——他又说了一遍,但我仍旧不知道他是什么意思。接下来又是:"我本不会错过人生的每一秒,孩子,但为了洛林的一切,为了这个该死的世界……"我每次梦到亨利都会不可避免地看着他死去,一遍又一遍,这真是一个诅咒。

我梦见洛林,还是莫加多尔人入侵前几天的样子,还有那曾经在梦中见过千百次的森林和大海。那时候我还是一个孩子,在高高的大树之间无拘无束地奔跑；身边的人们或微笑，或大笑，丝毫没有意识到即将来临的恐怖。接着我看到了战争、毁灭、杀戮和鲜血。有时候我还能清晰地看到未来，今晚就是这样。

我的眼睛还没闭上多久，就被带到另外一个地方。从一开始，我就知道自己从未来过这里，但却依然感觉很熟悉。我沿着一条满是垃圾和废墟的道路狂奔，到处都是碎玻璃、烧化的塑料、变形生锈的钢铁。酸雨的雾气灌到鼻腔里，让我眼泪直流。残破的建筑高耸在灰色的天空之下。右手边有一条河，污浊不堪，宛如死水。前方一片喧哗，叫喊声和金属撞击的声音在浑浊的空气中特别刺耳。我看到一群愤怒的民众将飞机跑道围起来，跑道上停着一艘巨大的飞船，正准备起飞。有一道栅栏将飞机和民众隔开，我穿过绕满铁丝的大门，靠近里面的飞船。

飞机跑道有几条细细的水沟，里面淌着岩浆颜色的液体。莫加多尔士兵将民众挡在外面，与此同时，成群的斥候登上飞船。半空中还悬着一个玛瑙黑色的球体。

被挡在栅栏外的人群怒吼着向前冲，士兵们将冲上来的人打回去。这些平民要比士兵矮小一些，但皮肤的颜色都是一样的灰色。飞船那边传来一声低吼，人群顿时安静下来，惊恐地往后退，跑道上的士兵也开始列队。

接着，有什么东西从灰蒙蒙的天空落下。一团黑色的漩涡。漩涡将周围的乌云都卷了过来，还拖着一条乌黑的尾巴。我没等这个东西落到地面，就赶紧用手掩住了耳朵，但撞击的冲击波还是差点把我掀倒。随着尘埃落定，一切归于平静，一艘珍珠白色的球形飞船出现在面前，圆形的舱盖滑开，一只丑陋的怪物走了出来，和那只在岩石城堡想砍掉我的头的怪物长得一模一样。

栅栏处响起一阵吵闹声，人们争先恐后地往后退，都想离这个怪物远一点。 他比我记得的那个家伙还要魁梧，肌肉发达，五官轮廓分明，留着短短的板寸。 他的胳膊上满是文身，两只脚踝上各有一道深深的疤痕。 最大也最显眼的一块疤痕在他脖子上，形状奇特，而且是紫色的。 一名士兵从飞船里拿出一根金色手杖。 手杖的手柄部分雕刻得像把锤子，上面画着一只黑色的眼睛。 怪物将手杖拿在手里，那只眼睛一下子便活过来了，左转转，右转转，看到我的时候，一下子就停住了。

那个莫加多尔人也感觉到我就在附近，开始在人群中搜寻我的踪迹。他双眼一眯，迈开一大步，手举金色手杖向我扑过来，手杖上的眼睛跟着跳动起来。

就在这时，人群中有人朝这个莫加多尔人大叫，抓狂似的摇着栅栏。莫加多尔人回头看清抗议者的方位，将手杖朝那人的方向一指，手杖上的眼睛立刻发出骇人的红光，抗议者随即裂成碎片，被扯到铁丝网里面来。人群顿时炸开了锅，纷纷夺路而逃。

莫加多尔人将注意力转回到我身上，用那根手杖指着我的头，我顿时产生一种往下坠落的感觉。 失重的感觉让我的胃部很不舒服，都要吐了。 而且他脖子周围的东西是如此触目惊心，如同一道蓝色的闪电，将我从梦中惊醒。

破晓，微光透过窗户，射进我们住的小房间，周围事物的形状慢慢变得清晰起来。 我大汗淋漓，气喘吁吁，内心的痛苦和迷惑告诉我我还活着，而且并不在那个可怖的地方，那个将人从铁丝网的小洞里扯过去的地方。

我们在保护区边上找到一座废弃的房屋，离乔治湖只有几英里。 这种房子亨利肯定喜欢：与世隔绝，小而安静，不需要人来警戒。房子只有一层，外墙刷的是酸橙绿，屋子里面刷的是米黄色系的涂料，铺着棕色的地毯。屋子的水源居然没有切断，我们真是太走运了。就是灰太多，应该是很久没有人住了。

我翻个身，侧躺着，看到枕边的电话机。梦里所见让我心有余悸，唯一能让我排遣苦闷的只有萨拉。已经有两个星期没见她了。我想起在天堂镇我的房间里，萨拉刚从科罗拉多州回来的时候，我们相拥的感觉。如果要我挑一个和萨拉在一起的时刻永久珍藏，我会毫不犹豫地选择这一刻。我闭上眼睛，想象着这一刻她在做什么，穿着什么衣服，在和谁说话。新闻里说天堂镇周边的六个学区将接纳校舍被毁的学生，直到新教学楼盖好。不知道萨拉会去哪一所学校，不知道她还有没有坚持摄影这项爱好。

我伸手拿起手机。号码是预付费的，注册在一个叫朱利叶斯·凯萨的人名下——亨利的幽默感时常让我惊讶①。这是我这么多天来，第一次开机。我要做的就是拨通她的号码，听一听她的声音，就是这么简单。我一个接一个按下那些熟悉的数字，直到最后一个，却最终没能按下去。我闭上眼睛，长叹一口气，关掉手机，合上手机盖。我知道我不能按下第十个数字，因为我要为她的生命、我们所有人的生命负责。

萨姆坐在外面的客厅里，正抱着亨利留下的一台笔记本用流媒体观看CNN的新闻。幸运的是，亨利用假名注册的无线网卡还能使用。萨姆一边看，一边在一本标准信笺簿上飞快地记着什么。田纳西州的事情已经过去三天，昨天晚上，我们来到了佛罗里达。我们搭了三次半挂

---

① 亨利在伪造身份时，取了恺撒大帝的姓氏的谐音，故有此说。

车——其中一次还错搭了反方向的车,走了两百英里冤枉路,最后跳上火车,就到了这里。 这一路要是没有超能力,没有我们的速度,没有六号的隐身术的话,我们是无论如何也到不了佛罗里达的。 我们打算销声匿迹一段时间,等风头过去。 我们要重组队伍,开始训练,不惜一切代价避免上次直升机坠毁那样的悲剧。 第一步,弄一辆新车;第二步,计划下一步的行动。 以后怎么办,其实我们心里都没数。 我又一次深刻体会到亨利的离去所造成的无法弥补的损失。

"六号人呢?"我蹒跚着走到客厅。

"在屋后游泳什么的吧。"萨姆答道。 这座房子很酷的一点就是屋后有一个游泳池,六号见了立即呼风唤雨,将池子里注满水。

"我还以为你想去瞄一眼六号穿泳衣的样子呢。"我说着拿胳膊肘轻轻碰了碰萨姆。

他的脸刷地红了:"别乱说,哥们。 我想上网浏览一下新闻。 总得做点贡献嘛。"

"找到什么没有?"

"你是说除了我现在被视作共犯,悬赏提高到五十万美元之外吗?"萨姆反问。

"行了,哥们,你心里高兴着呢。"

"没错,确实很酷。"他露齿一笑,"不过没有新的消息。 我就不明白亨利是如何做到的,要知道,每天可有成千上万条新闻啊。"

"亨利从不睡觉。"

"你不是想去看六号穿泳衣的样子吗?"萨姆说完,随即扭头盯着电脑屏幕,不像是开玩笑的样子,这让我有点诧异。 他知道我对萨拉的感情,我也知道他对六号的感觉。

"你刚才是什么意思?"

"我注意到你看她的眼神了。"萨姆说着,点开一条有关肯尼亚空难的新闻链接——那场空难只有一个幸存者。

"那我看她是什么眼神呢,萨姆?"

"没什么。"

幸存者是一名老年妇女,肯定不是我们中的一员。

"洛林人一生只爱一次,兄弟。而我爱萨拉,你知道的。"

萨姆还是盯着电脑屏幕。"我知道你爱萨拉,只是……我也说不清楚。你是六号喜欢的那种类型。她不会喜欢我这样的书呆子,满脑子的外星生物和外太空之类。我就不明白六号怎么可能喜欢上像我这样的人。"

"你也很了不起,萨姆,别忘了这一点。"

我走到屋后的推拉式玻璃门前,外面就是游泳池。游泳池周围的草长得很高,草外围是一道砖墙,形成一个隐蔽空间。最近的住户离这里有四分之一英里,而这里距离市区至少十分钟的车程。

六号划开波浪,漂在水面上,宛若一只水生昆虫。在她旁边,有一只像鸭嘴兽的动物,长着长长的白发和山羊胡子,游得比她还快一倍。不知道伯尼·科萨这次又在模仿什么动物。六号注意到我来了,游到边上,胳膊搭在池沿,身体半浮在水里。伯尼·科萨跃出游泳池,变回小猎犬的模样,抖落满身的水滴,溅了我一身水。这也让我精神一振,不禁憧憬起重返佛罗里达的美好时光来。

"可别在池子里把我的狗淹死啦。"我跟六号打趣道。

我察觉自己正盯着她完美的肩膀和细长的脖子看。也许萨姆说得没错,也许我看六号的眼神和萨姆是一样的。这么一想,我更加想回到屋里，开机打电话给萨拉，听听她的声音了。

"它别把我杀了才是真的呢。这个小家伙游起来像是伤已经痊愈了。哎，对了，你头上的伤怎么样了？"

"还有点痛，"说着我摸了摸后脑勺，"但还能应付得了。你问这个是不是打算今天就开始训练？我可准备好了。"

"那好，"她点点头，"我很期待哦。我有很长时间没和人一起对练了。"

"你确定要跟我对练吗？要知道，你可能会受伤，没错吧？"

她笑了起来，然后朝我喷了一口水。

"好，这就开始啦！"说着我激起一片浪花，水浪冲向六号的面孔。她潜入水下，躲过浪头。再度出现时，她骑在巨浪的浪尖向我扑过来，整个游泳池的水几乎都被她抽干了。我还没来得及做出反应，她就跳开了，一个浪头拍下来，把我击倒在地，冲到屋子后面。我听到她在得意地笑。水流回到游泳池里，我爬起来，想把她推到水里去，不料她却将我的心灵传动引向别处，我立马倒立着飞过去，手臂无助地乱甩。

"你们究竟在这儿干吗？"萨姆站在推拉门那儿问道。

"唔——六号太托大了，所以我决定要帮助她摆正位置，难道你没看出来？"

我还是头朝下倒立着，悬在游泳池正中央，离水面大概四英尺。我能感觉到六号抓住了我的右脚踝，这种感觉竟然和她真正用手提起我是一样的。

萨姆见状挖苦我说："没错，太对了。把她摆正到和你一样的位置吗？"

"刚才我正准备行动的。我在等待时机，你懂的。"

"萨姆，你说呢？"六号笑问，"我该给他这个机会吗？"

萨姆脸上乐开了花："别给他机会。"

"嘿！"

我这边话音未落，六号却已经松开了手，我头朝下坠入水中。当我浮出水面，六号和萨姆已经笑得直不起腰了。

"这只是第一回合，"我从泳池里爬出来，脱掉衬衫摔在水泥地上。"本人大意轻敌而已。走着瞧吧。"

"怎么不充好汉啦？"萨姆调侃说，"你刚才不是说要当硬汉吗？"

"这是策略。"我说，"我正在给六号一种误导，让她觉得自己很安全。然后等她放松警惕，我再攻其不备。"

"哈哈！嘴上说得真好听！"萨姆乐了，接着加了一句，"天哪，我真希望也有超能力。"

六号站在我俩中间，穿着一件纯黑色连体泳衣。她一边笑个不停，一边用手拧干打湿的长发。她将身子微微前倾，让水珠顺着胳膊和大腿滴落。她腿上的那道伤疤仍旧呈紫色，但颜色已经没有上周那么深。她将长发甩到脑后，萨姆和我都看得痴了。

"那就这么定了，今天下午开始训练吧。"六号问，"你还认为可以伤到我吗？"

我鼓起一口气，然后缓缓吐出："也许我会手下留情的。我是说，你腿上的伤疤看上去还有些瘆人。但是，好的，下午就开始。"

"萨姆，你是不是也同意啦？"

"你想让我也参加训练？真的？"

"当然啦，你现在是我们的一员。"六号说。

萨姆搓着双手直点头，乐得合不拢嘴，就像一个圣诞节早上收到礼物的孩子。"可是你们拿我当靶子练,我就回家。"

下午两点,我们开始训练。天空阴沉沉的,我估摸着练不了多久。萨姆踮着脚尖跑出来,身上穿着运动短裤和加大码球衣,胳膊上、腿上都戴了护具。我想,要是能给勇气和决心也戴上护具的话,他的块头都要赶上我见到的飞船上那个莫加多尔人了。

首先,六号向我们展示了她掌握的格斗技巧——我倒是真的不懂格斗技巧。她身形移动流畅,踢腿和出拳,还有后翻躲避攻击时像机器一样精准。她向我们示范如何反擒拿,如何利用技巧,如何做到全身协调一致,并要求我们反复演练同一个动作,直到可以本能地使出来。萨姆照单全收,哪怕六号打得他四脚朝天、七荤八素,他也一声不吭。我也被六号修理得够惨的。从表面上看,我吊儿郎当、嬉皮笑脸,其实我是用尽了全力和她对战,结果还是被她打得屁滚尿流。我无法想象她是如何独自学到这么多东西的。当我第二次被摔了个狗吃屎,满嘴青草和泥土时,我意识到她能传授给我许多东西。

半个小时后,天开始落雨了。一开始只是毛毛细雨,很快,天就像漏了一样,大雨倾盆而下,我们只好进屋躲雨。萨姆在屋子里踱来踱去,对着假想中的敌人出拳踢腿。我坐在椅子上,紧紧握着我的蓝色护身符,久久地凝望着窗户。看着屋外的大雨,我记起最近经历的两场暴风雨都是六号创造出来的。

想到这儿,我一回头,看到她蜷在客厅一角,搂着伯尼·科萨,就像抱着一个枕头,睡得正香呢。她一向这么睡觉,侧着身子蜷作一团,看起来不再那么浑身带刺。

她雪白的脚底正好对着我这边。我用心灵传动轻轻搔着她的右脚脚心,她伸了伸脚,像是在赶走一只讨厌的苍蝇。 我又搔了搔,她又用力地伸了一下。 等了有几秒钟,我尽量轻轻地从她脚后跟挠到大脚趾,把整只脚挠了个遍。 六号缩回脚,再将腿伸直,用力向外一踢,她的那股心灵传动力将我踢飞,把墙撞了一个洞,露出里面的电线和壁骨。 萨姆听到动静,冲进客厅,摆出格斗的姿势。

"什么情况? 谁?"他叫道。

我站起来,揉着胳膊肘。

"蠢蛋!"六号坐了起来,一副不屑一顾的样子。

萨姆看了看我,又看了看六号。

"你们真是荒谬至极!"他大声嚷嚷着退回到厨房,"你俩的调情差点吓死我啦!"

"你也吓死我了!"我故意忽略"调情"这个词。 他头也不回地走了,根本没听到。 我这是在调情吗? 萨拉会这样认为吗?

六号打了个哈欠,撑起双手伸了个懒腰,问:"还在下雨?"

"没错,但像是快要停了。 幸好下了雨,不然你身上又要多几块淤痕了。"

六号摇了摇头:"别再打肿脸充胖子啦,小约翰,不累吗? 别忘了,我可以呼风唤雨。"

"别做梦了。"我说,并试着换一个话题。 我讨厌自己和其他女孩子眉来眼去的。 "对了,我一直打算问你,云层中的那张面孔是谁? 每次你召唤来一场风暴,我都会看到那张疯狂、不祥的面孔。"

她挠着右脚脚心,回答说:"我也不确定,但自从我能够搅乱天气,这张脸就总是出现。 我想应该是个洛林人吧。"

"没错,应该是的。 我还以为是让你疯狂的前男友呢,以为你对他念念不忘。"

"很明显,我对九十岁的老头毫无抵抗力,你太了解我了,约翰。"

我耸耸肩,和六号相视而笑。

那天晚上,我在后院的烤架上做了晚餐;烤架已经生锈,好在还能用。或者应该说,我是试着做饭。因为我在天堂镇和萨拉一起上过家政课,所以我算是唯一一个知道如何让食材变得多少有些像吃食的人。我做的是鸡胸肉、土豆,还有速冻意大利腊肠比萨。

我们坐在客厅的地毯上,围成一个三角形。六号将毯子顶在头上披下来,身上穿一件黑色的无袖背心,可以清楚地看到她的护身符。这让我回忆起在幻象中见到的场景。我一直渴望能坐在餐桌旁吃上一顿正常的晚餐,再好好地睡上一晚,梦里不受洛林回忆的折磨。我上次见到的场景难道就是我们离开之前洛林星球的真实写照?

"你经常会想到你的父母吗?"我问六号,"我是说他们在洛林星球上的样子。"

"现在不怎么想了。我甚至无法告诉你他们长什么样子,说真的。尽管我还记得和他们在一起是什么感觉——如果说这还有什么意义的话,我时不时会想起那种感觉。你呢?"

我拿起一片烤焦的比萨,决定以后绝对不在烧烤架上加热速冻比萨。"我常常在梦中见到他们。这真的很不错,但与此同时,也让我肝肠寸断,让我时时记起他们已经不在了。"

毯子从六号的头上滑下来,落到了肩膀上。"你呢,萨姆,想念你的父母吗?"

萨姆张了张口,欲言又止。看得出,他正在考虑要不要告诉六号他父亲的故事。萨姆一直坚持他爸爸是在出门买牛奶和面包的时候被外星人劫持了。但最终,他只是说:"我想他们俩,想我的爸爸妈妈,但我知道和你们待在一起会更快乐。鉴于我已经了解你们的一切,我想我已经无法待在家里了。"

"你知道得太多了。"我打趣地说。他本来可以在家里的餐桌旁享受母亲准备的丰盛晚宴,现在却躲在一处废弃的房屋里,坐在地板上,嚼着我弄的难吃的食物,这让我于心不安。

"萨姆,很抱歉牵连到你,把你卷进来。"六号说,"不过,能和你在一起,感觉真好。"

萨姆脸红了:"不知怎的,我开始觉得自己和整个事件有一种奇怪的关联。我可以问你一些事情吗,莫加多尔星球离地球有多远?"

我又想到亨利,回忆起他对着七个玻璃圆球一吹,它们就有了生命。

很快,我们坐在了漂浮的太阳系复制模型前面。

"与洛林星球相比,莫加多尔星球离地球要近得多,为什么?"萨姆说着站了起来,"从这里到莫加多尔星球要多久?"

"可能几个月吧。"六号说,"要看你乘坐什么样的飞船,还有使用的是什么类型的燃料。"

萨姆转了一个圈,说:"我认为美国政府肯定制造了一艘飞船,可以航行这么远的距离,就是不知道停在哪里。我敢肯定,这艘飞船还只是原型机,属于绝密,藏在群山深处。我就在想,假如我们找不到你们来的那艘飞船,又得飞到莫加多尔星球和他们开战,那我们该怎么办?我们必须要有个B计划,对吧?"

"没错。A计划是什么?请再说一遍。"我忍不住问道。我无法想象在莫加多尔人家门口和他们整个星球的人为敌。

"拿回我的洛林箱。"六号说着把毯子扯到头上来。

"你知道要去哪间教室吗？"我问埃拉。

"我要去上洛佩兹夫人的课。"她笑着说。

"哈哈，你真是个幸运的女孩。我也上过她的课。她也是镇上的好人，和赫克托耳一样。"我对埃拉说。

二

我快要崩溃了，学校的三台电脑都被人占了。镇上的三个小女生正拼命地赶着完成理科作业，她们的手指飞舞，键盘敲得啪啪响。我这一天像是在坐过山车，越过越郁闷，只能一个人在那儿想事情。约翰·史密斯，他正在美国逃亡，总是处在危机边缘；而我被困在这儿，在圣德肋撒这个破旧、发霉的古镇，生活犹如一潭死水。我一直想，到了十八岁，我就离开。但既然现在约翰·史密斯就在那儿，被人追捕，我就必须尽快离开这儿，加入他的队伍，不能等到满十八岁的那一天了。现在的问题是，他在哪儿？如何能找到他？

今天的最后一节课是西班牙历史。老师在讲台上唠叨着弗朗西斯科·佛朗哥将军和二十世纪三十年代的西班牙内战。我不去听她啰嗦，只顾在笔记本上写着关于约翰的文字，素材都来源于我最近读到过的新闻报道。

约翰·史密斯。

在俄亥俄州天堂镇居住四个月。

驾驶一辆皮卡西行的途中，在田纳西州被警察拦下，当时正值午夜时分，同车还有两个年龄相仿的年轻人。

他们要开车去哪里？

和他一起的两个人中，一个被确认是萨姆·古德，也来自天

"然后呢?"

"训练?"

"然后呢?"我紧追不舍。

"去找其他人,我想。"

"听上去就只是四处乱跑,毫无计划可言。亨利或者卡塔莉娜肯定会有一些更有建设性的想法,比如研究杀死特定敌人的方法。你知道派肯兽是什么吗?"

"就是摧毁学校的那些巨兽。"六号说。

"那什么是克劳尔兽呢?"

"体型较小的野兽,在体育馆里攻击过我们。"她回答道,"怎么了?"

"还在北卡罗来纳州的时候,我做过一个梦,当时你和萨姆也听见我说莫加多尔语。在梦中,我听到这两个名字被提起,之前我从没有听到过。亨利和我只是把它们叫做'巨兽'。"我顿了顿,"之前我还做了一个梦。"

"也许你并不是在做梦。"六号说,"也许是你的幻象。"

我点点头:"这一点很难分辨。我是说,这些梦感觉和那些我对洛林星球的幻象毫无二致,但无论是在梦中还是在幻象中,我都并非身处洛林星球。亨利曾经说过,我之所以产生幻象,是因为这些幻象对我个人而言有着某种特殊意义。事实证明确实如此——我过去看到的都是曾经发生过的事情。但是今天早上,我在梦中看到的却并非如此……怎么说呢,就仿佛我看到的事情正在发生一样。"

"了不起,"萨姆说,"你快成电视机了。"

六号将手中的餐巾纸一扬,丢到空中。我想都没想,用意念将它点燃，纸巾在空中燃烧，还没落到地毯上就已化作灰烬。

六号接着说道："不是不可能，约翰。据说有些洛林人就能做到这一点，我是听卡塔莉娜说的。"

"但问题是，我觉得我梦见的或者幻象中看到的就发生在莫加多尔星球上。顺便说一句，那里真的和我之前想象的一样恶心。空气污浊，熏得我眼泪直流。到处都是灰色的，荒无人烟。但我是怎么到那里去的呢？而且那个体型庞大的莫加多尔人又是如何感觉到我的存在的呢？"

"有多庞大？"萨姆插嘴问道。

"超大，至少有我见过的莫加多尔士兵两个加起来那么大，身高二十英尺，可能还不止，而且要聪明很多、强壮很多，单从外表就能看出来。他绝对是头领之类的人物。到现在，我在幻象中见过他两次了。第一次的时候，我无意中听到某个小头目向他汇报情况，都是关于我们和学校里发生的事情。第二次，我看到他正准备登上一艘飞船；有人跑上舷梯去，递给他一件什么东西。一开始我也不知道怎么回事，但在飞船舱门关闭之前，他却向我转过身，让我能看清楚到底是什么东西。"

"是什么东西？"萨姆问。

我摇摇头，将我的餐巾纸抟成团，让它在手心燃烧。透过屋后的玻璃门，我能看到天边的夕阳，它正散发着橙色和桃红色的光芒，那天亨利和我坐在高高的门廊上欣赏的佛罗里达的落日就和今天的一样。我真希望他还在我身边，还能给我出谋划策。

"约翰，到底是什么？他拿着什么？"六号也很好奇。

我抬起手，举起我的护身符。

"就是这个。不，他有三个护身符，属于我们死去的三个兄弟姐妹。莫加多尔人肯定是杀了他们以后，留下了他们的护身符。这个大块头的头领，不管他是什么身份，他将三个护身符都套在脖子上，就像戴着奥运会奖牌一样。然后他站在那儿许久，好让我看个清楚。我看到每一个护身符都散发着淡蓝色的光芒；而等我醒来以后，发现我自己的也在发着蓝光。"

"这么说，你认为这是一个征兆，就像你说刚才看到自己的命运一样？有没有可能是因为你压力太大，才做了一个稀奇古怪的梦呢？"萨姆给我分析说。

我摇头否认："我想六号说得对，这些应该都是我的幻象。我觉着这种幻象才刚刚拉开序幕。最让我担心的事情就是，我看到那个家伙上了飞船，他极有可能就是要到地球来。而且如果飞船真像六号说的那么快的话，他用不了多久就会抵达地球。"

第11章

我是怎么来到圣德肋撒的？ 我所能记得的只是一些片段，关于那一段长得我以为永远不会结束的旅途的零星记忆。 记得大多数时候，我都是又累又饿，疲惫不堪。 我记得阿德莉娜向人乞讨一些零钱或者食物，我记得晕船的感觉和随之而来的呕吐，记得人们从我俩身边走过时的那种厌恶的眼神，记得我俩每一次的改名换姓，还记得我的洛林箱——尽管带着它很麻烦，但阿德莉娜从不离身，无论我们多么落魄和艰难。 终于有一天，我俩敲开了修道院的大门，露西娅修女收留了我们。 我还记得当时洛林箱就在阿德莉娜两脚之间紧紧夹着。 我知道后来她将洛林箱藏在修道院里某个人迹罕至的角落里。 我也找了很久，却一无所获，但我始终没有放弃寻找。

又是礼拜日了，埃拉来修道院已经一周了。 弥撒时间，我俩一起坐在最后一排。 这是她第一次参加弥撒，她对弥撒的态度和我一样，完全不感兴趣。 除了上课之外，她基本上和我如影随形。 早上我帮她叠被子，整理床铺。 我们一起去上学，放学一块儿回来；我们一起吃早餐和午饭，临睡祷告也一起做。我越来越觉得离不开她，而她也总是围着我转，看得出，她也越来越离不开我。

马尔科神父碎碎念了整整四十五分钟，我终于受不了了，闭上眼睛想着我的山洞，心里挣扎着要不要带埃拉一起去。带她一起去的话有几个问题：首先山洞里没有一丝光亮，埃拉不可能像我一样在黑暗中行动自如；其次，山上的积雪还没有融化，我也不知道这一路上她的身子骨受不受得了；但最大的问题是，我担心带她去反而会害她陷入险境。莫加多尔人随时可能出现，埃拉只能任人宰割。尽管有着种种顾虑和担心，我心底还是非常倾向于带她去，我想给她看我作的画。

星期二早上，快要去上学的时候，我发现埃拉弓着背，趴在床上。我一边嚼着早餐饼干，一边隔着她的肩膀望过去，看到她正在飞快地绘制我们寝室的平面图。她画得很好，每一处细节、每一条精确绘制的墙壁裂缝，还有她捕捉透过窗户落在地面的光斑的能力，都让我惊叹不已。整幅图给我的感觉，就像是在看着一张黑白照片。

"埃拉！"我脱口喊道。

她将画纸翻过来，用教科书压着，然后把她的小脏手放在上面。她知道是我，但没有回头。

"你这是从哪儿学的？"我轻声问道，"你怎么画得这么好？"

"跟我爸爸学的。"她低声答道，却还是没把画纸翻过来。"他是一位艺术家，我妈妈也一样。"

我坐到她床边，说："我还以为我算是修道院里数一数二的画家呢。"

"我爸爸是一位了不起的画家。"她淡淡地说。

我还没来得及和她多说两句，卡梅拉修女就进来领我们出去了。当天晚上，我在枕头下面发现埃拉画的那张图。这是我收到的最好的礼物。

虽然人在弥撒现场，我的心思却在琢磨埃拉能否帮我去绘那些岩画。我可以在修道院里弄一个手电筒或者一盏提灯，带到山洞里去。

旁边突然响起一阵咯咯的轻笑声，打断了我的思路。睁开眼睛朝身旁望了望，原来是埃拉，她发现衣服袖子上有一条红黑相间的毛毛虫，正在往上爬。我将手指放在唇间，做了个嘘声的手势。但没过多久，她又笑出声来，因为那只毛毛虫顺着她的衣袖越爬越高。她竭力忍住不笑出来，小脸涨得通红，但刻意的压抑反而让她笑得更厉害。最终，她忍不住了，哈哈大笑起来，引得人人回头来看是怎么回事。正在布道的马尔科神父一句话还没说完，也停了下来。我一把抓走埃拉胳膊上的那只毛毛虫，然后正襟危坐，迎向众人责怪的眼神。埃拉这下终于止住不笑了，人们这才慢慢扭过头去，马尔科神父也重新开始他的布道。

我用手握着那只毛毛虫，它在我手掌中蠕动着，想要挣脱束缚。过了一分钟，我松开拳头，这个突然的动作让那只毛茸茸的小家伙蜷作一团。埃拉一扬眉毛，捧起双手，我将毛毛虫放到她的掌心里。她坐在那儿，笑眯眯地低头望着手中的虫子。

我往前排看了一眼，果然看见朵拉修女正神情严厉地盯着我这边，对此我毫不诧异。她摇了摇头，然后转回去聆听马尔科神父的布道词。

我向埃拉那边靠了靠，附在她耳边耳语道："祷告结束以后，我俩得离开这儿，越快越好。要离朵拉修女远远的。"

参加弥撒之前，我给埃拉编了一条麻花辫。而此时，她仰起头来，那对大大的棕色眼珠凝视着我，小脑袋则像是被辫子往后拉一样。

"我有麻烦了？"

"没事的，"我安慰她说，"只是以防万一而已。我俩要赶在朵拉修女拦住我们之前，跑到教堂外面去，明白了吗？"

"明白。"

遗憾的是，我俩没等到这个机会。离弥撒结束还有几分钟的时候，朵拉修女站起身来，貌似随意地信步走到中殿后排，然后站定在教堂门口静静地候着。当众人在胸口画十字，结束最后的祷告语时，我再次睁开眼睛，却发现朵拉修女的一只手已经按在我左肩上。

"请跟我来。"她对埃拉说道，同时探身过去抓住埃拉的手腕。

"你要干什么？"我大叫起来。

朵拉修女将埃拉从我身边拉开："不关你的事，玛丽娜。"

"玛丽娜！"

埃拉向我求救，她不停地回头看我，眼神中充满了恐惧。我慌了神，冲到前排。阿德莉娜正站在那儿，和镇上的一位女士在说话。

"刚才朵拉修女抓住埃拉，把她拖走了。"我语速很快地打断了她们，"你得去制止她，阿德莉娜！"

她望着我，一副难以置信的神情，随后淡淡地说："我不会去做这种事的。另外，叫我阿德莉娜修女。请原谅，玛丽娜，我正在和别人交谈。"

我冲她不停地摇头，泪水在眼眶中打转。很显然，阿德莉娜已经忘了寻求帮助却被无情拒绝的感受。

我一拧身，冲出中殿，沿着旋梯跑到教堂的办公区。在我的左手边，大厅的尽头，唯一一扇紧闭的门后就是露西娅修女的办公室。我跑到门前，犹豫着究竟该怎么做。敲门？还是破门而入？当我伸手去抓门把手的时候，听到了刑条断裂的声音，随即传来一声尖叫。我被吓呆了。 埃拉在门的那边又哭又叫。

"你在这里干什么？"朵拉修女打开门，冲我厉声喝道。

"我来见露西娅修女。"我撒了个谎。

"她不在这里，而你该到厨房去干活了。走吧！"她说着将我往来的方向赶，"正好我也要去厨房。"

"她没事吧？"

"玛丽娜，这不关你的事。"说着她一把抓住我的胳膊，将我掉个头，然后往前一推，命令道，"快走！"

我慢慢远离办公室，心里恨自己不争气——为什么每次直面她们的时候，我都会不由自主地感到害怕？ 总是这样，不管是面对修女们，还是加布里埃拉·加西亚，还是在船坞上面对博妮塔的那回，我都会感到紧张，随即化为恐惧，最终选择默默走开。

"走快点！"跟在我身后下楼梯的朵拉修女吼道。 她要监督我去厨房，那里有一堆事情在等着我去做。

"我得去上个厕所。"快到厨房的时候，我撒了一个谎，其实我是想去确定一下埃拉没事。

"好吧。 抓紧时间啊，我可给你记着时间呢。"

"行。"

我拐过一个弯，躲在后面等了大约三十秒钟，估摸着朵拉修女走开了，就顺着原路跑回去，冲上楼梯，来到大厅。 办公室的门半开着，我直接走了进去。 里面黑乎乎的，阴暗而压抑。 四面墙上都有书架，摆着一些旧书，覆着一层厚厚的灰尘，只有一扇脏兮兮的彩色玻璃窗透进些许光亮。

"埃拉？"我轻声唤着她的名字，没有人应声。 不知为什么，我觉得她应该是躲起来了。 我走出这间办公室，沿着走道逐一探头进去看了一眼每间房间：里面都没有人。 我一路走，一路唤着她的名字。 大厅对面就是修女们就寝的地方，那儿也没有她的踪迹。 我走下楼梯，看见人群已经开始向分发餐食的餐厅涌动。 我又转到教堂中殿，看她在不在：不在。 两间寝室里没有，电脑房里没有，储藏室里也没有。 我把她可能在的地方找了个遍，还是一无所获。 半个小时过去了，这时候再去餐厅，简直就是自投罗网。

于是我匆匆脱掉礼拜日的礼服，从衣架上抓起大衣，从床上抽出毯子，箭一般冲出教堂。 我在雪地里跋涉，离小镇越来越远，刑条折断的咔嚓声和埃拉的尖叫在脑海中挥之不去。 我也无法原谅阿德莉娜对我的轻蔑态度。 我全身绷紧，使出心灵传动，将路过的大块岩石举起，向山脚下掷去。 把精力集中在这上面，也算是排遣心中苦闷的一个好办法。 积雪的表面已经变硬，结了一层薄薄的冰，脚踩上去，嘎吱嘎吱作响。 我苦闷异常，恨不得让这些石头砸向山脚的小镇。 但我还是出手拦住了这些石头。 毕竟，让我恼怒的并不是小镇，而是和它同名的那座修道院和里面住着的人。

翻过骆驼背，只剩下半公里的路了。 太阳高悬空中，照在脸上暖洋洋的。 此时的太阳还在东边，意味着离我必须回修道院的时间还有至少五小时。 我从来不曾拥有这么久的自由时间。 沐浴在和煦的阳光中，迎面而来宜人的微风，让我糟糕的心情多少得到了一些抚慰，也不去管回到修道院会有什么样的麻烦等着我。 回头看看，想知道毛毯披肩在发硬的雪面上隐藏踪迹的效果如何，却发现自己的担心并非多余，这个法子今天完全没有起作用。

虽然如此，我还是接着往前进，直到雪地中耸立的那块圆形灌木丛映入眼帘。我跑了过去，一开始并没有注意到洞穴底部的积雪被翻起来堆在四周。但是当我走到入口处，立刻就意识到出问题了。

一排鞋印，有我的两个大，从南边过来，沿着山脚，从小镇一直上到山洞。山洞入口的地方鞋印密集，来人似乎在这里转了几圈。我心神不宁，总觉得看漏了什么关键的地方。接着我明白了，是这串鞋印——只有进去的，没有出来的。

不管这鞋印是谁的，那个人都还在山洞里。

第 12 章

他们来了！ 过了这么多年，莫加多尔人终于找上门来了！

我转身想走，脚下一滑，摔倒在地。 我拼命地向后退，想逃离这洞口，鞋子却被毛毯绊住了，泪水立刻从眼中涌出，心在扑通扑通跳个不停。 我竭力站起身，撒开双腿，有多快跑多快，甚至没有回头看到底有没有人跟踪，只顾没命地向前跑，慌不择路，根本没注意双脚迈向何处。穿过来时的雪原，眼前的树木变得模糊，天上的云彩也黯淡下来。 我能感觉到搭在双肩上的毛毯在风中飘扬，就像那超级英雄所穿的斗篷。 途中绊倒一次，在雪地上滑了一截，但很快挣扎着站起来，接着向前跑；一步跃过骆驼背，落地时又重重摔在地上。 终于，我冲过那片桦树林，回到修道院。 从修道院走到山洞，我用了将近二十五分钟，刚才跑回来却只用了不到五分钟。 就和在水底呼吸的超能力一样，超速度这项超能力在我需要的时候显现出来了。

我将毛毯从脖子上取下，冲过教堂大门（我听到餐厅传来用午餐的谈笑声），匆匆冲上旋梯，来到大厅。 我知道这个礼拜日阿德莉娜轮休，便径直走进修女们睡觉的房间。 房门没关,里面摆着两把高背扶手椅,阿德莉娜端坐在其中一把上,膝头摆着《圣经》。 看到我走进来,她合上了《圣经》。

"你怎么没在餐厅吃午饭?"她先问我。

"他们来了。"我上气不接下气地说,双手抖得厉害,说完干脆弯下腰,将手放在膝盖上。

"谁来了?"

"你明知故问!"我大叫道。 接着我从牙缝里挤出五个字:"莫加多尔人。"

她微微眯起双眼,仿佛觉得不可思议:"在哪儿?"

"我刚才去了山洞——"

"什么山洞?"

"管他什么山洞! 山洞外面有一排巨大的鞋印——"

"慢点说,玛丽娜,你是说一个山洞外面的鞋印?"

"没错。"我答道。

她居然笑了,带着嘲弄的味道。 我随即意识到来找她是个错误。 我本该想到她是不会相信我的话的,而且站在她面前,我不由自主地觉得自己是个傻瓜,一个软弱无能的傻瓜。 我直起腰,却不知双手该放在什么地方。

"我想知道我的箱子在什么地方。"我说。 我的语气算不上自信,但绝没有胆怯的味道。

"什么箱子?"

"别再装糊涂了!"

"你凭什么认为我还留着那个旧玩意儿?"她平静地问。

"因为你要是把它丢了,就是背叛了你的民族。"我说。

她打开膝上的《圣经》,装做阅读的样子。

我想要离开，但马上又想起雪地里的那串鞋印。

"在哪儿？"我又问了一遍。

她低着头，望着手中的书，装做没听见我的话。我用心灵传动感觉着那本书的轮廓和那又薄又旧的页面和粗糙的封皮，然后猛地将它合上。阿德莉娜从椅子上跳了起来。

"告诉我箱子在哪儿。"

"你好大的胆子！你以为你是谁？"

"我是一名加尔德，我能不能活下来关系着我们整个洛林种族的命运。阿德莉娜，你怎么能对洛林弃之不顾？你又怎能对人类弃之不顾？约翰·史密斯，我深信他是我们加尔德的一员。他正在美国逃亡，最近他被拦下来停车检查，可以在不碰到身体的情况下将警察举起来。就像我一样，就和我刚才对你的《圣经》所做的一样。你还不明白发生了什么事吗？如果我们还不伸出援手，到时候我们失去的将不仅仅是洛林，还有地球和这座愚蠢的修道院、愚蠢的小镇！"

"你怎么敢说这是个愚蠢的地方！"阿德莉娜攥紧双拳，向我迈了一步，"只有这里收留了我们，玛丽娜。正因为如此，我们才活到现在。洛林人又为我们做了什么？他们将我们塞进飞船，飞了整整一年，然后又把我们丢在这么个残酷的星球上。没有行动方案，也没有指令，只知道要我们藏起来，训练自己。训练又为了什么？"

"为了打败莫加多尔人，为了夺回我们的洛林星球。"我对她摇了摇头，"其他人可能正在战斗，正在想法子团结在一起，想法子重归家园，而我们却躲在这监狱一般的地方无所事事。"

"我过着充实的生活，目标就是用我的祈祷和修行来帮助人类。其实你也应该这样做的。"

"你在地球上唯一的目标是协助我。"

"你还活着,不是吗?"

"这只是字面意义的'活',阿德莉娜。"

她坐回到椅子上,再次打开那本《圣经》。"洛林星球已经毁灭,被埋在废墟之下,玛丽娜。"

"洛林没有毁灭,它只是在休眠。你自己也说,重点是我们都还活着。"

她用力咽了咽口水,说:"死亡的判决已经传达给我们每一个人。"她的声音略显沙哑。接着她换了一种更为温柔的语调:"从出生之日起,我们的生命就注定走向死亡。所以在这一世,我们应该行善,这样才会有一个美好的来世。"

"你怎么能这样说?"

"因为这就是现实。我们是濒临灭绝的种族最后的残存,而且很快也将死去。大限将至之时,愿主能帮助我们。"

我再次对她摇头。我可没兴趣和她讨论上帝。

"我的箱子在哪儿?在这间房里?"我绕房间转了一圈,先看了看四面墙的顶部,然后蹲下身,检查床底下。

"即使你拿到那箱子,没有我,你也打不开,这你是知道的。"

她说得没错。假如我还相信她若干年前告诉我的事情——那时我仍然相信她告诉我的一切,那么今天,没有她,我确实打不开这箱子。徒劳无功的感觉转瞬间向我袭来。雪地里的鞋印,逃亡中的约翰·史密斯,圣德肋撒彻头彻尾、让人完全崩溃的禁闭,还有阿德莉娜,我的赛邦,这个本该帮助我开发超能力的人,却早已经放弃了自己的使命,她甚至不知道我具备了哪些超能力。我能在黑暗中看清东西,在水底自由呼吸，以超高速奔跑，用意念移动物体，还能让濒死的植物复活。 就在我心烦意乱的时候，朵拉修女进了屋。 她双手叉腰，满脸怒气，冲我吼道：“你怎么没到厨房去？”

我望了她一眼，还给她一个同样的怒容。

"得了，闭上你的嘴。"说着我昂首走出房间，留下她在那儿目瞪口呆。 我跑到大厅，下了楼梯，抓起外套冲出大门。

我跑得很快，边跑边朝四下里张望，道路两边的景物都变成了影子。 尽管我依然感觉到自己被人盯梢，因此丝毫不曾放松警惕，但镇上的一切并无异常。 我冲下山坡，路过咖啡馆的时候，走了进去，因为这是镇上唯一开门营业的地方。 谢天谢地，里面二十张桌子有一半坐着顾客；我现在特别需要待在人多的地方。 我正要坐下，冷不防看到了赫克托耳，他正坐在角落里自斟自饮。

"你怎么没去参加盛宴？"

他抬起头，今天他穿得很体面，胡子刮得很干净，两只眼睛清澈而锐利，看上去昨晚休息得很好。 我可有一阵子没看到他这样容光焕发了，也不知道他能坚持多久。

"我还以为你礼拜日不喝酒的呢。"话刚出口，我就后悔了。 赫克托耳和埃拉是我如今仅有的朋友，埃拉已经不见了，我可不想再把另一个给惹毛了。

"我也这样以为。"他不以为意，"如果你碰巧认识一个想要淹死悲伤的人，别忘了善意地告诉他悲伤也会游泳。 来吧，坐这儿来，坐这儿来。"说着，他伸出腿把椅子踢过来。 我重重地坐下后，他问我："你怎么样啊？"

"我讨厌这地方，赫克托耳。 我身上的每一个细胞都讨厌这地方。"

"今天很倒霉？"

"在这儿就没有一天好日子。"

"嗯，这儿也没有那么糟糕吧。"

"你为什么总是乐呵呵的？"

"酒精的力量。"他大笑。他给自己满上一杯，这瓶酒似乎才刚刚打开。"我一般不向其他人推荐，但酒精对我确实有效。"

"得了，赫克托耳，"我打断他，"我希望你少喝一点。"

他轻笑几声，抿了一口酒："你知道我希望什么？"

"什么？"

"希望你不要看上去总是很悲伤的样子，海之玛丽娜。"

"我没觉得啊。"

他耸耸肩："我注意到了，而且赫克托耳可是个观察敏锐的人哦。"

我左右望了一望，确定身边没什么可疑的人后，将桌上的餐巾取下，放在膝上；过了一会儿又把餐巾放回桌上，接着又搁到膝上。

"什么让你心烦意乱？和我说说？"赫克托耳说着又来了一大口。

"事事如此。"

"事事如此？也包括我？"

我摇了摇头："好吧，不是所有的事儿。"

他眉毛一扬，眉头蹙紧了："和我说说吧。"

我有一股子冲动，想要告诉他我的秘密，告诉他我为什么会在这里，我又是从哪里来的。我想和他说说阿德莉娜，说说她本应承担的角色，和她在现实中的表现。我想让他知道其他还有几个和我一样的人，他们有些在外面逃亡、战斗，有些则像我一样无所事事、蒙尘生锈。如果有那么一个人，我可以将其视为同盟，并愿意不遗余力地帮助我，那肯定就是赫克托耳。就因为他叫做赫克托耳,他是一个天生的捍卫者,他有着与生俱来的力量和勇气。①

"赫克托耳,你有没有觉得自己并不属于这里?"

"有些时候会。"

"那你为什么还留在这里?你可以去任何地方。"

他耸耸肩:"有几个原因。"他往杯中添了些酒,"首先,除了我以外,没有其他人能照顾我的老母亲。另外,这小镇是我的家,我不相信外面还有比这里更好的地方。经历过这么多的人和事,我明白了光是换个地方是于事无补的。"

"也许你是对的,但我还是迫不及待地想要离开。我只能在孤儿院再待四个月了,你知道吗?但是我想我会提前离开。这话你可不能告诉其他人。"

"这可不是个好主意,玛丽娜。你一个人自立还太小,再说了,你打算去哪儿呢?"

"美国。"我脱口而出。

"美国?"

"我要去那里找一个人。"

"既然你已经下定决心,那为什么还没有走呢?"

"恐惧。"我说,"主要是恐惧。"

"你不是第一个感到害怕的。"他说着缓缓饮尽杯中酒,双眼之中随之失去了刚才的那种锐气。"改变的关键就是释放恐惧。"

---

① 在希腊神话中,特洛伊城的王子叫赫克托耳,他英勇神武,捍卫特洛伊城不被希腊联军攻克。但赫克托耳最终为阿基里斯所杀。

"我知道了。"

咖啡馆的门打开了，一个高个子男人走了进来。他穿着长长的外套，手里拿着一本很旧的书。他从我们身边走过，在对面角落的桌旁坐下。他长着深色头发，眉毛很粗，嘴唇上留着厚厚的胡子。我以前从没见过这个人；当他抬起头，迎着我的视线时，我立刻感觉到他身上有着一些让我厌恶的东西，于是赶紧移开视线。通过眼角的余光，我能看到他仍然在盯着我。我竭力不去想，试着继续跟赫克托耳说话，或者更确切地说，是我一个人在唠叨，说一些不着边际的话。我看着赫克托耳一杯又一杯地倒红酒，却没听清他都回应了些什么。

就这样过了五分钟，那个男人还在盯着我看，这让我很难受，感觉整个咖啡馆都在旋转。我站起身，凑近赫克托耳，轻声问他："你认识对面桌的那个男人吗？"

他摇了摇头："不认识，但是我也注意到他一直在盯着我们看。礼拜五那天他来了这里，就坐那张桌子，看的也是那本书。"

"他身上有些东西让我讨厌，但我又说不上来是什么。"

"别担心，有我在这儿呢。"他安慰我说。

"我真的该走了。"我站起身。说到离开，心头突然涌起一种奇怪的绝望感。我试着不去看那个男人，但还是望了一眼。他正在看手中那本书，书的封面正好朝向我这边，似乎是刻意要让我看到。书皮挺旧，破损得厉害，是那种土灰色，上面写着：

米利都的庇塔库斯
和
雅典战争

庇塔库斯？庇塔库斯？那个男人又开始盯着我看，尽管他的脸被书遮住了一半，但从他的眼神中，我能猜到他正咧着嘴在笑：他认出我来了。霎时间，晴天霹雳！这个家伙会是我碰到的第一个莫加多尔人吗？

我从椅子上跳起来，膝盖撞到桌沿，差点把赫克托耳的酒瓶掀翻。我的椅子向后一倒，砸在地面上，咖啡馆里的人都回过头来看是怎么回事。

"我得走了，赫克托耳，"我说，"我得走了。"

我跌跌撞撞地走出店门，狂奔向修道院。我的速度比赛车还要快，也顾不得有没有人注意到了。没几秒钟，我就回到了圣德肋撒。我冲进大门，猛地将门紧紧关死。我将背抵着大门，闭上了双眼，汗水沿着双颊直往下淌。我试着让自己的呼吸慢下来，让四肢不再抽搐，让下唇不再颤抖。

睁开眼，看见阿德莉娜站在我面前。我一头扎进她怀里，完全忘了一个小时前的对峙。她试探性地抱了抱我，可能是被我这种突如其来的爱的表现弄糊涂了。要知道，我有好几年没和她这么亲密了。她松开我，我开口告诉她刚才的所见，而她只是竖起手指放在唇间，就像我在弥撒时间对埃拉所做的那样，然后就转身走开了。

那天晚上，吃完晚饭还没有做祷告的时候，我站在卧室窗前望着夜色慢慢降临，想看看外面有没有什么异象发生。

"玛丽娜，你在干什么呢？"

我转过身，看见埃拉站在我身后。我居然没听到她走进来，她简直就像一个飘厅过房的影子。

"终于找到你了。"我如释重负，"你还好吧？"

她点点头,但她那棕色的大眼睛却告诉我另一个答案。"你在干什么呢?"她又问了一遍。

"没什么,就是看看窗外。"

"为什么你总是在就寝之前朝窗外看呢?"

她说得没错。自从她来到修道院,自从我看到那个隔着中殿玻璃窗窥视我的男子之后,每天晚上我都会在睡觉之前往窗外看,企图找出那个人的蛛丝马迹。现在我敢肯定,他就是今天我在咖啡馆见到的那个男人。

"我在找坏蛋,埃拉。有时候外面有一些坏蛋。"

"真的吗?他们长什么样?"

"很难说。"我答道,"我想他们应该很高,通常肤色黝黑,而且看上去很猥琐。另外,有的可能肌肉发达,就像这样。"我边说边摆出练健美的姿势。

埃拉被逗得咯咯直笑。她也走到窗边,踮起脚尖,双手扒着窗台向外看。

此时距离我走出咖啡馆已经过去几个小时,我的心情也终于平静一些了。

我将食指抵在起雾的玻璃上,伴着两声快速的吱吱声,我在玻璃上画了一个数字。

"那是数字三。"埃拉说。

"没错,孩子。我敢肯定你还会更多东西,是吧?"

她笑了笑,将手指放在玻璃下方。过了一小会儿,那里出现了一座漂亮的农舍和后院谷仓的轮廓。我望着她将我画的数字3融入了她那座完美的谷仓里。

数字三是我今天能离开咖啡馆的唯一原因，也是从约翰·史密斯到我本人之间的距离。从他被追杀的情况看，我现在很肯定他就是四号，就如同我很肯定咖啡馆里的那个男人是个莫加多尔人一样。一切绝非巧合。这是个小镇，我几乎从没碰到过不认识的人；另外还有他那本书，那本《米利都的庇塔库斯和雅典战争》，外加他总是盯着我看。在我们来到圣德肋撒之前，我还是个孩子的时候，就听说过"庇塔库斯"这个名字。

我是七号。"七"现在是我唯一的避难所，也是我最大的保障。或许这并不公平：还有三个人必须要死在我之前，我才可能被杀死。这让我远离死亡，只要符咒有效，我就不会死；我想这也就是为什么我一直没有受到打扰，为什么我能从咖啡馆全身而退的原因所在。但有一件事非常明确：如果他是一个莫加多尔人，那他们已经知道我在哪儿，而且他们随时会来抓我，把我关起来，直到他们杀了四号、五号和六号。我希望能知道是什么原因让他们尚未采取行动，让我今晚还能在自己的床上睡觉。我知道符咒只能保证我们无法被提前杀死，除此再无其他，但或许符咒其他意义？

"你和我，我们现在是一个团队。"我说。埃拉正在给她的玻璃画添上最后一笔，她弯起手指，用指甲盖给那些奶牛头上添上牛角。

"你想和我组成一个团队？"她的语气中透出怀疑。

"当然啦。"我说着伸出小拇指，"拉钩许愿吧。"

她脸上笑开了花，用小拇指勾着我的小拇指，我摇了一下手指："好了，就这么定啦！"

我们回到窗边，埃拉用掌根将玻璃上的画拭去。"我不喜欢待在这里。"她说。

"我也不喜欢这里，相信我。别担心，很快我们都会离开这里的。"

"真的吗？我俩一起走？"

我扭头看着她。这本不是我的原意，但我没有多想就点头应允了。我希望自己不会为做出这样的承诺而感到后悔。"如果我离开的时候，你还在这里，那么我俩就一起走，说定了？"

"说定啦！而且我不会让他们伤害你的。"

"谁？"我反问。

"那些坏蛋。"

我乐了："我将感激不尽。"

她走到另一扇窗户边，撑起身子往外看。和往常一样，她走起路来没有一点声音，就像一个幽灵。我还是不知道今天她究竟躲在什么地方，但不管在哪儿，肯定是一个没有人想起去看的地方。

一个念头在我脑际一闪而过："嗨，埃拉，我想请你帮个忙。"埃拉落到地面，充满期盼地望着我。"我要在修道院里找一件东西，但它被藏起来了。"

"什么东西？"她兴奋地靠过来。

"是只箱子。木头做的，看起来很古旧，就像你在海盗船上看到的那种。"

"箱子就在修道院里？"

我点点头："就在这里的什么地方，但我不知道具体位置。某人找了个很隐蔽的地方把它藏起来了。你是我认识的最机灵的女孩，我想你很快就能找到它。"

她笑了，频频点头："我会帮你找到它的，玛丽娜！我们是一伙的嘛！"

"说得好！"我赞许道，"我们是一伙的。"

第13章

六号驾着我们那辆深褐色的SUV到城里去买些日用品。这辆车是我们在两英里外的一处临街院子里看到的,花了我们一千五百美元。她走了以后,萨姆和我一起到后院晒日光浴。我们三个在一起训练了一个星期,短短的时间里,萨姆的进步让我刮目相看。尽管他身形瘦小,却很有天赋;力气不足,却能用格斗技巧弥补。说到技巧,他可比我强多了。

每当一天的训练结束,六号和我缩到客厅的角落里或者回空荡荡的卧室去睡觉,萨姆总还是继续在网上学习格斗技巧。六号从卡塔莉娜那儿学来的,还有我从亨利那儿学来的格斗手法有点像地球上的柔术、跆拳道、空手道和博据卡[①]的杂糅。这种格斗方法强调招式的反复多次训练,从而形成肌肉记忆,并做出自然反应,包括擒拿和阻挡,要求身形流畅、关节灵活,一击即中敌人神经中枢的要害。对于六号和我来说,因

---

① 20世纪90年代发源于美国的一种自卫术。

为有心灵传动这项超能力，我们只需感觉到周边一定区域里的细微动作，就能做出反应。萨姆不一样，他必须和他的对手面对面才行。

每次结束一个训练项目，六号总是毫发无损，而萨姆和我则又要添上新的伤疤和淤痕。尽管如此，萨姆却从没有失去激情和动力。今天也不例外，他走到我面前，牙关紧咬，双目如炬。先是右手一记交叉拳，我挡住了；接着来一记左脚侧踢，我转而攻击他的右腿，将他踢倒在地。他从地上爬起来，继续进攻。尽管他常常能击中我，但以我的体质，他的拳脚在我身上没什么效果。不过有时候我也会装做被打得很痛的样子，来增强他的信心。

一个小时后，六号回来了。她换上短裤和T恤加入战团，我们一起练了一会儿，一遍又一遍地使用接挡还击踢的招式，直到这招成为我们的本能反应。当萨姆出腿，我来接挡的时候，我觉得较为轻松；但六号出腿可是铆足了劲，把我踢得直往后退。有时候我被她踢得简直要冒火了——虽说心里也明白自己已有很大进步，她再也不可能轻轻一拂手腕就拨开我的心灵传动了，必须得全力以赴才行。

萨姆下场休息，和伯尼·科萨一起观看我俩对练。

我马马虎虎来了个回旋踢，六号轻松地化解了。"不至于这么不济事吧，小约翰。就这么点能耐？"

我发动进攻，只用了十分之一秒就冲到她面前。我打出一记左勾拳，六号挡住了，并抓住我的上臂，借力使力，将我整个人从她头上摔过去。我做好重重摔在地上的准备，但她没有松手，而是以她自己的肩膀为支点，将我扭过来，让我双脚着地。

接着她用双臂箍住我的两条胳膊，我的背部正好结结实实抵着她的胸口。她将脸贴近我的脸，戏弄般地吻了一下我的面颊。我还没来得及做出反应,她就冲着我的腿窝来了两脚,我一屁股坐在了草地上。紧接着我的胳膊被她从身下抽出来,整个人平倒在地上。六号轻而易举地把我按在地上,她离我如此之近,我都能数清楚她有几根眉毛。我顿时心如鹿撞,怦怦直跳。

"行啦。"萨姆终于忍不住开口了,"我觉得你已经把他打服帖了,现在可以让他站起来啦。"

六号笑了,我也会心一笑。我俩就这样相视而笑达一秒钟之久,然后她向后一退,扯着我的肩膀,把我拉起来。

"轮到我和六号过过招了。"萨姆跃跃欲试。

我长舒一口气,晃动着两只胳膊,缓解刚才的疼痛。

"你来搞定她吧。"说罢,我径直朝屋内走去。

"约翰!"我刚走到后门就听到六号喊我。

我回过头,竭力压抑住看到她以后的那种奇怪的心跳感觉。"什么事?"

"我们已经在这房子里住了一个星期了,我想是时候放下你心里纠结的情愫或者恐惧了吧。"

有那么一秒钟,我还没从刚才的经历中回过神,以为她指的是萨拉。

却听她说:"那箱子。"

"我明白。"我说着走进屋子,轻轻拉上房门。

我回到卧室,踱来踱去,长吁短叹,迫切想要理清楚刚才在后院发生的事。

我走进浴室,往脸上泼了些冰凉的冷水,然后望着镜子里的自己。要是被萨拉抓到我用那样的眼神看着六号,她会杀了我的。但我又在心里安慰自己：毕竟洛林人一辈子只爱一个人，若萨拉是我唯一的真爱，那么六号只不过是偶尔让我心动而已。

回到卧室仰面躺在床上，双手叠放在腹部，合上眼睛。我不停地进行深呼吸，每一口气都要在心里暗数五下才完全呼出。

半个小时以后，我打开房门，悄悄地走进过道。听得出，萨姆和六号正在客厅里晃悠。在整栋房子里，我能找到的唯一一处隐藏洛林箱的地方，就是热水器上面的工具橱。我费了好大劲悄悄地把箱子取出来，然后蹑手蹑脚地走回房间，轻轻锁上了门。

六号说得对，是时候了，不能再等了。我抓紧上面的锁，锁很快热了起来，在我的掌心蠕动，完全液化后啪的一声打开了。箱子里面发出耀眼的光芒，以前可没有这样。我伸手进去，拿出装有亨利骨灰和遗书的那个咖啡罐，然后盖上箱子，重新锁好。我知道这很愚蠢，但我心底觉得只要不去读那封信，不去拆开信封，亨利就还活着。一旦我打开箱子，一旦我看了亨利的遗书，他就再也没有东西留给我，再也没有东西教我了——到那时，他对我来说将永远地成为一段记忆。我还没有做好这样的准备。

我把衣服堆成一堆，在衣服堆里把箱子打开，然后把取出的咖啡罐和遗书都藏在衣服下面，接着抓起洛林箱，走出房间，在走廊上停了一下，听到萨姆和六号正在用流媒体看网上一个叫做《古代外星生物》的节目。萨姆把他知道的所有有关外星人的猜想都拿出来问六号，六号根据卡塔莉娜所教的，快速地一一做出肯定或否定的回答。萨姆拿着那本标准拍纸簿，在上面疯狂地记着答案。拍纸簿上还列有更多的问题，六号也耐心地一一作答，或者耸肩表示并不知情。萨姆照单全收，并和他已经知道的联系在一起。

"吉萨金字塔①是洛林人建的吗？"

"有几座是的，但大多是由莫加多尔人修的。"

"那中国的长城呢？"

"人类建的。"

"那新墨西哥州的罗斯威尔事件②呢？"

"这个嘛，我曾经问过卡塔莉娜，她不知道是怎么回事，所以我也不知道。"

"等一下，莫加多尔人来到地球有多长时间了？"

"基本上和我们洛林人一样久。"她说。

"但你们双方之间的这场战争好像是最近才爆发的？"

"也不完全是这样。我所了解的是，我们洛林人和莫加多尔人来到地球都有几千年的历史。有时候双方同时在地球上，在我看来，大多数时间能够和平共处。但后来不知发生了什么变故，我们之间的友好关系终结了，莫加多尔人从此离开地球，很长时间都没有再回来。我只知道这么多，不晓得莫加多尔人从什么时候起又开始重返地球。"

我走过客厅，重重地将洛林箱放在餐厅中央的地板上。萨姆和六号抬起头来，六号冲我微微一笑，又让我心神一漾；我也冲她笑笑，但感觉很假。

"我想我们不妨一起来打开这只箱子。"

萨姆闻言两眼放光，摩拳擦掌，跃跃欲试。

---

① 吉萨金字塔是一个群体的总称，建于公元前2600年至公元前2500年，其中包括胡夫金字塔、海夫拉金字塔和门卡乌拉金字塔。
② 据报道，1947年在此地发现坠落的飞碟残骸。

"天哪，萨姆，"我说，"你看上去就像是要去杀人一样。"

"哦，快点吧。"他说，"你这只箱子让我魂牵梦绕快一个月了。我已经够有耐心了，而且出于对亨利的尊重，我也一直没提这事。但是你要知道，能有几个像我这样的地球人有机会看到来自外星球的宝藏呢？我想，那些 NASA 的家伙们会羡慕死我的。所以你不能怪我这么着急。"

"那要是里面什么都没有，只有几件脏衣服，你会不会发疯抓狂？"

"来自外星的脏衣服？"萨姆略带讽刺地反问道。

我被他逗乐了，伸手抓紧了箱子的锁。我的手接触到冰冷的金属，立即发出耀眼的光芒，锁又一次变暖，在我掌中摇摆，似乎在和将它闭合的古老力量抗争。只听得咔嗒一声，锁开了，我将它取下放在一边，再把手掌放在箱子顶部。六号和萨姆把头凑过来看，充满期待。

我将箱盖揭起，里面射出耀眼的强光，把我的眼睛都刺痛了。我首先取出那只天鹅绒袋子，里面装着七个魔球，象征着洛林的太阳系。这让我想起亨利，想起我俩一起看着洛林星球的内核依然在发光、在悸动，告诉我们这颗休眠的星球依然有活力时的情景。我将袋子递到萨姆手中，接着三人一齐朝箱底看去——又一件东西被点亮了。

"那个发光的是什么？"六号问。

"不知道，以前从没这样过。"

六号探手进去，快速地从箱底取了一块石头出来。这是一块完美的球状水晶，和乒乓球差不多大小；当六号碰到它的时候，水晶发出的光芒更强了。不久，光芒渐渐黯淡下来，水晶球开始缓缓地跳动。这块水晶，晶莹透明。突然，六号松手让它落到地板上，水晶球不再跳动，而是恢复了起初那种稳定的光亮。萨姆慌忙弯腰去捡。

"别碰它！"六号喝道。

萨姆抬起头，满脸困惑。

"这东西有点不对劲。"她解释道。

"你什么意思？"我问。

"它就好像长了刺一样，而且握着它让我感觉非常不好。"

"这东西是该由我继承的。"我说，"也许只允许我一个人摸它？"

我俯下身，小心翼翼地捧起这颗发光的水晶球，顿时感觉就像捧着一颗有放射性的仙人球，胃里跟着一阵翻腾，酸水都涌到嗓子眼了。我赶紧将它丢在一块毛毯上，用力咽下一口酸水，说："也许是我拿的方式不对。"

"也许是我们不知道该如何使用它。我的意思是，你说过亨利一直认为你没有准备好，而不让你看箱子里面有什么。也许你现在还没有准备好？"

"嗯，那可真够逊的。"我沮丧地说。

"真失败。"萨姆也很失望。

六号走进厨房，拿了两条毛巾和一只塑料袋出来。她用毛巾裹着手，小心地抓起水晶球，将它和毛巾一起丢进塑料袋，然后又拿一条毛巾裹在外面。

我问六号："真有这个必要吗？"我的胃里仍旧在翻江倒海。

她耸耸肩："我不知道你是什么感觉，但碰到它的时候，我有一种非常不好的预感。宁可事先谨慎有余，也不要事后追悔莫及。"

箱子里剩下的都是留给我的遗产了，我却不知从何下手。我伸手从里面拿出一块椭圆形的水晶，这东西亨利以前曾拿来帮我将手掌的流明拓展到全身。水晶一下子有了生命，散发出来的光芒笼罩住整间餐厅。

水晶的中心出现漩涡,像是一团烟雾,翻滚腾挪,和我以前见到的一样。

"现在有意思了。"萨姆来劲了。

"这个我以前见过。 接着!"我把水晶递给萨姆,到了萨姆手中,水晶归于沉寂。

箱子里面还有一些较小的水晶、一块黑钻石、一串用细绳系着的发脆的树叶,还有一块心形的护身符,和我脖子上挂的这块一样,都是淡蓝色的。 我知道这是一块洛林石,一块非常罕见的宝石,只存在于洛林的地核。 箱子里还有一只亮红色的椭圆形手镯,和一颗雨滴状的琥珀色石头。

"你看那是什么?"萨姆指着一块扁平的圆形石头问。 石头是奶白色的,一角还嵌着一颗同色的珍珠。

"不知道。"我毫无头绪。

"那这个呢?"他又指向一柄精致的匕首,那刀身就像是钻石做的。

我从箱子里拾起匕首。 刀柄很称手,像是为我量身打造的——我猜应该就是的。 刀身不超过四英寸,而且看到光在刀刃上反射的样子,我就知道它比地球上能找到最好的利刃都要锋利得多。

"那个又是什么?"萨姆又指着另一件东西问我。 我敢肯定,他会一直这么问我,直到把箱子里的每件东西问个遍。

"这儿,"我将匕首放下,取出天鹅绒袋子里的七颗魔球,"看看这个。"我要让他忙起来,免得他问这问那的。

我对着魔球吹了口气,球的表层开始有微光闪烁。 接着,我将它们抛到空中,它们立刻有了生命,自转的同时在各自的轨道上环绕着位于中心的橙子大小的恒星公转。

"这就是洛林的太阳系。"我解释道,"六颗行星,一颗恒星。 这颗行星——"我指向从里往外数的第四颗魔球,它还是上次我所见到的死灰色,"就是洛林星球此时此刻的样子。它中心的光芒是它仅存的所有。"

"哇哦！"萨姆直咂舌,"NASA那些家伙要是看到了,会觉得自己很垃圾的。"

"还有,看这里！"我点亮右手照着这颗魔球,它的表面随即从那令人压抑的死灰色变成令人振奋的森林绿和海洋蓝。"这就是洛林星球被侵占之前的样子。"

"哇哦！"萨姆又发出惊叹,目瞪口呆。

趁着他被转动的星球吸引了注意力的工夫,我又开始检查箱子里的东西。

"你知道这些石头是什么吗？或者做什么用的？"我问六号,她没有应声。回头一看,她和萨姆一样,都被这悬在地板上方两英尺高处旋转的太阳系吸引住了。亨利以前告诉过我,这无关我的超能力,也就是说,它们并不是被锁在洛林箱里的,所以我错误地以为六号以前看过这个。很显然,她这是第一次看到。这些魔球只有在第一项超能力出现后才能被激活。

"六号！"我喊了她一声,她回过神来,转向我；我发现我一接触到她的眼神就会望向别处。"你知道这些石头是什么吗？"

"不太清楚。"她双手抚摸着这些石头的表面,呢喃着,"这块是在校园里,亨利和我用过的疗伤石。"她指着那块我曾见过的黑色扁平石头说。突然,她倒吸了一口气,萨姆和我见状,面面相觑。只见她举起一块淡黄色的石头,对着灯光看,石头表面像打了蜡一样的光滑。"我的上帝啊！"她发出一声感叹,把石头翻来覆去地看。

"快和我说说。"我忍不住催她。

"通灵石,"她直视着我的双眼说,"来自我们第一颗月球。"

她将这颗小石头放在前额,然后紧闭双眼。通灵石的淡黄色光芒微微暗了一些。六号睁开眼睛,将通灵石递给我。我皱着眉,不知她是何用意。从她手中取来石头时,我的指尖轻轻拂过她的手心。

萨姆的呼吸突然急促起来。"活见鬼——"他看上去吓坏了,像瞎子一样伸出双手来摸我。

"怎么了?"我一巴掌把萨姆摸向我脸庞的手扇开。

"你隐身了。"六号静静地说。

我低头看自己的大腿,没错,我完全消失了。一松手,通灵石落在了地板上,我又现身了。

六号解释说:"通灵石能够把一个加尔德的超能力传递给另一个,但只能持续很短的时间,也就一到两个小时吧,这点我拿不准。你要做的就是集中精力给它充入能量,将它放在你的前额,然后,砰!它就可以使用啦。"

"充入能量,就像给电池充电?"萨姆问。

"完全正确。而且如果你不接触它,它就不会释放里面的超能力。"

我望着这块通灵石:"酷毙了。看来除了你之外,其他人也可以到城里逛一圈了。"

"而且除了你之外,其他人也不怕火烧了。"六号和我斗嘴玩儿。

"要是你对我好一点,确实有这个可能。"我调侃道。

萨姆拾起通灵石,全神贯注地握紧它,但是,什么也没有发生。"拜托,"他冲通灵石说,"我一定会将超能力用在善行上,绝不会去女孩的更衣室，我发誓。"

"不好意思，萨姆，"六号说，"我很肯定，它只对我们加尔德有效。"

萨姆放下通灵石，我们接着看洛林箱里还有什么宝贝可以通过触碰来激活。我们把十七件物品一一拿起来研究，朝上面哈热气，或紧紧挤压它们，折腾了一个多小时。但除了那块裹在毛巾里发光的水晶球、那块中心有烟雾漩涡的椭圆形水晶，还有不停旋转的太阳系之外，就没什么特殊的了。倒是那块疗伤石，将我身上六号留下的伤口和淤痕给消掉了。

"伙计们，我几乎一辈子都在等着打开这只箱子，现在真的打开了，却发现很多东西对我貌似毫无用处。"我说。

"时候到了，它们的用途自然就会显现出来的，我敢肯定。"六号安慰我说，"这样的宝贝需要放一放。通常是当你把它们完全遗忘的时候，它们就露出真面目来了。"

我点了点头，看着洛林箱四周摆放的宝贝。六号说得有道理，强求一个答案只会导致得不到任何回答。

"对，也许有些东西只有在我拥有了新的超能力以后才能激活。谁知道呢？"我无奈地耸耸肩。我将宝贝一一放回箱子里，那块发光的水晶球则继续用毛巾裹住。至于七个魔球组成的太阳系，我把它留在外面，让它继续运行。收拾停当，我将洛林箱合上，锁好，然后带着箱子向过道走去。

"别丧气，约翰，"身后传来六号的声音，"就像亨利说的，你可能还没准备好看到所有的一切。"

第14章

  我无法入眠。有洛林箱的缘故。就我所知,箱子里的宝石中,有一块能给我变形的超能力,可以让我像伯尼·科萨一样变成不同的动物;还有一块宝石能在我周围形成一道钢铁屏障,让敌人的攻击无法穿透。但是,没有了亨利,我要怎样才能知道是哪一块石头呢?一阵悲哀涌上心头,挫败感油然而生。

  令我失眠的最主要原因其实是六号,她留在我脑海中挥之不去。她的脸离我的脸只有几英寸的画面;她呼吸时如兰似麝的香气;还有那落日余晖中闪亮的双眸——一想到这些,我便心生一种无法遏止的冲动,想要停止训练,张开双臂把她抱在怀中。尽管已经过去了几个小时,这种渴望又无法实现的苦楚依然扎根在我心中,正因为如此,我才彻夜难眠。另外,由此而生铺天盖地的负罪感:我渴望相拥的人应该是萨拉,而不是六号。

  我心事重重,不敢奢望入睡,心下百感交集:痛苦、渴望、困惑,还有内疚。又躺了二十分钟,我彻底放弃了睡觉的念头,将身上的毯子掀到一边，穿上长裤和灰色 T 恤。 伯尼·科萨跟着我走出卧室，来到过道。 我探头望了望客厅，看萨姆睡着了没有，却看见他裹着毯子蜷在地板上呼呼大睡，活像一只虫子裹在茧里。 于是我转身往回走。 六号的房间正对着我的卧室，过道对面，她的门虚掩着。 我站在门口张望，听到里面的地板上传来窸窸窣窣的声音。

"是约翰吗？"六号轻声问道。

我退缩了，心脏开始狂跳不止。

"是我。"我站在门口没动。

"你在干什么？"

"没什么，"我低声说，"就是睡不着。"

"进来吧。"她说。 我推开房门，屋里漆黑一片，什么也看不到，只听她问道："你没事吧？"

"没事，我很好。"我说，同时让手发出一盏夜灯那样的微弱亮光。我不敢去看她，而是低头盯着地毯。 "就是脑子里事儿太多。 我可能在想着到外面去散散步、跑跑步什么的。"

"那可有点危险，你不觉得吗？ 别忘了你可是 FBI 十大通缉要犯之一，而且悬红很诱人哦。"她说。

"我知道，可是——外面天还黑着呢，而且你可以让我俩都隐形，不是吗？ 我的意思是，假如你愿意和我一起去的话——"

我让双手更亮一些，看到六号坐在地上，膝上搭着毛毯。 她的头发扎到脑后，有几缕发丝随意地垂在脸旁。 她耸耸肩，掀开毯子站起身来。 她穿着黑色的瑜伽长裤和一件白色的无袖背心，我忍不住盯着她裸露的双肩看。 意识到她会感觉到我的视线，我赶忙扭头看别处。

"当然。"她将发箍取下，将头发重新扎成马尾。 "我一向入睡困难,特别是睡地板的时候。"

"我听到了。"我说。

"不过,你觉得我们会吵醒萨姆吗?"

我摇了摇头。她单肩耸了耸,朝我伸出一只手,我赶紧握住。六号隐身了,但我的手依然在发光,而且我能看到她的脚在地毯上踩下的印记。于是我熄掉手上的光亮,和她一起蹑手蹑脚地走出房间,来到过道。伯尼·科萨跟在后面。当我们走进客厅时,萨姆突然从地板上抬起头,直视我们这边。六号和我停住脚,我不禁屏住了呼吸。想到萨姆对六号的迷恋,要是让他看到我和六号手牵手,他将会多么伤心沮丧啊。

"嗨,伯尼,"他迷迷糊糊地招呼了一声,倒头翻个身,背对着我们。我们又静静地站了十几秒,随后,六号领着我们穿过客厅,走到厨房,从后门来到屋外。

外面并不冷,夜空中满是蟋蟀的叫声和棕榈叶的摩挲声。六号和我手牵手漫步,我试图通过深呼吸来让自己镇静。尽管六号气力过人,但此刻放在我掌心中的她的手却纤细异常、柔若无骨,这让我很诧异。我喜欢这种感觉。六号和我静静地沿着砾石车道走着,伯尼·科萨在路边浓密的灌木丛中穿来穿去。

"我忍不住去想你所经历的磨难,"我终于开口了,其实我心里想说的是我无法停止思念她这个人。"你被关押了半年,被迫面对卡塔莉娜遇——唔,你知道我的意思。"

"有时候我可以将它彻底抛到脑后,有时候又连续几天对它挥之不去。"她说。

"是的——"我拖长了声音,"我怀念亨利,一想到他已离开,我就伤心欲绝,我以为这样是理所当然的。但是听了你的遭遇之后,我才意识到我有多么幸运。我是说,我还有机会和亨利道别。另外,在我掌握第一项超能力的过程中,他始终在我身边陪着我。我无法想象独自去面对,而你却做到了。"

"其实,真的、真的很艰难。在我开始拥有隐形这项超能力时,我本可以和她分享喜悦;在成长过程中,我本可以和她说说女孩的心事。卡塔莉娜和亨利他们就是我们在地球上的父母,你说呢?"

"是的。"我答道,"说来有趣,自从亨利离开我,我对他记忆最深的事情反而是那些我以前最厌恶的。以前当我们离开某个地方,会在高速路上一个又一个小时地开车,驶向某个我从未听说过的地方。那时我只想着从车里跳出去,而现在,亨利和我在这些旅途上的对话却是我最珍贵、最清晰的记忆。还有当我们在俄亥俄州开始训练的时候,亨利让我一而再、再而三地反复练习。当时我痛恨异常,你知道吗,可是现在,每当回想起来,我总是会情不自禁地微笑。"

"还有一次,那时我终于拥有心灵传动的能力。在雪地里训练的时候,亨利朝我扔各种物体,让我学习如何使它们转向,我必须要把这些东西拨回去。他很用力地向我丢了一只捶肉锤过来,我借着锤子的力道将它拨回去;他为了躲避我的还击,一头扎在雪地里。"说到这儿,我不禁面露微笑,"而那堆雪其实是一丛玫瑰,上面盖了些雪而已。他被玫瑰的刺扎得哇哇大叫,你都无法想象他的声音有多大。像这样的事情,我一辈子都不会忘记。"

一辆汽车沿着马路驶过来,我俩紧走几步,躲到路边的排水沟里等车过去。汽车冲上附近一所房子的车道,停了下来。一名身穿黑色皮夹克的男子从车上跳下来,走到房子的大门前,双手擂门,大声叫着里面的人来开门。

"天哪，这都几点了？"我诧异地问六号。

六号牵着我，向那名男子和房子靠近。"几点有什么关系吗？"

当我们离他不足十英尺的时候，一股酒味扑鼻而来。他没有再用拳头捶门，而是冲里面吆喝起来："夏琳，你他妈的最好把门打开，否则别怪我不客气！"

六号和我几乎同时注意到他腰带上别着的左轮手枪，六号攥了攥我的手，对我耳语道："盯紧这家伙。"

男子又开始捶门，一直捶到屋子前窗亮起灯光。接着，一名女子隔着门喊道："请你离开这儿！你快走吧，蒂姆！"

"开门，现在就开！"他朝里面吼道，"不然的话，夏琳，我不客气了！你听到了吗？"

这时我俩和他的距离已经处在施展心灵传动的范围以内了。我能看到他左边耳朵下方有一块褪色的文身，是一头秃鹰用利爪擒着一条蛇。

里面的女子又说话了，声音颤抖得厉害："放过我吧，蒂姆！你为什么要来这儿？为什么不放过我呢？"

屋外的男子叫得更凶了，捶门也更用力了。我正准备上去勒住他的脖子，把那秃鹰和蛇从上面扯下来，突然看到他腰间的左轮手枪被慢慢地掏出来，漂浮到了六号隐形的手中。六号用枪管抵着这家伙的后脑勺，枪口埋在他棕色的头发里，然后将撞针扳到待发位置，发出清脆的响声。

男子霎时间停止了捶门的动作，大气也不敢喘了。六号使劲用枪抵着他的脑袋，然后将他的头抵向右边，让他转过身来。男子看到面前有一支漂浮的左轮手枪指着自己，吓得脸都白了。他疯狂地眨眼、摇头，以为自己刚从床上爬起来，还没睡醒，或者刚才在酒吧里喝多了。六号让左轮手枪左右摇摆，我等着她开口说些什么，把那男子吓得尿裤子。

但六号突然调转枪头,对准男子的汽车。她扣动扳机,挡风玻璃上出现玻璃破裂的辐射状裂痕。男子吓得失声尖叫,甚至号啕大哭起来。

六号又将枪口对准他的脸,这下他安静了,鼻涕眼泪统统流到嘴里。"饶命啊,饶命啊,饶命!"他哀求着,"都是我的错,天哪。我,我马上就滚。我保证,这就滚。"六号又扳动撞针。我注意到屋子前窗的窗帘向右拉开了一角,露出一个身材高大的金发女子的面孔。我捏了捏六号的手提醒她,她也捏了捏我的手以示看到了。"我这就滚,我就滚,我就滚。"男子被枪指着,吓得说话结结巴巴。六号又瞄准了他的汽车,砰的又是一枪,驾驶座一侧的玻璃裂成上千块碎片。

"别杀我!我听你的,我听你的!"男子狂叫起来。他牛仔裤上大腿内侧的地方已然湿了一块。六号用枪指了指房子的前窗,男子乖乖地望着屋里的金发女子,说:"我再也不来了,我永远、永远、永远不会再来。"左轮手枪接着向左边点了两次,示意他可以离开了。男子拉开车门,跳了进去,也不给车掉头,直接就沿着车道倒了出去,轮胎把下面的小石子都甩起来了。男子驾车上了马路以后,飞也似的逃走了。窗边的女子还在望着漂浮在她前门的那把手枪,六号用了很大力气将手枪甩过房顶,这回恐怕要落到隔壁县了。

我们跑到马路上,一直不停地跑,直到再也看不到一座房子。此刻我真希望能看一下六号的脸庞。

"这种事让我天天做都行,"她终于开口了,"这让我感觉自己像个超级英雄。"

"人类确实喜爱他们的超级英雄。"我一时间只想到这么一句话来回应她,"你觉得那个女人会报警吗?"

"不会。她可能会认为这只是一场噩梦。"

邮政编码：200032

上海市南邮政
032-99信箱

MX1110201

贴邮票处

填写《读者反馈表》好书免费送！(5选1)

填写完毕并邮寄给我们，就可免费获得明信片正面5本好书中的任意一本。

- □ 我已经是99读书人俱乐部会员
  姓名_____ 会员号_____

- □ 我愿意参加读者反馈活动，并加入99读书人俱乐部
  姓名_____ □男 □女 出生年月____年____月____日
  通信地址_____
  (我们将定期向此地址邮寄99读书人俱乐部会员目录) 邮编_____
  家庭电话_____-_____ 手机号码_____
  E-mail_____

- □ 我选择的免费好书是：_____ (请填写正面图书编号：A、B、C、D、E)

《读者反馈表》

1. 您本次购买的图书是：_____
2. 您平时在哪里买书？ □大型书店 □购书网站 □电话邮购 □淘宝网 □小书店
3. 您每年平均购书的金额是？ □小于100元 □100-200元 □200元以上

如何获得免费好书？

我们在收到您的明信片后，将把您选择的免费好书加入您在99读书人俱乐部的会员账户中，并随您的购物订单一同发送。(新会员填写完整明信片中的个人信息即可获得会员账户)
请在明信片寄出后(老会员为10日，新会员为7日)，致电400-6699-699与客服人员确认。

本活动每人限得1本，上海九久读书人文化实业有限公司保留活动解释权。

"或者是她做过的最美的梦。"我接着说。随后我们的话题就转到我们能运用超能力为地球做些什么好事上去了,当然,前提是我们不再忙于应付追杀和憎恨。

"对了,你是怎么训练自己的?"我问道,"要不是有亨利一直督促我,我简直无法想象自己能掌握这身本领。"

"我还有选择余地吗? 不适应,就灭亡,所以我选择了适应。在我们被抓住之前,卡塔莉娜和我一起训练了几年,但没有一次是在我拥有了超能力之后。后来我终于从那山洞里逃了出来,我对自己说,不能让卡塔莉娜的血白流,我要替她报仇。所以我一个人接着训练。起初很困难,特别是什么都得靠自己;但是慢慢地,我开始进步,变得越来越强。另外,我比你有更多的时间训练。我的超能力来得比你的要早,而且我的岁数比你要大一些。"

"你知道吗,"我说,"两天前是我的十六岁生日——至少是每年亨利给我庆生的日子。"

"约翰! 你怎么不早说! 我们也好热闹热闹啊。"她松开我的手,一把将我推到一边,让我立刻现身了。

我笑着伸手摸她在什么地方。她捉住我的手,和她的扣在一起,我的大拇指搭在她的拇指上。我突然想起了萨拉,但很快就将她赶出脑海。

"你能跟我说说卡塔莉娜——说说她是什么样的人吗?"

六号沉默片刻,开口说道:"富有同情心,她总是在帮助别人,也很风趣。我俩常常说笑话、开玩笑,乐得不行。说起来你可能不相信,因为你看我一向很严肃。"

我乐了:"我可没说哦,是你自己说的。"

"好吧，可别转换话题，你过生日为什么不告诉我们呢？"

"不知道。其实我自己也忘了，昨天才想起来。而且照现在这情况，貌似也没有庆祝的意义。"

"这可是你的生日，约翰，怎么会没有意义呢？莫加多尔人在追杀我们，我们能过上一个生日都是幸运的，值得庆祝啊。顺便提一句，要是那天我知道你当寿星，训练中绝对会手下留情。"

"是啊，在某人生日的时候狠揍他一顿，你肯定感觉很糟。"我打趣地用胳膊肘轻轻碰碰她，她也用胳膊肘推了推我。伯尼·科萨这时也从灌木丛里跳出来，跟在我们旁边小跑。我看到它身上粘了一些魔术贴一类的东西，就松开六号的手，帮伯尼清除掉身上的东西。

走到马路尽头，面前出现一人高的野草和一条蜿蜒的河流。我们折回头，缓缓地向住处走去。

我率先打破沉默："没有得到自己的洛林箱，你会感到困扰吗？"

"从某种意义上说，这反而给我更多激励。洛林箱丢都已经丢了，对此我也无能为力。所以我做了我认为明智的事情，也就是集中精力寻找其他的加尔德。我多么希望能赶在莫加多尔人之前找到三号啊。"

"还好你找到我了。假如没有你，我想现在我已经不在人世。你救了我，还有伯尼·科萨，甚至还有萨拉。"

我一说出萨拉的名字，六号握着我的手就松开了一些。我们往住处走去，内疚充满了我的胸口。我确实爱着萨拉，但我们相隔千里，我又在逃亡，根本不知道未来在哪里，很难想象如何与她共度一生。现在我唯一能想象到的生活就是我正在过着的生活，和六号在一起的日子。

我打从心底期望这条路永远走不完。我试着拖延，放慢脚步，在车道尽头盘桓。

"呃——我只知道你叫六号，你以前有过名字吗？"

"当然有了，但我很少用。不像你，我没上过学。呃，我……"

"那你以前叫什么？"

"玛琳·伊丽莎白。"

"嘿！你没开玩笑吧？"

"你怎么表现得如此惊讶？"

"我也说不清楚。玛琳·伊丽莎白让我觉得娇美，是个小女人。我本以为你会取那种强有力并且神秘的名字，像雅典娜，或者齐娜，知道吗，就是战神公主。甚至会叫风暴，嗯，风暴这个名字最适合你了。"

六号笑了，她的笑声让我有种想要把她拉到怀里的冲动。当然，我克制住了，但我真的想这么做，因为只有拥抱才是最直白的表达。

"告诉你吧，我曾经是一个小女孩，头上还戴过蝴蝶结呢。"

"真的？什么颜色的？"

"粉红色的。"

"我愿意掏钱买票去看。"

"得了吧，你根本买不起。"

"我也告诉你吧，"我模仿她刚才那种戏谑的口吻说，"我可有一整箱罕见的宝石，随我处置。你就告诉我当铺在哪个方向吧。"

她被逗乐了，然后故作严肃地说："我看到了会帮你留意的。"

我们一直站在车道的入口。抬头仰望夜空，繁星满天，月亮再过一个星期也要圆了。我聆听着夜风的声音，还有六号改变站立姿势时双脚在砾石上移动的声音。

"能和你一起出来散步，我真的很高兴。"我说着深深吸了一口气。

"我也一样。"

我看着她站立的地方,希望此时她能现身,让我看看她脸上的表情。

"你想过吗? 每天晚上都这样度过,悠悠然地生活,不用去担心暗处潜藏着危险,不用总是回头看有没有被跟踪。 将这一切都抛下,哪怕只有一次,岂不是很美妙的事情?"

"当然很好。"六号说,"如果能完全拥有这份奢侈,岂不是更好?"

"我讨厌我们不得不做的这些事,我讨厌我们所处的环境,我希望过一种不同的生活。"

我松开她的手,在夜空中寻找洛林星球的位置。 她也让自己现身,我抓住她的肩膀,让她转过身来面对着我。

就在我要低头吻她的时候,房子后面爆炸了。 六号和我尖叫着趴倒在地。 火焰从屋顶升起,很快烧到屋子里面。

"萨姆!"我大叫道。 我离房子有五十英尺远,用心灵传动将前面的窗户扯了出来。 窗户在水泥走道里摔得粉碎,浓烟旋即从屋里喷出来。

我长吸一口气,一个大跨步,将房门从铰链上撞下来,人跟着冲了进去。

第15章

最近一段时间,我每天晚上都会躺在床上,辗转反侧睡不着。我的眼睛睁着,耳朵竖起,听着周围一片寂静中的声响,如水滴落在地板上,熟睡的人翻身。有时候,我还会从床上爬起来,走到窗边查看外面有没有东西,尽管这只是自欺欺人。

而且每一晚我都比前一晚睡得少。我越来越虚弱,疲惫到精神崩溃的边缘。我开始吃不下东西。我知道焦虑对我的身体没有一点好处,但无论我如何强迫自己休息或者吃东西,也无法改变我的感受。而且好不容易睡着了,也总是不可避免地被噩梦惊醒。

自从上次在咖啡馆碰到那个留胡子的男人后,接下来的整整一周时间里,我都没再看到他。但我总是觉得,我没有看到他,并不意味着他没在看着我。这种念头挥之不去。我不停地问自己同样的问题:进入山洞的人是谁?咖啡馆那个留胡子的男人又是谁?或者是什么生物?为什么他要读一本书名带"庇塔库斯"的书?最重要的是,假如他是莫加多尔人,他为什么要放我走?所有这一切都说不通,甚至连他手中那本书的书名也令人匪夷所思。我在网上搜索了一下，只找到它的情节梗概：雅典军队准备进攻一个叫做米利都的城市，一个善于发表简短有力的演讲的希腊将军击退了他们。这都是哪儿跟哪儿啊！

　　暂且把山洞和书的问题放一边，我得出两个结论：第一，因为我是七号，所以至今还平安无事。在目前这个阶段，"七"这个数字保证了我的安全，但又能保护我多久呢？第二，咖啡馆里的那个莫加多尔人是因为顾忌在场的人太多才没有对我下手。照我对莫加多尔人的了解，他们不会因为有几个人旁观就罢手的。于是我改变习惯，不再赶在别人之前独自往返学校，而是和其他学生一起走。为了埃拉的安全，我也不和她在公开场合走在一起。尽管我知道这样让她很伤心，但却是保障她安全的最好办法。千万不能把她扯进我的麻烦里来。

　　悲观失落中，有一件事情给了我一丝希望：阿德莉娜身上有了明显的改变，她开始因为焦虑而总是蹙着眉头。明明四下里无人，她却老觉得有人在盯她的梢，眼皮紧张不安地抽动，人从房间的一个角落快速移动到另一个角落，就像是一只受惊的、觉察到危险的动物。许多年前，当她坚守自己使命时，就是这个样子。自从上次我从咖啡馆跑回来扑到她怀里以后，我俩再也没说过一句话。尽管如此，她的这些改变还是让我觉得我的赛邦就要回来了。

　　黑暗。宁静。十五个熟睡的女孩。我抬起头，环顾整间寝室。埃拉的床上看不到人，被子掀到一边，人不知跑哪儿去了。已经连续三晚如此了，但我却从未听到她起床离开的声响。如今我还有更要紧的事要办，实在无暇操心她的行踪。

　　我又躺下，靠着枕头，望向窗外。夜空中悬着一轮又大又黄的满月，我凝视它许久，它那高高地悬挂天庭的身姿令我神往。我长吸一口气,闭上双眼。 当我再次睁开眼睛,月儿从亮黄色变成了血红色,仿佛还在闪烁。 随即,我意识到我看到的并不是月亮本身,而是它的倒影,它倒映在某片深色水域上的影子。 湖面上升腾起雾气,空气中散发着刺鼻的铁锈味。 我从床上爬起来,却发现自己身在一处蛮荒、血腥的战场之上。

血战已经结束,战场上无人生还,尸陈遍野。 我本能地伸手去摸自己的身体,看看有没有刺伤或者刀伤。 值得庆幸的是,我毫发无损。 突然间,我看到她了,那个我曾在梦中见过的灰眼珠女孩,那个在山洞墙壁上被我画在约翰·史密斯旁边的女孩。 我向她跑去。 鲜血从她身侧汩汩地往外流,浸透身下的沙子,冲入大海。 那乌黑的头发贴在灰色的面庞上——她已经没了呼吸。 对此我无计可施,只能眼睁睁地看着,这让我极度痛苦。 冷不防地,听到身后传来一阵低沉的嘲笑声。 我慢慢转过身去面对我的敌人,双眼却在此时闭上了。

当我再次睁开眼睛,战场消失了,所见又是昏暗寝室里那熟悉的床铺。 月亮如初,恢复了那种亮黄色。 我从床上起来,走到窗边,审视着夜色中的景物:一切平静又安宁,没有小胡子男人的踪迹,也不见其他危险迹象。 积雪都已经化了,月光洒在湿漉漉的鹅卵石路面上——他还在望着我吗?

我转身爬上床,平躺着,尝试通过深呼吸让自己平静下来。 我整个身体又僵又硬。 我想到那山洞,想起看到洞口的鞋印后,我就再没有进去过。 我翻了个身,背对着窗户,再也不想去看外面有什么。 埃拉依然没有回来。 我本打算看她什么时候回来的,等着等着却睡着了。 还好,这次没有做梦。

清晨的钟声响起,我从枕头上抬起头,身上又僵又痛。 冰冷的雨滴拍打着窗户。我望向对面,看见埃拉坐在床上,双臂上举,正在打着大大的哈欠。

我们一句话也没说,拖着脚有气无力地走出寝室,然后机械地进行礼拜日的流程,弥撒时间我俩都坐在那儿垂着头打瞌睡。有一次我用胳膊肘将埃拉推醒,二十分钟后,她就还了这个人情。我硬撑着在盛宴上给排队的人们发午餐,一边分发食物一边在人群中搜寻可疑人物。当发现一切正常时,我也说不清楚自己究竟是如释重负还是沮丧透顶。而最让我伤心的就是,没有见到赫克托耳。

快收拾完餐具的时候,胖妞和加比两人打着玩起来,她俩用连在厨房水槽上的水管互喷。我在一旁洗完碟子擦碟子,懒得理她们,哪怕水溅到我脸上也没说话。就这样过了二十分钟,我终于把最后一只碟子擦干净,小心地放在了高高一摞碟子的最上面。这时,一个叫黛尔菲娜的女孩走过,踩在湿漉漉的地板上滑倒了,正好撞到我身上。我往前一扑,把一摞三十只碟子都撞到了污水池里,有几个还摔碎了。

"走路怎么不长眼啊!"我说着推了她一把。

黛尔菲娜转过身,死命地推我。

"喂!"朵拉修女在厨房那头喊道,"你们两个,快住手!马上!"

"你会为此付出代价的!"黛尔菲娜说。

"随你的便。"我皱着眉头说。

她冲我点点头,目露凶光:"你给我小心点!"

"要是等我过来了,上帝原谅,你们会后悔的!"朵拉修女大叫道。

我没有使出心灵传动将黛尔菲娜扔到房顶上去,也不会对朵拉修女或者加比她们这样做,我只是转过身去重新洗那些碟子。

终于把所有的事情忙完,我自由了,走到厨房外面。天还在下着雨,我站在屋檐下,眺望着山洞的方向。 洞口外面的泥泞里会不会留下新的鞋印呢? 山脚下的土路在雨天会变得泥泞,会把我弄得一身泥,这算是我不能去的借口吧。 但是我心里明白,其实我是没有勇气去那儿,与下不下雨无关。

埃拉在礼拜日的任务是在仪式结束后打扫教堂中殿,擦拭靠背长椅。当我回屋走到中殿的时候,发现已经打扫完毕。

我问一个叫瓦伦蒂娜的十岁小女孩:"你看到埃拉了吗?"她摇了摇头。 我回到寝室,也没看到埃拉的影子。 我一屁股坐到她床上,床垫弹簧的反弹将一件银色的东西从她枕头下颠出来。 是一个小巧的手电筒。我拨动开关,电筒发出明亮的光。 我马上关掉电筒,放回原处,以防被修女们发现。

我来到走廊,一间间房看过去。 因为下雨,大多数女孩都待在房间里,三五成群地凑在一起玩游戏,有说有笑。

我来到二楼,走廊分岔,分别连着教堂的两座独立裙楼。 我选择左边,走进那条昏暗、积满尘埃的走道。 走道两边是石墙,有弧形拱顶,墙壁凹进去的地方是房间或者古代的雕像。 房间都是空置的,但每到一处门口,我就探头进去看埃拉在不在里面。 还是没找着她。 走廊越来越窄,灰尘的味道渐渐变成一种潮湿的泥土气息。 走廊尽头有一道用挂锁锁着的橡木门,十多天前我来找洛林箱的时候,把锁给撬开了。 橡木门后面是一段环状石阶,造在狭窄的塔楼内部,直通教堂北面的钟楼,那里挂着圣德肋撒两座钟当中的一座——洛林箱也不在那儿。

⊐

我上了一会儿网,没有看到任何有关约翰·史密斯的新消息,于是回到寝室,躺在床上假装睡着。 谢天谢地,拉戈达、加比和黛尔菲娜没到我们寝室来。还是没看到埃拉。我想了想,从床上溜下来,进了走廊。

我一直走到教堂的中殿,发现埃拉坐在后排长椅上。我走过去坐到她身旁,她抬头朝我微微一笑,面带倦容。今天早上我给她扎的马尾已经松松垮垮的了。我取下发带,埃拉也扭过头,让我帮她重新扎头发。

"你这一整天都去哪儿了?"我问,"我一直在找你。"

"我在探险。"她骄傲地宣布。她的话让我再一次感到难过,为自己在去学校的路上故意疏远她而难过。

我们离开中殿,回到寝室,然后互道晚安。我躲在被子下面等着熄灯,感到特别无助和悲伤,只想蜷成一团痛哭一场,事实上,我也这么做了。

半夜里,我醒过来一次,也不知道究竟几点,只觉得自己睡了好几个钟头了。我翻了个身,又闭上了眼睛——我感觉到了异常!寝室里有什么变化,但我说不上来;这也加重了我一个星期以来的那种焦虑。

再次睁开眼,就在双眼适应了黑暗的那一刹那,我注意到一张脸正凝视着我。我吓得大气直喘,飞速后退,撞上身后的墙壁——我被堵在里面了!被堵在屋子最靠里的角落了!我怎么这么蠢,选来选去选了这张床。我握紧双拳,正准备大声尖叫、踢向那张脸的时候,我认出了那双棕色的眼睛。

是埃拉。

我整个人立刻放松了下来。

不知道她这样站着有多久了。

她慢慢地竖起食指放在嘴唇上,然后,瞪圆了眼睛微笑着靠近我。她将手握成杯状,放在我的耳边轻声说:

"我找到那个箱子了。"

我身子一扭，认真地看着她那张容光焕发的面孔，立刻就知道她说的是实话。我的眼睛也瞪圆了，实在无法抑制自己的兴奋之情，一把拉过她，将这个小人儿紧紧搂在怀里，差点让她喘不过气来。

"埃拉，你无法想象我是多么的以你为豪。"

"我找到它了。之所以告诉你，是因为我们是一个团队，我们要互相帮助。"

"我们就是一个团队。"我在她耳边说。

我松开她，她抓住我的手，脸上洋溢着骄傲的神情说："走，我带你去看它在什么地方。"她说着踮起脚尖，领着我绕过床铺，没有发出任何声音。

洛林箱——一线希望的曙光，特别是在此时此刻，当我已经不抱希望而又最需要它的时候。

第 16 章

我们跑出寝室,我恨不得一步冲到埃拉要领我去的地方。 她悄无声息地疾步走在冰冷的地板上。 走廊里漆黑一片,我能看得清清楚楚,埃拉却不得不频繁地打开手电筒找方向,然后迅速关上。

来到中殿,我以为她会向北塔那边走,没想到她领我走上中央通道。我们飞快地掠过一排排靠背长椅,在中殿的前部,弧拱上用彩色玻璃镶嵌而成的圣徒像排成一排,在月光的映衬下散发着天神的光芒,显得比以往任何时候都更像《圣经》里的人物。 不知什么地方的水一直啪嗒啪嗒滴个不停。

到了第一排靠椅,埃拉一个右拐,冲向一块壁龛,我紧随其后。 壁龛里面的温度比在中殿要低一些。 抬起头,我看见头顶上方有一座高高的圣母马利亚的雕像,两只胳膊都是举起的。 埃拉围着雕像转了一圈,走到雕像左后方的角落,才终于停下了脚步。

"我去把它拿下来给你。"说完,她用嘴巴叼着手电筒,双手抱紧石柱,像只松鼠一样噌一下就蹿上去了。 她这敏捷的动作让我惊讶,呆在原地怔怔地望着她。

快到壁顶的时候,她停了下来,绕着圆柱荡了两下,钻进一个小小的凹处,不见了。 从我站的地方根本就发现不了有这么一个隐蔽的地方。

我以前从没注意过圣母马利亚雕像后面还有机关,天知道埃拉是怎么找到的。 我伸着脖子,听到她的鞋子刮擦在岩石上的摩擦声,这说明里面空间很小,勉强能让她爬行通过,有点像隧道。 我情不自禁地微笑起来。 洛林箱肯定就在这里的什么地方,而且要不是埃拉,给我一百万年也找不到这儿来。 想起许多年前阿德莉娜带着洛林箱艰难爬上去的情形,我的嘴角露出一丝笑意。 埃拉突然停了下来,大约有二十秒钟,我什么动静都听不到。

"埃拉,"我轻声喊道,她探出脑袋往下看,"要我上来吗?"

她摇了摇头,轻声回道:"箱子卡住了,我马上就取出来了,等我一分钟。"说完,她缩回头不见了。 我不由得心中生疑:她究竟在上面搞什么? 我看了一眼圆柱底座,抱住它正准备向上爬的时候,身后传来一阵声响,像是有人踢到了靠背长椅。 我猛地一回头,却被圣母马利亚雕像正好挡住了视线。 我轻轻绕过雕像,看了看中殿,什么也没发现。

"我拿到啦!"我听到埃拉兴奋的呼喊。

我跑回到雕像后面,仰起头,等着她出现。 我能听到她的喘气声和费力地往出口拖箱子的声音,不知是因为箱子太重还是通道太窄,她只能一点一点地把箱子往前拽。 终于能够拥有洛林箱了,这让我欣喜若狂,甚至都没去想如何打开它的问题,车到山前必有路吧。 正当埃拉要钻出来的时候,我听到身后有动静。

"你在上面干什么?"

我急忙转身,看见圣母马利亚雕像两边各站着两个人:加比和黛尔菲娜在左边，拉戈达和那个瘦长的博妮塔在右边。博妮塔就是在船坞游戏中差点害死我的那个家伙。

我扭头看了一眼，问她们："你们想怎么样？"

"我想看看那个爱打报告的小家伙爬那么高干什么，仅此而已。你知道吗，特别有趣，因为我看到你偷偷溜出寝室，还以为跟过来会看到你总在电脑上看的那个帅哥，没想到你没去那儿，反而跑到这里来，真的很奇怪啊。"加比的神色间既带着嘲讽，又似乎颇感困惑。

"奇怪，真的奇怪。"拉戈达附和道。

没有听到埃拉拖拽洛林箱的声音，这让我多少放下心来。

"你们怎么如此在意呢？"我说，"说真的，一直以来，我只管我自己的事，对你们的所作所为从不多说一句话。"

"我可非常关心你啊，玛丽娜。"加比说着向前迈了一步，随手捋了捋黑色的长发，"说实话，我一直都在担心你会和那个失败的酒鬼赫克托耳一起出去鬼混呢。你有没有和他一起醉过酒啊？"她顿了一顿，接着又说道，"你对着他的酒瓶喝过吧？"

我按捺不住熊熊燃起的怒火了，不仅因为她说赫克托耳失败，也不仅因为她亵渎了我和赫克托耳的友谊，还因为她偷窥我上网。我闭上双眼，用意识紧紧抓住她们四个。拉戈达失声尖叫，其他三个也吓得低声啜泣。我将她们抬离地面，让她们的光脚在空中乱踢，肩膀撞肩膀，最后将她们甩了出去。她们飞过光滑的地板，在中殿后部讲坛的台阶下面弹了一下。

拉戈达双手猛地一拍地板，站起身，那架式活像一头发怒的公牛要冲向征服它的斗牛者。我不退反进，不等她冲过来，瞬息之间便飘到她面前。拉戈达双拳狂舞，我弯腰一躲，紧接着向上跳起，右手一拳结结实实打在她下巴上。她倒吸一口气，后退几步跌倒在地上，后脑勺重重地撞在地板上，晕了过去。

博妮塔跳到背上扯我头发，跟着有人打了我左脸颊一拳，还有一个踢了我的胫骨一下。博妮塔从我背上滑下来，箍住我的两只胳膊，让我动弹不得。黛尔菲娜挥拳打过来，我赶紧一低头，她差点打到博妮塔的嘴巴。博妮塔手上一松，我脱身了，马上拽住她的右胳膊，将她朝着加比撞过去。

"你死定了，玛丽娜！你死定了！"博妮塔发出哀号，我又把她扯回来，一膝盖顶到她肚子，把她撞得七荤八素，手再一推，让她倒在拉戈达旁边。

见状，黛尔菲娜没胆量出手了，往四下里找门，准备逃走。我问她："介意我一个人待一会儿吗？"

"没关系，明天我会来找你的，"她嘴巴还硬着呢，"趁你不注意的时候。"

"你会后悔说了这句话的。"

撂下这句话，我佯装向右，却从左边扑上去，拦腰将她抱摔在地。加比想来扯我的头发，我举起黛尔菲娜挡住她，然后原地一个转身，将黛尔菲娜甩到中殿正中的走道上。她的背撞在祭坛的第一级台阶上，呻吟声回荡在穹顶之间。

加比绕到我身后，威胁我说："我要告诉朵拉修女，你马上就有大麻烦了。"

我转身看着她。她停在圆柱旁边，看得出随时准备冲过来，而我绝对不好惹。

突然间，加比头上射来一道亮光，我用了一秒钟才反应过来是埃拉。

她从隐匿处跳出来，正好落在加比的肩膀上。加比双手乱舞，抓到埃拉的手，将她扔向地面，咔嚓一声，让我顿感心肺俱裂。

"不！"

我怒吼一声，使出全身力气一拳打在加比胸口，打得她飞了起来，撞在墙壁上，石壁上的灰泥扑簌簌飞落。

埃拉躺在地上，泣不成声，疼痛让她缩成一团。我注意到她的右腿始终一动不动，就跪在她身边，拉起睡袍的下摆——她膝盖下面，一截白森森的断骨戳出皮肤，赫然入目。我不知如何是好，伸手抚摸着她的肩膀，试着安慰她，可她实在太痛了，完全感觉不到。

"我在这儿，埃拉，我就在你身边，你会没事的。"

她睁开眼，看着我，露出恳求的神色。直到这时，我才注意到她右手的伤势：她的小手血肉模糊，已经变形；鲜血从她的食指和中指之间渗出来。她的天赋算是毁在我手里了。

"上帝啊，埃拉，我对不起你。"我哭着喊着，"我对不起你。"

她只是哭。我感到自己开始冒汗，这一辈子，我从没像现在这样觉得自己是如此没用。

"你试着不要动。"我对她说，心里也明白这不可能。最近的医院离这儿也有半小时的车程，还没到医院，她就会痛晕过去。

她开始有规律地发抖。我的双手颤巍巍地放在她腿上刺出的断骨之上，不知是该向下压还是该把骨头推回到皮肤下面。我决定还是向下压。就在我指尖触到她皮肤的那一秒，埃拉长吸了一口气。冰冷的刺痛感沿着我的脊梁骨爬上来，慢慢扩展到全身。当我在电脑间给那些枯死的花儿恢复生命时，曾有过相似的感觉，难道我这项让植物起死回生的超能力也可以运用到人身上？埃拉不再哭泣，开始急促地呼吸，她那小小的胸膛快速地一起一伏。我感觉到冰寒集中在我的掌心，从我的指尖往外冒。"我觉得……我觉得我能治好你。"

尽管她胸口起伏的频率还是超快，但面部表情渐渐平静下来，仿佛已经失去痛觉。我心中忐忑不安，可还是继续将双手放在那块刺出来的断骨之上，感觉着骨头的肌理、断面——很快，它开始自己退回到皮肤下面，皮肤上刺破的伤口也从红色变成白色，然后又变回皮肤本来的颜色；我甚至还能看到在皮肤下面，那截带着锯齿状断面的断骨，经过一番游移后，最终回到它原来的位置乖乖长好。眼前我所成就的事情让我自己都觉得震惊，这可能是我迄今为止所获得的最重要的一项超能力。

"别动，"我说，"还有一个地方。"

我闭上双眼，双手握住她细细的右手腕，冰寒再次从我的指尖溢出。当我再次睁开眼睛，已经可以看到她的手指根根分明，食指和中指之间的切口也已长好，两根折断的指节也可以屈伸了。埃拉试着握了握拳头，证明手掌已完全复原。

我所做的，正是洛林希望我做到的，那就是将伤害从那些本不该遭受伤害的人们身上移除。

埃拉向右一扭头，望着我握住她手腕的双手。"你没事了，"我说，"好得不能再好了。"她从地上抬起头，撑起上身，我一把将她搂在怀里。

"我们是一个团队，"我在她耳边轻声说，"我们要互相照顾。谢谢你的帮忙。"

她用力点点头，我再次紧紧地抱了抱她。再看那四个女孩，一个个都失去了知觉，但都还有呼吸。再一抬头，我看到洛林箱的边缘从洞口露出来。

"你能找到这箱子,太让我为你骄傲了。真的,你不知道我有多骄傲。"我说,"好吧,我们先去休息一会儿,明天一早再来取箱子。"

"你确定?"埃拉反问,"我现在就能爬上去,把它拿下来。"

"不用,不用。你现在去浴室里好好洗一洗,我马上就来。"

当她消失在我视线之外,我昂起头望着洛林箱,集中心神,让它静静地飘下来,落在我脚边。接下来,我只需要去找阿德莉娜,和她一起打开它。

第17章

我飞身撞破燃烧着的门,落到客厅里快被火烤融了的棕色地毯上,几样东西快速闪过脑海:萨姆、洛林箱、亨利的信和骨灰。我刻意让火焰包裹住全身以方便逐个房间寻找,并且边找边喊:"萨姆?你在哪儿,萨姆?"

经过客厅时,我发现这栋房子的整个后墙都烧起来了,房子随时有可能坍塌。我喊着萨姆的名字,一脚踹开卧室门冲了进去,但他不在那儿,我又查看了厨房、餐厅,都没有发现他。正当我打算折回客厅再找时,不经意地朝窗外一瞥,看到洛林箱和我们的东西堆在水池边,包括我的笔记本电脑、亨利的骨灰盒及那封没拆的信;水池中有类似头发的东西,是萨姆的头。萨姆看见我,使劲挥舞起双臂来。

我立马破窗而出,撞翻格栅,潜入水中,周身的火焰遇水呲呲作响,化为黑灰色的烟。

"你还好吧?"

"还、还行。"他答道。

我们从水中出来,站在萨姆抢出的那堆东西旁边。

"出了什么事儿?"

"老兄,他们来了,他们都来了,那些莫加多尔人全都来了。我透过前窗看见他们,然后只听见轰的一声,房子就着火了,我只来得及抓点随手能抓到的东西……"

此时,房顶又传来响动。火焰闪烁间,我看到一个身形魁梧的莫加多尔斥候,穿着黑色战服,戴着帽子和太阳镜,手持一把寒光闪闪的长剑,正从斜坡上走下来。每走一步,他的脚就深深地陷入那又轻又薄的瓦片中。

我单膝跪下,抓住洛林箱的锁,在我炙热的掌心中,锁开了。我拨开底部的水晶,拿起那把钻石匕首,锋利的刀刃在跳跃的火光下熠熠生辉。更让我惊讶的是,匕首的手柄扩展开来,将我的整个右手包裹其中。我对萨姆说:"退后!"

斥候走到金属的房檐边,飞身跳下,落到露台上。只听得咔的一声,水泥地板竟被他震开了。他用剑在空中挽了个剑花,亮闪闪的很晃眼。我屏住呼吸,迅速将上周的训练内容在脑中过了一遍。

我脚步刚动,这厮就咆哮着向我冲过来,劲风带起黑色的战袍如浪翻滚,一瞬间,我看到了自己映在他太阳镜上的身影。他的剑差点把我劈成两半,我向后一仰,险险躲过。可一直起身子,我已撞入剑影,颈部一阵疼痛,痛感很快抵达腰部,一个倒栽葱,我栽进水池。

当我浮出水面时,看见萨姆正与那个斥候周旋。他赤手空拳,左支右绌,引得那个斥候哈哈大笑,把剑往地上一扔,模仿起萨姆的滑稽样来。我挣扎着从水中站起,想要助萨姆一臂之力,却见萨姆把全身力量贯注于左脚,右脚在身后画了个圈儿,那湿漉漉的右鞋滴溜溜地一转,狠狠地踢在那斥候脸上，迫得他连退了好几步。

恼羞成怒的斥候拾起长剑刺向萨姆，我飞身向前，用匕首格住来势汹汹的长剑。两刃相交，火花迸溅，灼人眼目。待到我再次睁眼之时，匕首已削断长剑。我来不及惊讶，就势将匕首送入这厮的胸膛，再顺势一划，他立刻化为飞灰，散落在我脚底。

房子终究是坍塌了，就如断了脊的书，房顶整个儿塌了下来，木梁四处断裂，窗户挣扎着从墙中跳出来爆裂。一团风暴云在头顶出现，一道闪电刺破长空。

萨姆见了，大叫道："我们得去帮帮六号！"

的确，闪电只会在她战斗时或战斗结束后才出现。确信岸边没人后，我空出一只手，托起洛林箱，将它抛过后院的砖墙。萨姆把其他东西抛给我之后，我把他拉上水泥墙头，我俩双双跃至墙外湿滑的草坪上，打了个滚。将所有东西藏到一丛茂密的灌木中间后，我们绕到了前院。

就在车道中央，距离我们的 SUV 只几步远的地方，六号正用手臂紧紧地夹着一个斥候，手臂上的肌肉因为用力而跳动着。又有两个斥候逼近，左边那厮手持一根圆筒状的长管子瞄准了我。一束绿光袭来，我一个踉跄，顿觉呼吸受阻，无法视物，一下子滚入了高草中。

当我再次睁眼时，持管枪的斥候正居高临下地俯视着我。慢慢地，我的手脚恢复了知觉，呼吸渐趋平缓，匕首的手柄还缠在我右手上。那厮调了一下管子上的旋钮，大概是想杀了我。接着，他踩住我的右手腕。我试着挥动双腿，可它们一点也不听使唤，软趴趴的，还没从刚才那致人瘫痪的攻击中恢复过来。枪管抵着我的眉心，令我想起了一小时前六号指着醉汉的那支枪。完了，我想，莫加多尔人的任务完成得真漂亮——干掉四号，接下来料理五号。

我看见枪管中有数百个光点闪烁着旋转起来，最后汇成一束。就在那厮要扣动扳机的那一刻，伯尼·科萨一口咬住他的大腿，他晃动了一下；接着一道闪电袭来，他身首分家，那头滚落草中，挨着我的头，并与我鼻尖相触，然后便化为飞灰。骑在我身上的躯体也塌了，给我的牛仔裤上覆了一层灰，我尽力控制自己不把那灰吸进去。

"快起来！"六号叫道，她突然出现在了那厮原来站的地方。

萨姆的脸也出现了，看上去脏兮兮的，又透着严肃："约翰，我们现在就得走。"

警笛声响彻夜空，有一英里远，也许更近。伯尼·科萨舔着我的左太阳穴，呜咽着。

"还有一个也干掉了吗？"我低声问。

六号看了萨姆一眼，点点头。"我抓住了他的剑，反过来对付他，真是痛快。"萨姆说道。

我搭着六号的肩膀向 SUV 走去，随即被她丢进车厢后座。伯尼·科萨挨着我的小腿趴下，轻舔着我失去知觉的左手。萨姆拿过钥匙坐到驾驶位上，六号则去取我们的东西。等我们上了公路，再也听不见警笛声的时候，我才放松下来，开始检查我的右手。那匕首柄已经变回原形，脱离了我的指关节和手腕，我随手把它丢在脚边。

开了十五分钟后，六号要求暂停，萨姆于是把车驶入一家餐馆的灯光停车场，餐馆早已打烊。车还没停稳，六号就推开车门跳了下来，车门也不关。

她对我喝道："过来帮忙。"

"六号，我现在不想当个笨蛋，可我的手脚真的动不了。"

"老兄，加把劲儿，试试吧！我们得甩掉那些尾巴，"她说，"否则大家都得死！你可得想清楚了。"

我努力坐起身，直到感觉血液流到了腿部，才费力地爬下车。可怜我现在是衣裳烤焦，两股颤颤，真不明白她要我帮什么忙。

"找追踪器。"她说，"萨姆，别让车熄火。"

"收到。"萨姆说。

"找什么？"我问。

"莫加多尔人用追踪器来跟踪车辆。相信我，他们对我和卡塔莉娜玩过这一招。"

"那玩意儿长什么样？"

"我也不知道。时间紧，快点找。"

听了她的话，我差点笑出来，因为我现在做什么事都快不了。而就在我慢吞吞地单膝跪下，爬到车下，在车底乱摸一气时，六号已不知绕SUV打了多少个转转了。伯尼·科萨从车的减震器开始嗅起，边嗅边往前走。我一抬眼就看到了那个追踪器，是一个与二十五分镍币差不多大小的小圆片，紧紧粘在油箱的塑料外壳上。

"找到啦！"我欢呼一声，一把扯了下来，钻出车底，躺在地上交给六号。她稍作审视，就把小圆片放入自己的口袋中。

"不把它毁了吗？"我问。

"不。"她答道，"再查一次，我们得确保没有第二个或第三个。"

我只好又爬了回去，借着掌中流明的光芒，快速地把SUV从前到后查了个遍，确定自己什么也没找到，才钻出来站直身子。

她问道："查好了？"

"放心吧！"我答道。

我们又回到车上，快速开走了。时间已是凌晨两点，在六号的指点下,萨姆一路向西,他将车速保持在每小时八十五到九十英里之间,这使我不由得担心会有交警盯上我们。 在开了三十英里后,车上了州际公路,转而南行。

"我们快到了。"开了大约两英里后,六号让萨姆开下州际公路。"停! 就这儿,停!"

萨姆猛地一脚踩下刹车,把车停在一辆没有熄火的半挂车旁,车主正在加油。 六号微微敞开车门,隐身出去了。

"她要干什么?"萨姆问。

"不知道。"

几秒钟后,开着的门砰地关上了。 六号现身出来,她让萨姆把车驶回公路,不过这次是向北走。 她看上去轻松了一些,扶仪表盘的手不再握得那么紧了。

"你非得让我问,才肯说刚才干什么去了吗?"我说。

她朝后瞥了我一眼:"那辆车是去迈阿密的。 我把追踪器粘在了拖车的下面,希望追踪的人会花点时间跟着往南跑,而我们往北走。"

我摇摇头:"那位司机今儿晚上一定会过得很精彩。"

在我们经过奥卡拉出口时,六号让萨姆开出去,把车停在一排店铺后面的停车场,这里距州际公路只有几分钟路程。

"今晚我们就睡在这儿,"她说,"实际上,我们是轮班睡。"

萨姆打开他那边车门,侧转身体,把脚悬挂在车外。 "嗯……各位,我本该早点说的,嗯,我挨了一下,现在开始疼了,我想我可能要晕了。"

"什么?"我手脚并用地爬出车子,站到他面前。 他把右腿上的脏裤筒捋了上去,露出膝盖上方一个比一张信用卡稍小些的伤口,但却有一英寸深。 他的膝盖和小腿上到处都是干涸的血迹，鲜血仍在不断渗出。

"天哪，萨姆！"我惊呼，"你这是什么时候弄的？"

"就在我抓住那个莫加多尔斥候的剑之前的一瞬间，我可以说是把它从我的腿里拔出来的。"

"好啦，快从车里出来，"我说，"到地上来。"

六号用头顶着萨姆的腋窝，把他扶到地上躺下。

我打开后备箱，从洛林箱里取出疗伤石。 "你最好手里攥点东西，伙计，这个可能会……疼。"六号伸出手，萨姆握住。 就在我把石头压到他伤口上的一刹那，我感觉到他身上的每一块肌肉都绷紧了。 他痛苦地扭动起来，似乎马上就要昏过去了。 伤口附近的皮肤先变白再转黑，最后变成血红色。 我立刻为自己的举动后悔起来：我怎么这么轻率地把这石头用到一个地球人身上呢？ 亨利到底有没有说过这石头对他们没用呢？ 就在我努力回想之际，萨姆发出了一声长长的呻吟，几乎吐尽了他肺中所有的空气。 此时，伤口的外缘开始向内愈合，最终消失了。 萨姆松开抓住六号的手，慢慢地缓过气来。 一分钟后，他可以自己坐起来了。

半晌，他缓缓地开口说道："老兄，我真想当个外星人，你们做的事儿真是太帅了。"

"兄弟，你真的让我担心了一会儿，"我说，"洛林箱中有些东西对你们是没用的，我也不确定这个对你是否有用。"

"我也不确定。"六号补充道。 她倾身过去，在萨姆的脏脸颊上亲了一下，萨姆马上躺倒，叹了一口气。 六号大笑，伸手戳了戳他的平头，我则为自己的吃醋心理大感惊讶。

"你想不想去医院看看？"我问萨姆。

"我只想躺在这儿，"他答道，"永远地。"

回到车上后，六号说："知道吗，我们出去散步了，真是幸运。"

"确实。"我承认。

萨姆把右颊贴在车座靠枕上，这样就可以看到我们两个。"你们为什么要出去散步？"

我答道："我睡不着，六号也睡不着。"

这话严格说来是实话，但却驱不走我心头的负罪感，我知道萨拉才是我的女朋友，可又无力阻挡六号带给我的感觉。

六号叹了口气："你知道那意味着什么，对吗？"

"什么？"

"他们很可能已打开我的洛林箱。"

"你自己也不确定？"

"是的，不确定。但上次我从你的洛林箱里抓起那块石头，它在我的手中跳动，还弄伤了我的手。从那以后，我就再也没有忘记那种感觉。刚才我突然想到，这一切应该与我的洛林箱有关。"

"他们早在三年前就拿到你的洛林箱了，"我说，"所以你认为他们可以在不需要我们或不需我们已死的前提下，打开洛林箱？"

她耸耸肩："我不知道，有可能吧。但我推测他们已经打开我的洛林箱，所以在我碰到那块石头的时候，就把斥候们引来了。"

萨姆打了个哈欠："那派来的斥候怎么这么少？我的意思是，他们为什么不等援兵来了再发动攻击呢？"

六号猜道："他们可能是吓坏了，有些恐慌。"

"也许是有人想抢功。"我说道。

六号摇下车窗，仔细地听了一会儿，发现没有任何动静，她很满意，说道:"尽管如此,下次我们要对付的人可能更多,他们会派些什么派肯兽啦克劳尔兽的过来。"

"可能吧!"萨姆低声说道,他迷迷糊糊的快要睡着了。"告诉你们一件事,这样逃命真是累死我了。"

"那你逃十一年试试。"我说。

"我想我有点想家了。"他嘀咕道。

我向前一探,看到他把他老爸的旧眼镜平放在大腿上。这眼镜镜片很厚,就是他在天堂镇日常戴的那副。

"萨姆,现在已经太迟了,回不去了,你知道的,对吗?"

他皱起眉头:"我不回去。"只是相比之下,这次的回答,已经没有他在北卡罗来纳那家汽车旅馆里第一次回答时,说得那么有底气了。"在没找到老爸,或者至少弄清楚他出了什么事之前,我是不会回去的。"

"他老爸?"六号张嘴无声地问我,满脸的疑惑。

"晚点儿和你说。"我也比着嘴形回应了她一句。

"好,我们最终会把事情查得水落石出的。"我说着转向六号,"我们明早往哪儿走?"

六号忧郁地说:"既然他们很有可能打开了我的洛林箱,我想我们就随风而行吧,这至少还没让我失望过。"她说着瞥了我一眼,"你知道吗,如果不是那晚的风,如果不是在宾夕法尼亚州的那晚我需要咖啡因,就是天堂镇遭袭的前一晚,我可能永远也不会及时地赶到那儿。"

"你什么意思?"我问道。

"那时我正在中西部游荡,后来在网上看到一些有关你们的报道,我猜这可能是待在雅典那所大学附近的莫加多尔人的杰作,我就猜想你们可能在俄亥俄州，或者在西弗吉尼亚，或是在宾夕法尼亚；但接下来的几周里，我都扑了个空。那时我想，你们大概已经动身去加州或加拿大了，所以我也去了。我孤身一人站在那店铺外的停车场里，不仅疲惫，还迷路了，更糟的是几乎身无分文。当一阵风吹过我的身边，刮开左边一家咖啡店的门时，我决定了：我要到里面休整一下再出来，顺便找点线索。碰巧店铺的角落里有台供客人使用的电脑，我就买了一大杯咖啡上起网来。当然，我找到了一篇有关发生火灾的那栋房子的报道，还看到你们从火海中跳了出来。"

没想到别人这么容易就可以找到我，难怪亨利想要一直把我关在家里，或者勒令我待在学校。

"如果不是那阵风吹开了那扇门，我很可能就会在哪家餐馆吃上一顿，喝着咖啡等待天亮。我还把能找到的有关你们的信息都写下来，跑到街角找了家通宵复印店，给你们发了封带有我号码的传真和信件，就是想给你们报个信儿，或者至少可以使你们撑到我来。万幸的是，我及时地和你们会合了。"

第18章

　　风把我们带向北部,再次感谢萨姆妙用我的一个身份,使我们得以在阿拉巴马的一家汽车旅馆待了两晚。 然后,我们驱车向西,在俄克拉荷马的一块空地上露营一晚,接下来的两晚是在内布拉斯加州奥马哈的一家假日旅馆度过的。 离开那儿,并没有明显的原因——至少六号不愿承认——六号向东开了一千英里到达马里兰州狭长地带的山中,租了一间小屋,距西弗吉尼亚的边境仅五分钟车程,离莫加多尔人的老巢也不到三小时车程。 俄亥俄的天堂镇是我们此行的起点,现在我们离那儿正好是一百九十七英里,而我离萨拉也很近,只消用掉半箱汽油,就可以见到她了。

　　眼睛还没睁开,我就已经感觉到今天绝不会过得很轻松。 亨利之死就如一把大锤不断锤击着我的心,无论我做什么,痛苦都如影随形。 这种充斥着悔恨、愧疚和痛苦的感受,最近来得更频繁了,特别是在明白了我永远也不能再和他说话后,那种痛苦几乎使我崩溃。 我希望自己能改变一切,但正如亨利曾对我说过的,"有些事情做了就再也无法收回"。 其次就是萨拉。 自从离开佛罗里达后,我放纵自己与六号走得如此之近,差点把持不住要亲吻她,那种对不起萨拉的深深的愧疚感一直挥之不去。

我深吸一口气,终于睁开眼来,苍白的晨光照进房间。亨利的信——我想,我别无选择,现在就看。再拖下去,势必更危险,尤其是在佛罗里达时,还差点把它搞丢了。

我的手滑入枕下,把宝石刃匕首和信拿了出来——我一直都随身携带着它们。我盯着信封发了一会儿呆,努力想象着这封信是在怎样的情况下写的,然后,叹了口气,用匕首挑开封口,抽出信纸。亨利用他那漂亮的手写体写了整整五页。我深吸一口气,将目光落到第一页上。

1月19日

J——

这些年来,我反复写着这封信,不知何时是最后一次,但若你现在看到它了,那这必是最后一次。我很抱歉,约翰,真的很抱歉。我们此次来地球的赛邦,任务就是不惜一切代价保护你们九人,就算奉上生命也在所不惜。但当我在餐桌旁写下这些话时,距离你把我从雅典救出来不过几个小时。我知道,把我们连在一起的从来就不是义务,而是爱,这种爱比任何义务都来得牢靠。我终将死去,唯一的变数是死的时间和方式。如果不是你,今天我早就死了。不管将来我死于何事,你千万别自责。我从没想过会在地球上活下来,在离开洛林的那一刻,我就知道自己再也回不去了。

在我写完这封信而又没交给你的这段时间里,我一直很好奇你到底知道多少,现在你知道我对你有多守口如瓶了吧!可能比我本该保留的更多。在你人生的大部分时间里,我都想让你集中思想,努力操练。我想尽力让你在地球上过上正常人的生活,你肯定会觉得这个想法很可笑,但是知道了全部真相会给早已沉重不堪的生活继续施压。

从哪儿开始呢?你父亲叫赖林,他是一个孔武有力的人,而且很勇敢,终其一生,他都很诚实地去实践自己的生活目标。正如你在战争幻象中所见到的,即便他明白战争终究要失败,也仍旧奋战到底。这也是我们每个人真心期望的:带着尊严、光荣和无畏,慷慨赴死,在死的那一刻明白自己已竭尽全力。这是你父亲树立的丰碑,也是你将树立的楷模,信不信由你。

我坐了起来,脊背抵住床头板,把我父亲的名字念了一遍又一遍,哽在喉咙的东西似乎越变越大,成了一块巨石。我真希望萨拉就在这儿,倚在我的肩头,鼓励我继续读下去。

在你还小的时候,你的父亲明知自己不该来,却经常来看你。他很宠爱你,他可以坐上数小时只为看你和哈德利在草坪上玩耍。我现在想知道,你已发现伯尼·科萨的真实身份了吗?我肯定,你对小时候的事情早就记不太清了。你是个幸福的孩子,有那么一段时间,你有着所有孩子都该有的童年,尽管这种童年不是每个孩子都享受到了。

在和你父亲共事的那段相当长的时间里,我只见过你的母亲一次,她叫劳拉,和你的父亲一样,她是一个矜持的人,有些腼腆。我现在之所以把这些事告诉你,是想让你了解自己的身世。你的家世清白，家庭成员构成简单。我一直想告诉你一件事，那就是离开洛林那天，我们之所以出现在机场，并不是巧合。我们之所以在那儿，是因为攻击刚一开始时，加尔德就联合起来把你们送到那儿了，很多人在这个过程中牺牲了。你们本应有十人，但如你所见，只有九人逃离了。

泪水模糊了我的视线，我反复摩挲着母亲的名字，劳拉……劳拉和赖林。我好奇我的洛林名字会是什么，是不是也以"L"开头？我想，如果没有战争，如果我还有个妹妹或弟弟，该多好呀！因为战争，我失去的太多了。

  在你们十人出生后，洛林感受到了你们强有力的心跳、你们的毅力、你们的激情，因此，她赐予你们应当承担的职责：承担最初的十位长老承担的责任。这意味着，随着时间的推移，你们当中存活下来的人会比以往的任何一个洛林人都更强大，甚至比那些传给你们超能力的长老更强。莫加多尔人清楚这一点，因此才会如此疯狂地猎杀你们。越来越绝望的他们在这个星球上遍布间谍。我以前之所以不告诉你，就是怕你知道后变得自大，走上邪路。要知道，外面还有许多艰难险阻在等着你去战胜呢！我要求你强大起来，承担起应该承担的责任，再找到剩下的那些人，相信你们一定能打赢这场战役。

  最后，我还想告诉你一件事：我们搬到天堂镇并非偶然。你的超能力迟迟不来，我就开始急了。当你的第三道疤痕出现时——知道你就是下一个，我的焦急变成了惊恐。于是，我决定先去找一个人,那人可能握有找到其他人的关键线索。

我们到达地球时,有九个地球人接待我们,他们了解我们的处境,明白我们必须分散的原因,他们是洛林的盟友。我们与他们上次在地球相见的时间是十五年前,我们给了他们一台发射装置,一旦与我们的飞船联系上,那装置就会自动开启。那晚,他们指导我们如何适应地球,教我们如何在地球上生活。我们以前从没来过地球,所以下船后,每人都收到两套衣服和一袋指导手册,告诉我们这个星球上的生存之道。我们还收到一张写着地址的字条,这些地址就是我们的起点,但不是居住点,谁都不知道其他人的去向。我的字条指引我们来到加州北部的一个小镇,这是个美丽且宁静的地方,离海岸只有十五分钟的路程。在那儿,我教会你骑单车、放风筝以及诸如系鞋带等简单的事情,这些事我都必须自己先学会。我们待了六个月就继续上路了,因为我知道这是我们必须做的。

咱们遇到的那个向导就来自天堂镇,我找他是因为我非常想知道其他人的去向。但当咱们到达的时候,暗星肯定已经陨落,因为那人早走了。

我们在头一天遇到的那个人,给了我们文化指导并帮我们建起了自己在地球上的第一个家,他就是马尔科姆·古德,萨姆的父亲。

约翰,现在我要告诉你的就是,我相信萨姆是正确的,我相信他的父亲被绑架了,现在只能祈祷他还活着。如果萨姆仍和你在一起的话,请把这个消息告诉他,希望他能从中获取安慰。

约翰,你一定要成长起来,担起职责,变得强大。你要时刻记住你所学的东西,成为一个高贵、自信、勇敢的人,继承你父亲的骄傲、勇武。你要遵从自己的心灵和意愿，正如洛林在今日仍坚信不疑的一样。永远不要对自己灰心失望，永远相信希望仍在。记住，就算这个世界已万劫不复、黑白颠倒，希望仍在。

我相信，总有一天，你会重归家园的。

爱你的
你的朋友及赛邦
——H

我双耳充血，什么也听不见，什么也不想听，不论亨利在信中如何开导我。我是知道的，如果在他提议要离开天堂镇时，我们就离开，那他现在就还会活着，我们仍然会在一起。他来学校救我，既是他的职责所在，也是因为他爱我；而现在，他却不在了。

我深吸一口气，用手背抹了把脸，走出房间。尽管腿受伤了，萨姆还是坚持要住二楼，我和六号主动要求住二楼他都不肯。我上楼敲开他的门，进去后打开床头灯，看到他父亲的旧眼镜就放在床头柜上。萨姆听到声响，动了一下。

"萨姆？嘿，萨姆，抱歉，吵醒你了，但我想有些事你应该知道。"这话引起了他的注意，他拉开毯子："那就告诉我。"

"首先，你得向我保证别生气。我要告诉你的事，我也是刚刚知道的，不管亨利出于什么理由不当面告诉你，你都要原谅他。"

他快速坐起，把背靠在床头板上："该死，约翰，快告诉我。"

"你先向我保证。"

"好，我保证。"

我把信递给他："我本该早点打开这封信的，萨姆，抱歉！"

我离开房间,把门带上,留给他一个私人空间。我不知道他看了这封信后会有什么反应。当一个人花了大半辈子追索一个问题,一个让他寝食难安的问题,没有人知道他在得到答案后会有什么反应。

我下楼后和伯尼·科萨一起溜出后门,伯尼·科萨跑到森林里去了,我则坐在野餐桌上等它。清凉的二月天能让我看见自己的哈气,随着东方晨光熹微,黑暗迅速向西方退去。我盯着天上悬挂的半轮残月,想着萨拉是否也在看着它,其他加尔德会不会也在看着月亮。我和其他人,仍然活着的五人,是注定要继承长老之位的,可我现在也没弄明白这到底意味着什么。我闭上眼,冲着天空仰起头,直到身后的门被推开。我回过头,想着应该是萨姆,没想到却是六号。她爬到桌上,坐在我身边。我冲她淡淡地笑了一下,她并没有理会。

"我听到你出来了,怎么了?你和萨姆打架了,还是别的什么?"她问道。

"啊?没有呀,怎么啦?"

"我所知道的就是萨姆正蜷在楼下的沙发上哭,也不理我。"

我顿了顿,告诉她说:"我还是读了亨利留下的信,里面有些事情是有关萨姆的,萨姆和我都还没告诉你——有关他父亲的事。"

"他爸怎么啦?还好吗?"

我转过身,我们的膝盖碰到一起。"听着,从我在学校遇见萨姆那天开始,就知道他对父亲消失一事不能释怀。有一天,他父亲去了杂货店就再也没回来。他们发现了他的卡车和掉在卡车边的眼镜,就是那副他随身携带的眼镜,你见过的。"

六号扭头朝门内看去:"等等,那是他爸的呀?"

"没错,问题是萨姆一直确信他爸是被外星人绑架了,我虽然也认为这个想法太疯狂,但我,不知道为什么,一直放任他这样想,因为我不想击碎这位老兄寻找父亲的希望。 我刚才看了亨利留下来的信,你绝对想不到那里面说了些什么。"

"说了些什么?"

我把所有的事情都告诉了她,比如萨姆的父亲是洛林的盟友,在亨利和我下飞船时接待了我们,以及我和亨利搬去天堂镇的原因等等。

六号从野餐桌上滑了下来,笨拙地跌坐在凳子上:"萨姆在这里真是太巧合了。"

"我不这样想,我的意思是,再回想一下,我在天堂镇所有的人当中想找个好朋友,恰恰就找到了萨姆,我想我们是注定要相遇。"

"也许你是对的。"

"太棒了,那晚就是他爸帮的我们!"

"酷毙了! 记得他说过他内心逐渐产生想要跟我们在一起的强烈感觉吗?"

我确实记得。 "但还有一件事,在信里,亨利说萨姆的父亲是被绑架了,甚至很有可能被杀了,被莫加多尔人。"

我们沉默了,坐看太阳从地平线上升起。 伯尼·科萨小跑出森林,打了个滚儿,肚皮朝天抓痒痒。 "嗨,哈德利。"听到我这么叫它,它一转身站起来,歪着头打量我。 我跳下桌子,双手挠着它的下巴,对它说:"我都知道了。"萨姆走了出来,双眼通红,挨着六号坐在凳上。

"嗨,哈德利。"萨姆朝伯尼·科萨打了个招呼,伯尼·科萨叫了一声作为回应,又舔了舔他的手。

"哈德利?"六号问道。

狗儿又肯定似的冲她叫了一声。

"我一直都知道的，"萨姆说，"一直，从他消失的那天起。"

"你一直以来都是对的。"我说。

"我能看看那封信吗？"六号问。

萨姆把信递给她。我伸出右掌对准首页，手掌开始发光，六号借着光把信看完，随后，叠好信纸还给萨姆。

"萨姆，我真为你感到遗憾。"她说。

"没有你的父亲，我和亨利是活不下来的。"我说。

六号扭头对我说："你知道吗，你的父母竟然就是赖林和劳拉，这真是太匪夷所思了。或者说，我竟然没意识到这件事，真是太可笑了。你还记得洛林的我吗？我的父母是艾伦和琳，他们和你的父母是至交。我知道，我们与父母见面的次数不多，但我记得曾去过你家几次。我想，那时你还在蹒跚学步。"

我愣了几秒，回忆起亨利曾告诉过我这事。那时萨拉刚从科罗拉多回来，到我家对我诉衷肠。在她离开后，亨利在吃饭时告诉我说，尽管他记不清她的编号，也不知道她在哪儿，但他知道其中一个和我们一道来地球的孩子是我父母至交的女儿，他们经常开玩笑，说我和那女孩注定是一对儿。

我差点就把亨利的话告诉六号，好在我突然想起，我之所以会想到这段话是因为我想起了心中对于萨拉的感情。但是，这同样勾起了我的愧疚感，这种感觉在我和六号那回散过步之后就一直挥之不去。

"呵呵，太疯狂了，我自己都不记得了。"我说道。

"不管怎样，这里面关于长老的话题和我们应该承担的责任的话题可不轻松，难怪莫加多尔人如此穷追不舍。"她说道。

萨姆这时插了一句："我们得回到天堂镇去。"

"是的，没错。"六号笑道，"我们现在要做的是想办法找到其他人,我们得找回那台笔记本电脑,接着再训练一阵子。"

萨姆站起来解释道:"不是,各位,我是说真的,我们必须回去。如果我爸还留了点东西——就是那个发射装置,我知道上哪儿去找。 在我七岁的时候,他曾说我的未来绘制在日晷上。 当时我还没来得及问他是什么意思,他就告诉我说,若暗星陨落,我应该把九柱神找到,用我的出生日期来解读日晷上的地图。"

"什么是九柱神?"我问他。

"她们是埃及神话中的一组女神,共九个。"

"九个?"六号问,"九个女神?"

"什么日晷?"我又问。

"我现在有点搞明白了。"萨姆说完绕着野餐桌打转转,伯尼·科萨追着他的脚后跟咬着玩。 "我以前经常觉得很无奈,因为我爸总说些只有他自己才明白的话。 我爸消失前几个月,他在我家后院挖了口井,说这样就可以收集檐槽或其他任何东西流下来的雨水了。 但在浇筑了水泥后,他又拿出一个精致的日晷放在石头盖上,然后站起来,看着井里对我说:'萨姆,你的未来就画在这个日晷上了。'"

"你从来就没核实过吗?"我问他。

"当然核实过。 我把日晷翻来覆去查了好几遍,试着面对日晷报出我的出生日期和具体时间,可什么都没有发生。 后来,我认定这就是一口普通的井,只不过上面有个放了日晷的盖子而已。 但是,看了亨利的信,特别是有关暗星的事,我明白了这一切都有迹可循。 我爸虽没有明说,却早有暗示。"萨姆笑了,"他可真聪明。"

"你也不差。"我说,"我们回天堂镇,很可能就是自杀,但是我想我们没有太多选择的余地。"

第19章

从梦中惊醒,我发现自己牙关紧咬,嘴里弥散着一股酸味。我整夜辗转反侧,无法入睡,一是因为我终于拿到了洛林箱,盼着天一亮就去劝说阿德莉娜与我共同打开箱子;二是因为我在很多人面前露了太多的底,将我的超能力来了个全方位展示。那些人不知道还记得多少,我会不会在吃早饭之前就被揪出来?我从床上坐起,看到埃拉仍在被窝里。除了加比、拉戈达、黛尔菲娜和博妮塔的床上是空的,其他人都在睡觉。

我刚要跳下地,就看到露西娅修女出现在门口,双手叉腰,撅着嘴。同她四目相接,吓得我差点喘不过气来。但很快,她退了几步,四个从教堂中殿回来的女孩颤颤巍巍进了房间,她们神情茫然,伤痕累累,身上的衣服又脏又破。加比一个趔趄,头朝下栽倒在床上,用枕头包住了头。拉戈达揉了揉她的双下巴,哼了一声,仰面倒在床上;博妮塔和黛尔菲娜则慢慢地爬进被窝。等到四个女孩都没了动静,露西娅修女却大声命令我们起床:"所有人都给我起来!"

在我经过加比去卫生间时,她明显地瑟缩了一下。

拉戈达站在镜前检查自己皮肤的变色状况，当她从镜中瞥见我的身影时，马上拧开水龙头，装模作样地洗起手来。我真的不想吓人，但我喜欢看到这样的情形。

埃拉蹦蹦跳跳地从卫生间的一个小隔间出来，排队等着洗脸。我担心她会因我在教堂中殿的所作所为而害怕靠近我，没想到她一见我，就夸张地将右手举过头顶向我致意。我俯下身凑在她耳旁悄声问道："好点了吗？"

她响亮地答道："谢谢你！"

我捕捉到拉戈达镜中看我的眼神，便继续对埃拉耳语道："嘿，昨晚发生的事儿，算是我们之间的小秘密。昨晚发生的一切都是秘密，好吗？谁也不告诉。"

她听了把手放到紧闭的唇边。刚才拉戈达看我的眼神十分不善，看来，我们之间的账还远远没算完。

我脑子里一直在想着洛林箱里面会有什么，就放弃了早上上网查看有关约翰·史密斯和亨利消息的计划。我甚至都等不及在弥撒时间见阿德莉娜了，一间一间房地去搜寻，想早些见到她，却怎么也找不到。

早弥撒的第一遍铃声响了，我只好先挤入后面的一排，坐到埃拉旁边，冲她眨眨眼。此时，我才发现，原来阿德莉娜早已坐在最前排。弥撒过半，她扭过头来和我视线对接，我指了指中殿的一个小角落，那是多年前藏洛林箱的地方。看到我的手势后，她的眉毛扬了起来。

做完弥撒后，我俩站在中殿左边一角，头上是画有圣约瑟夫的褪色玻璃窗，黄色、棕色、红色交织成的光影打在我们身上。她对我说："我不懂你的意思。"那眼神配上那严肃的神态，倒是相得益彰。

"我找到洛林箱了。"

"在哪儿？"

我抬起头向右上方示意。

"只有我才能决定你何时有能力打开洛林箱。你现在还不够格，还差得远呢。"她生气地说道。

我把双肩后撤，咬紧牙关。"在你眼中，我永远不会够格，因为你已不再相信，艾玛丽娜！"

这个名字卸掉了她的防备，她惊讶得张大了嘴巴，说不出任何激烈的言辞。

"你从来就不知道，和这些女孩在一起，我过的是什么日子。在你捧着《圣经》、做着祷告、数着念珠的时候，你根本就不在乎我是否受人欺侮。你不知道偌大的学校里，我只有一个朋友；你不知道，所有的修女都讨厌我，而我却要为捍卫整个世界而奋斗！事实上是两个世界！洛林和地球需要我，而我需要你。我现在像个动物一样被关在动物园里，你还一点都不关心我！"

"我当然关心你。"

我哭了："不，你不在乎！你不在乎！你才不关心我呢！也许在你是奥黛塔的时候，你是在乎的，或者叫艾玛丽娜的时候。可自从你成了阿德莉娜，我成了玛丽娜后，你就再也不关心我，更别说其他八个人了。你也不在乎我们在这儿该做的事了。对不起，我实在受不了你一直和我说什么救赎！我努力保护我俩，我尽力把事情做好，而你却像见了鬼似的看我！"

阿德莉娜向前跨了一步，伸手想抱我，却不知为何有些退缩，反倒又退了一步。她哭了，肩膀一耸一耸的。我立刻抱住她，我们抱在一起。

"发生什么事了？为什么玛丽娜不在食堂？"

我俩转身看到朵拉修女双手抱胸站在那儿，手腕上的铜十字架垂挂下来。

"去吧！"阿德莉娜耳语道，"我们晚些时候再说这事。"

我抹了把脸，擦过朵拉修女，跑了。

听到阿德莉娜和朵拉修女断断续续的争吵声回响在穹窿里，我捋了捋头发，再次感到前方充满了希望。

昨晚睡前，我用超能力将洛林箱空移了出来，顺着漆黑狭小的过道，经过刻着上古雕塑的石墙，挪到了中殿左边，放在北边钟楼小阁楼上方一个隐秘的地方，让它安安静静地躺在上了锁的橡木门后。那儿暂时是安全的，可我得尽快劝说阿德莉娜同意和我共同打开它，否则又得为它找个安身之所了。

食堂里看不到埃拉的身影，我不由得有些担心了，我的超能力可能发生了点意外，反而伤了她，她现在应该在医院吧？

"她在露西娅修女的办公室。"一个坐在进门桌边的女孩告诉我，"有对已婚夫妇也在那儿，他们可能会收养埃拉。"她舀了一勺蛋羹放在碟子里，接着感叹道，"她真幸运。"

我双膝一软，抓住桌子边沿才勉强没让自己跌一跤。一想到埃拉就要离开孤儿院了，我很沮丧，她是我唯一的朋友。一直以来我都知道，修女们那张"可收养女孩"的名单上有她。她才七岁，甜美可爱，招人喜欢，我真心希望她能在失去双亲后重新找到一个家，可我现在就是自私地不想失去她。

从我和阿德莉娜来到这里的那一刻起，我就注定不会被人收养，但我此刻开始胡思乱想，想着如果我够格被人收养，情况会不会好些，会不会有人爱上我。

我想到，就算收养埃拉一事今天定下来，也要花点时间来走程序，要审核并签署一些文件的，这意味着她还会在这儿待上一周，也许两周，也许三周。可这个消息还是令我伤心，也更坚定了我的决心：一旦打开洛林箱，就马上离开孤儿院。

我拖着沉重的步子走出食堂，拿起外套，溜出大门，下了山。我才不管自己有没有逃学呢。我留意寻找着那个拿着庇塔库斯的书的男人，在主大街自动售货机背后的人行道上，从一处阴影蹦到另一处阴影。

经过乡村餐馆"佩斯卡多尔"时，在一条铺着鹅卵石的小巷里，有个垃圾桶盖晃了几晃，就哐当一声掉地上了，接着垃圾桶开始左摇右晃，桶里传来搔爬声，一对黑白相间的爪子搭在桶沿——原来是只猫。它费力地翻过桶沿，掉在地上，身体右侧有一道又长又深的伤口，一只眼睛肿得睁不开，看上去似乎要累晕了或者是饿晕了。它趴在一堆垃圾上，仿佛已经放弃了生存。

"可怜的家伙。"我低叹了一句。我知道自己肯定会在踏入这条巷子前治好它的。我单膝跪在它身边，它发出一阵呜呜声。当我把手放到它身上时，它也没有半点抵抗。那股冰寒飞快地从我手上传到猫身上，比我治愈埃拉或作用于我自己的脸颊时速度快多了。我不由得怀疑起来，这超能力到底是变强了，还是用在动物身上更有效？猫儿扯直四肢，摊开爪子，呼吸加速，最后响亮地叫了一声。我轻柔地将它翻转，看到那伤口已经完全好了，上面还长了一蓬厚实的黑色皮毛，肿成一条缝的眼睛也睁开了，正炯炯有神地看着我。我给它取了个名，叫超能，并对它说："超能，如果你想出镇遛遛，那咱们可以聊一会儿，因为我想我很快就要走了，我想有个伴儿。"

巷子那头突然出现了人影，吓了我一跳，一看，原来是赫克托耳推着他坐在轮椅上的母亲。

"嗨,海之玛丽娜!"他冲我喊道。

"嗨,赫克托耳·里卡多。"我冲着他们走去。他的母亲看上去无精打采,神色恹恹,许是她的病情进一步恶化了。

"这是你的朋友吗?你好呀,小家伙!"他弯下腰,抓了抓超能的下巴。

"这是我刚从路上捡来的伙伴。"

我们安静地并排走着,聊着天气和超能,一直来到他们家门前。

"赫克托耳,最近你在咖啡馆见过一个拿着书、留着小胡子的男人吗?"

"没有。那个男人什么地方招惹你了?"

我想了一会儿,说:"他看上去很眼熟。"

"就这些吗?"

"是的。"他知道我没有把话说完,但他没有再追问。我知道他一定会盯住那人,但愿赫克托耳不会因此而受伤。

"很高兴见到你,玛丽娜。但我记得,今天可是要上学的哦!"他冲我挤挤眼,我羞愧地点点头。他打开前门,倒退着拉着轮椅上的母亲小心地进了屋。

海岸线咫尺可见,我却继续向前,脑子里一会儿想洛林箱,一会儿又想何时才能再和阿德莉娜谈谈。我还想起了正在逃亡中的约翰·史密斯、埃拉和她可能被人收养,以及昨晚的中殿战斗。走到主大街的尽头,我盯着学校,突然对那前门和窗户无比痛恨起来,我怎么就在这里面待了这么久?我不是应该四处流浪、频频更名吗?我不禁猜想,如果我去了美国会给自己起个什么名字呢?

在我穿过小镇回去的途中，超能绕在我的脚边喵喵打转。 我仍然走在阴影里，审视着前面几个街区远的街道。 我朝咖啡馆内瞥去，既希望又不希望看到那个留着小胡子的莫加多尔人。 那男人不在，赫克托耳却早坐那儿了，旁边一桌的女人说了些什么，引得他哈哈大笑。 我一定会想念赫克托耳的，就像我会想念埃拉一样。 我有两个朋友，不是一个。

当我在窗下潜行时，忍不住瞧了瞧超能黑白相间的茂密皮毛。 一小时前，这只猫还半死不活地躺在小巷子里的一堆垃圾上流血，现在却可以精力充沛地活蹦乱跳了。 我这种治愈动植物及人类并为之带来新的生命力的能力，是我肩负的重大责任。 治愈埃拉让我进一步认识到了自身的特殊，因为我帮助了需要救助的人。 迅速溜过街上的几道门，赫克托耳的笑声传出窗口，萦绕在我耳边，挥之不去，我知道自己应该做什么。

赫克托耳家的前门紧锁，我绕到后门，轻松地撬开了窗，从窗口爬了进去。 这种不请自入的行为令我高度紧张，而超能却只悠闲地舔了舔爪子。

房子又小又黑，屋内空气沉重，每样可见物上都挂满了天主教的小雕像。 我很快就找到了赫克托耳母亲的睡房。 她躺在远处角落里的一张双人床上，身上的毛毯随着呼吸缓慢起伏。 她的双腿不自然地扭曲着，看上去无比脆弱。 小小的床头桌上摆着一排药瓶、几串念珠、一尊耶稣受难像、一尊双手合十的圣母马利亚雕像，还有十几尊我不认识的圣人雕像。 我一跪到卡洛塔沉睡的躯体旁，她的眼皮就跳了几跳，眼睛突然睁开，茫然地扫视空中。 我屏住呼吸，全身的血液都要冻结了。 尽管我从前并未和她交谈过，但当她发现我蹲在她身旁时，眼中仍闪过熟知的光芒，张开嘴想要说话。

"嘘——"我说道，"我是赫克托耳的朋友。 里卡多夫人，我不知道您能否听懂我的话，但我是来帮助您的。"

她动了动眼皮，表明听明白我的话了。我探出左手，用手背摩擦她的脸颊，再把手放在她额头，她灰白的头发干枯脆弱。

我的心狂跳不止。在我把手移到她腹部时，我的手竟然明显地抖了起来，我可以感觉到她的虚弱和病痛。刺骨的寒冷爬上了我的脊柱又散到了双臂，最后散到每个指尖。我开始觉得眩晕，呼吸加速，心跳变快。尽管那刺骨的寒冷让我起了鸡皮疙瘩，我还是出汗了。卡洛塔的眼睛先睁开，接着张开嘴，发出一声低吟。

我闭上了眼睛："嘘——好了，都好了。"

我这既是安慰她，也是安慰自己。随着那股冰寒的传送，我开始驱逐她的病痛。她的病是顽疾，盘旋在她体内久久不愿离去，直到最后才开始不情愿地一点点消散。

卡洛塔从轻微的战栗到开始抽搐，继而全身发抖，我使劲把她按下。等我再次睁开眼时，看到她的脸色已由灰白转为健康的淡粉。

一阵眩晕袭来，我把手挪开，向后倒在了地板上。我心跳如擂鼓，心脏似乎要从胸腔里蹦出来，我被吓到了。幸好心跳及时平缓，当我最终勉强站起来时，看见卡洛塔已经坐了起来，满脸的迷惑，似乎搞不清楚身处何方，又是如何到的这里。

我跑进厨房，灌了三杯水。当我回到睡房时，卡洛塔仍神情未定。我又迅速做出了一个决定，来到床头柜前，快速查看上面摆着的那十多只药瓶子，找到了我要的东西——那瓶上的标签写着："警告：可能会令人发困。"我打开瓶盖，拿了四片药塞在口袋里。

我转身走出房间，什么话也没和她说。但在离去之前，我还是再次回头看了看她。她正打量着我，健康的双腿垂在床边，似乎马上就能站起来了。

我跑出屋子,在后窗下找到了打瞌睡的超能。我抱着猫,沿着小巷和街道,朝孤儿院走去,边走边想着,当赫克托耳发现他的母亲病愈时,不知会作何表情。麻烦的是,在这么小的镇上,几乎没有秘密可言。我只希望没人看到过我的行踪,卡洛塔也不记得所发生的事情了。

走到修道院大门外,我拉下外套拉链,小心地把超能放了进去。我知道可以把它藏哪儿,就放在北面钟楼里,和洛林箱放在一起。洛林箱——我想,我必须把你打开。

第 20 章

　　恋爱是一件很神奇的事，无论你在做什么，总会忍不住去思念另一个人。 你可能正要伸手去拿橱柜里的玻璃杯，或正在刷牙，或正听人讲故事，可你就是管不住自己的思想，想起心上人的脸庞、头发、气味，想象着他或她会穿什么，下次见面时又会对你说些什么。 除了经常心不在焉之外，你会感到胃像是拴上了一根蹦极绳，它弹啊，弹啊，一连几个小时不停，最终又栖回心旁。

　　这就是我遇到萨拉·哈特后的所思所感。 就算是和萨姆一起训练，或在SUV后找鞋时，我也会想起萨拉的脸、她的唇、她那象牙般的皮肤；就算是坐在汽车后座发号施令时，我也绝对能感受到萨拉的头抵着我的下巴的感觉；就算是被二十个莫加多尔人包围，我掌心的流明开启时，我仍在回想感恩节那天萨拉在家里和我说的每一句话。

　　令我几近疯狂的是，当我们在晚上九点驱车极速驶往天堂镇时，当我们离萨拉、离她的金发碧眼越来越近时，我脑中想的竟然还有六号。 我忆起六号的芬芳，想起她穿上训练服时的飒爽英姿，想到我们在佛罗里达差点亲吻的情形。一想到六号,还有我的挚友热恋她的事实,我的胃就开始痛了。下次停车时,我一定得买点抗酸剂。

我们在车上一起讨论亨利的信,谈论萨姆的老爸简直是酷毙了,他不仅帮助了洛林人民,还为了预防萨姆遭遇不测而给他留了一个谜题来帮助找到发射装置。可怜的我,心思一路上还在萨拉和六号之间摇摆不定。

我们距离天堂镇还有两小时车程时,六号问道:"如果那儿什么都没有该怎么办?我的意思是,如果那井里只有些稀奇古怪的生日礼物或别的东西,就是没有发射器,怎么办?我们就这样出现在天堂镇,可是冒了极大的风险呀!"

"相信我。"萨姆说着用拇指轻叩方向盘,打开了音响,"我这辈子最肯定的就是这事儿了。"

我则认为莫加多尔人正在那里等着我们,其数量远远超过我们在佛罗里达面对的那些,他们正在密切监视一切可以找到我们的线索。老实说,我愿意冒此风险的原因,只是因为有可能见到萨拉。

我从后座探出身来拍拍萨姆的右肩,说:"萨姆,不管那井和日晷到底是怎么回事,我和六号对你父亲所做的一切都感激不尽。但我真的真的真的很希望它能帮我们找到发射器。"

"放心吧!"萨姆安慰道。

公路路灯明明灭灭,伯尼·科萨睡着了,软软的耳朵从座位上垂了下来。一想到马上要见萨拉了,我就紧张,而和六号靠得太近,也令我紧张。

"嘿,萨姆,"我问他,"想玩游戏吗?"

"好呀,当然!"

"你猜六号在地球上用的是什么名字?"

六号把头一歪,乌黑的头发散在右颊。她冲我皱眉,佯装发怒。

萨姆大笑:"她有地球上用的名字吗?"

"你猜猜。"我说。

"是啊,萨姆,猜猜吧!"六号说。

"嗯,斯特赖克?"

我捧腹大笑,把伯尼·科萨吓得直往窗外看。

"斯特赖克?"六号不禁发出怪叫。

"那么不是斯特赖克? 好吧,我猜错了。 是不是诸如波斯或伊格尔之类的名字?"

"伊格尔?"六号叫道,"为什么要叫伊格尔?"

"因为你不好对付。"萨姆笑道,"我只觉得你有点像星之火,又有点像雷鸣,够坏的!"

"确实!"我叫道,"这也正是我的想法。"

"你的地球名字到底是什么?"萨姆问六号。

六号双手交叠置于胸前,从副驾驶座上朝外望去:"我才不告诉你,除非你用女孩名字来猜。 伊格尔? 萨姆,啧啧,拜托,用点儿心。"

"啊? 如果有机会的话,我倒是愿意叫自己伊格尔。"萨姆说,"伊格尔·古德,听起来不错吧?"

"是啊,听起来像奶酪牌子。"六号的话引得我们爆笑。

"好吧,雷切尔?"萨姆说,"布利特内?"

"哼,讨厌!"

"好吧,丽贝卡? 克莱尔? 对了,我知道了,叫贝弗莉。"

"你有病!"六号笑了,她捶了一下萨姆的腿,萨姆龇牙咧嘴,装模作样地去揉腿，冷不防地用指节敲了敲她的胳膊以示回击，她立马装做被弄疼了。

"她叫玛琳·伊丽莎白，"我说，"玛琳·伊丽莎白。"

"这可是你说的，"萨姆说，"我下一个要猜的就是这个。"

"切，信你才怪！"

"真的，我就是这么想的。这名字好，很酷！要我们这样叫你吗？四号叫了约翰，对吗，四号？"

我摸了摸伯尼·科萨的头，要我喊它哈德利，我可不习惯，但我可以试着习惯叫六号玛琳·伊丽莎白。"我觉得你最好叫个像地球人的名字。"我说，"就算不叫玛琳·伊丽莎白，叫别的名字也行，至少在陌生人面前我们得叫你地球名字。"

车内陷入了沉默。我把手伸到后面，在洛林箱里摸索那个装有洛林太阳系的丝绒袋。我将太阳和六颗行星放入掌中，看着它们盘旋、发光，最终动了起来。当行星开始按轨道绕太阳旋转时，我发现自己可以用意念操控这个小星系的亮度。我刻意让自己迷失在这些行星里，成功地忘记了很快就要见到萨拉一事。

六号转过头来看着那散发着微弱光芒的太阳系飘浮在我的洛林箱前，终于开口说道："我不知道，但我还是喜欢六号这个名字，玛琳·伊丽莎白这个名字让我觉得我不是自己了。六号这个名字就很好，如果有人问起，就说是某个名字的缩写。"

萨姆看了过来："哪个名字？六十号吗？"

我把一把壶、七只杯摆在炉子上。在等待水沸的时间里，我把从赫克托耳母亲那儿偷来的三粒药用勺背碾碎，埃拉站在我身边看着，就像每次陪我轮值为修女们煮晚茶一样。

"你在干吗?"她问道。

"做一件我可能会后悔的事,但我又必须做。"

埃拉将一张皱巴巴的纸摊平了放在桌上,把她的铅笔笔尖搁在纸上,一会儿工夫就把我摆放的七只茶杯画了出来。她告诉我,她在露西娅修女的办公室见到一对夫妇,据说他们的爱"多得泛滥"。我不知道那场会面持续了多久,但埃拉告诉我,那对夫妇明天还会来。我知道这意味着什么,我缓缓地将开水从壶中倒出,尽量延长和她待在一起的时间。

"埃拉,你会常常想起你的父母吗?"我问她。

她的棕色大眼睛瞪大了:"今天吗?"

"嗯,今天,或者别的时候?"

"我不知道……"她拖长了尾音。稍后,她补充道:"想念一百万次够吗?"

我弯腰搂住她,不知是为她还是为自己难过。我的父母也已双亡,他们死于一场战争,而我会在某天把这场战争持续下去。

我舀了一勺粉末放到阿德莉娜的茶杯里,为我待会儿将要给她下药的决定感到后悔,可我别无选择。如果她愿意的话,可以袖手旁观,活到老死,但我不愿放弃,也不愿未经战斗就投降,更不愿未尽全力就苟且偷生。

我把埃拉留在桌边,开始分发晚茶,茶盏在我手中微微发颤,一杯又一杯,递到了孤儿院每个人的手上。随后,我进入修女们的住处给阿德莉娜送茶。我小心翼翼地把她的杯子放在托盘的前边,她礼貌地冲我点头示意,拿起茶杯。"卡米拉修女今晚不舒服,所以我今晚会代替她睡在儿童住处。"

"知道啦。"我说。 看着她拿起茶杯呷了一大口,我心里五味杂陈,不知自己是犯了个大错还是帮了自己一把。

"待会儿见。"她说着冲我眨眨眼,我一惊,差点把托盘里的两杯茶掉地上。

"好,好的。"我结结巴巴地回答她。

半小时后就是宵禁时间了,可没有人马上入睡,相反,很多女孩还说起了悄悄话。 每过几分钟,我就抬头看看躺在对面床上的阿德莉娜,她刚才的眼神让我迷惑。

又过了十多分钟,大部分人还醒着,阿德莉娜也没入睡。 平时她值班时都会很快睡着,今晚她之所以还醒着,说明她也在等待房中的人入睡。 现在我可以肯定,她向我使眼色就是想继续和我谈论那个话题。 房里总算安静了,我又等了十分钟才抬起头来。 阿德莉娜都半小时没动了,于是,我将她的左边床腿从地上挪开,轻轻地碰碰她,突然,她像投降似的抬起左胳膊指向门口。

我把毯子掀到一边,站起来,踮着脚走出屋子,到达大厅后抢先一步跨入阴影,屏住呼吸,生怕这是阿德莉娜和朵拉修女设下的陷阱。 过了三十秒,阿德莉娜才出现在门口,她步履艰难,身形摇摆。

我压低声音叫她:"跟我来。"同时抓住了她的手。

我已有多年没牵过她的手了,这一触碰让我想起当年我俩蜷缩在开往芬兰的船上的经历,彼时,我虚弱,她强壮。 我们曾经是那么的亲密无间,而现在,碰一碰她的手都让我感到陌生。

"我好累。"阿德莉娜在和我爬上二楼后说,"我不知道怎么会这样。"此时,我们正在去北面的路上,目的地是"铁将军"把门的钟楼。

我却是知道原因的。 "要我背你吗?"

"你背不动我。"

"当然不是用背背啦。"我说。

她累得无力和我争吵。我将神思贯注于她的下半身，几秒后，她离地而起，沿着满是灰尘的走廊飘去。我们经过刻着上古雕像的石墙，默默地进入狭窄的门廊。我这边正担心她睡了呢，却听见她说道："真想不到你竟用心灵传动让我这个老婆子飘起来了。我们现在去哪儿？"

"我得把它藏起来。"我低声说，"我们快到了，真的。"

我打开挂锁，看着它从橡木门把手上掉下来后，才和飘浮的阿德莉娜一前一后地走上石阶，石阶呈螺旋状盘绕着北塔，通往钟楼。我可以听见超能微弱的猫叫声从上面传来。

我打开通往钟楼的门，轻柔地把阿德莉娜放在洛林箱旁。她的左手撑在洛林箱的盖上，头一偏，靠在了上面。看得出，她抵挡不住药效，马上就要睡着了。我开始有点痛恨自己了，干吗这样作弄她呢！超能爬上她的膝头，舔了舔她的右手，她喃喃问道："这儿怎么有只猫？"

"什么都别问了，阿德莉娜。听着，你马上就要睡着了，在此之前，我要你和我一起打开洛林箱，明白吗？"

"我想我现在没有……"

"没有什么？"我问。

"玛丽娜，我现在没有力气。"她说着就把眼睛闭上了。

"不，你行的。"

"把你的手放在洛林箱的锁上，我的手放在另一边。"

我将手掌抵在锁侧面，感觉到一片温热后，便用心灵传动把她的右手从超能的嘴里弄出来，放到锁的另一侧。她与我手指交缠，几秒后，只听咔嚓一声，锁开了。

"各位,我这儿,我这儿有状况。"

车后座上,七个在我的洛林箱前旋转的天体开始不受控制地加速。霎时间,光芒大盛,我忙用手捂住眼睛。

"嘿,嘿!老兄,快把它停下!"萨姆嚷道,"我正在开车呢。"

"我不知道这是怎么回事!"

"停车!"六号喝道。

萨姆将车猛地开到路肩上,猛踩一脚刹车,车与石头、沙砾的摩擦声刺得人耳膜生疼。虽然那六颗行星和太阳的光芒变弱了,但行星们突然围绕太阳加速旋转,快得让人分辨不出它们的个数。接着,它们纷纷被太阳吸了进去,旋转成一个篮球大小的光体。新的球体似乎在绕着中轴自转,猛地射出一道亮光使我暂时陷入失明状态。慢慢地,光芒暗了下来,光体表面开始或隆起或凹入,最后变成了地球的完美复制立体模型,七大洲四大洋,一个不少。

"这个……好像地球。"萨姆说。

这个球体在我的头附近打转,转了三四周后,我在那跳动的光束中看到了一个针眼大小的孔,孔里跳动着光。

"你们看到那点光了吗?"我说,"看欧洲部分。"

"哦,是的!"萨姆叫道。他又等着这个球转了一圈,才眯缝着眼说:"我看看,那是西班牙还是葡萄牙?谁快点把电脑拿过来,快点!"

我一边把手伸到后面摸电脑,一边盯着这个球体和那束跳动的微弱小光。我把电脑递给六号,她再传给萨姆。萨姆观察了那球体一会儿,又输了些东西进电脑,接着抬起头来说:"这里肯定是西班牙,看起来靠近……反正,最近的城市似乎是莱昂,但是,好像正在消失。我们现在看到的是欧洲之峰山脉,你们听说过吗?"

"绝对没有。"我说。

"我也没有。"六号说。

"那有可能是我们的飞船吗?"我问六号。

"绝无可能,不在西班牙。可是,我现在很怀疑,"六号说,"我是说,如果那是我们的飞船,为什么它现在才开始发光? 只为告诉我们飞船的位置吗? 这没有任何意义。而且,你研究这玩意儿多少次了?"

"十二次,可能还不止。"

萨姆抱住头,扬起眉毛:"没错,似乎是什么东西把它激活了。"

我和六号彼此对视了一下。

"很可能是你们当中的某个人。"萨姆补充道。

"有可能。"六号说,"但也有可能是个陷阱。"她看了一眼萨姆,"西班牙那边有什么可疑的消息传来吗?"

萨姆摇头:"五小时前没有,我现在再搜一次。"他又低头敲键盘。

"在此之前,我们还是先避开大路吧,免得有人发现有个发光的地球仪飘浮在车子里。"我说,"我们离天堂镇真的很近了。"

阿德莉娜打鼾了。我对此深感愧疚,但这是我第一次看到我多年前就该得到的遗产。箱子里面有五颜六色、形状各异的石头和宝石,有用不知名的材料制作的一副黑手套和一副眼镜,有一段削了皮的树枝,其下是一个古怪的圆形装置,上面嵌有玻璃透镜和悬浮针,却不像是指南针。最吸引我眼球的是一块发红光的水晶,只看了一眼,我就挪不开脚了。我慢慢地俯下身去将它拾起,它很温暖,却又微微刺痛着我的掌心。 有那么一小会儿，它发出的红光极亮，可很快又褪色了，而后和着我的呼吸频率搏动起来。

片刻后，水晶又开始发热变亮，并开始发出一阵低鸣。我又紧张又害怕，担心是我的某项超能力激活了洛林的某个手雷。"阿德莉娜！醒醒！快醒醒！"

她微微皱了皱眉，鼾打得更厉害了。

我腾出一只手来使劲摇她："阿德莉娜！"

我越摇越猛，一不留神，手中的水晶掉在石地板上弹了几弹，滚向钟楼门口。当它从第一级台阶滚到第二级时，红光停止了跳动，滚到第三级，红光彻底消失了。我开始去追是在它滚到第四级的时候。

ロ

萨姆载着我们飞快地驶入一条漆黑的土路。球体还在我的面前嗡嗡飞转，那微弱跳动的小光还在竭力想要告诉我们某个信息。终于，车停了，萨姆熄火关灯。

"我一直在想，应该是你们中的另一个人，应该是另一号，他就在西班牙。"萨姆回过头来说道。

"我们没法知道。"六号说。

萨姆冲那个球体点头示意："好吧，听着，你们第一天到达地球就被迫分开，对吧？你们隐匿行踪和住所，你们努力开发出超能力并不断训练，然后呢？然后你们会聚在一起，共同战斗。现在光就在这儿，也许这光就是集合的信号，或者更可能是你们某个同伴的求救信号。当然，也可能是五号或者九号第一次打开洛林箱，而我们此时正好启动了这玩意儿，于是就和他连线了。"

我问他："那他们就可能看到我们此刻在俄亥俄喽？"

"该死！也许真有可能。你想啊，如果原来的长老把所有的东西都放在你们的洛林箱里，那里面肯定有联络设备，对吧？我们可能误打误撞解开了某个关键点，从而获悉了求助者的地点。"他说。

六号接着表达了看法："也有可能是某人受到折磨被迫与我们联系。谨防陷阱。"

我正要表示同意时，地球仪的边缘开始模糊了，整个地球仪回响着一个女孩的声音："阿德莉娜！醒醒！醒醒！求求你！阿德莉娜！"

我正要回答，那球体却突然收缩，又恢复成七条轨道，回归原样。

"哇哦！哇哦！刚才那是怎么回事？"我问。

"可能是信号被切断了。"萨姆说。

"那女孩是谁？阿德莉娜又是谁？"六号问。

那石头弹到第九级石阶时终于被我抓住了，可无论我怎么做，它就是不再发光。我使劲晃它，对它吹气，把它放到阿德莉娜手中，它都无动于衷，始终呈现浅蓝色，我不由得担心它是不是被我弄坏了，便小心地把它放回洛林箱中，又捡起那根小树枝，深吸一口气，把树枝从一扇窗中伸了出去。我凝神于另一端，感觉到它似乎有点磁力，还没来得及进一步检测，就听到楼下的橡木门发出吱呀一声，开了。

第 21 章

在途中，我又试了几次，希望能够通过仿星体重新获得信号，可是每次启动太阳系，它们都只是按正常轨道运行。 时间已快半夜了，正当我要翻翻洛林箱里其他的石头和物品时，我看见了地平线上显现出星星点点的灯光：我们来到了一个小镇。 右边闪过一块路牌，几个月前，亨利也同样驾车经过这里，那路牌上写着：

欢迎来到俄亥俄州天堂镇
人口 5,243

"欢迎回家。"萨姆小声说。

我把脸贴到车窗上，认出了那残破的马厩、出售苹果的旧牌子，还有那辆待售的绿色皮卡，顿时，一股暖流袭遍全身。 在所有住过的地方中，天堂镇是我的最爱。 在这里，我交到了第一个挚友；在这里，我练就了第一项超能力；在这里，我坠入了爱河。 同样也是在这里，我遇到了第一批莫加多尔人，经历了第一场真枪实弹的战斗，同时也感受到了真正的伤痛——这里是亨利死去的地方。

伯尼·科萨跳上我旁边的座位，用鼻子顶着车窗的一条缝隙，用力地嗅着这熟悉的气息，同时飞快地摇晃着尾巴。

我们在第一个路口左转，来到边路，然后来来回回地转了好几个弯，以确保没人跟踪我们。最后，我们找了个最不惹人注意的地方停车，离开了那辆 SUV。

六号问道："拿到发射器后马上回到车这儿，然后立即离开天堂镇，对吗？"

"没错。"我说。

"我们不跟任何其他人联系，我们只是去那里看一眼，然后离开。"

我知道她指的是萨拉，便咬着嘴唇没说话。在逃亡了这么长时间之后，好不容易又回到了天堂镇，却被告知不能去见萨拉。

"听明白了吗，约翰，我们得马上离开。"

"不用再说了，我知道你什么意思。"

"对不起。"

萨姆把车开到一条漆黑的街道上，停在一棵枫树下，那里离他家有两英里远。我双脚踏上了沥青路，开始真正意义上的"呼吸着天堂镇的空气"。顿时，仿佛回到了当初，回到了万圣节前夕，回到一回家就能看到亨利的日子，回到挨着萨拉坐在沙发上的日子。

我们不会冒险把洛林箱留在没有人照看的车子里，所以六号打开后备箱，把它拿出来扛到了肩上。扛妥之后，她便隐身了。

"等一下，"我说，"我想先拿点东西出来。"

六号现出身形，我打开洛林箱，取出了那把匕首，插在牛仔裤后兜里。"好了,我已经准备妥当。伯尼·科萨,老兄,你准备好了吗?"

伯尼·科萨变成一只棕色的小猫头鹰,飞上了那棵枫树的一条低枝。

"咱们快点吧。"六号说着抓起我的洛林箱,再次隐起身形。

我和萨姆也跟着跑起来。我跨过一道栅栏,沿着最近的一块田地飞奔起来,萨姆紧紧地跟随着我。半英里后,我拐进了一片森林,挡到我胸口和手臂的树枝纷纷折断,一堆堆长得很高的草抽打着我的牛仔裤,令我感觉酣畅淋漓。我不时回头看看,萨姆一直跟在我身后,最远时也没有超过四十码。旁边有点响动,我刚要抽出匕首,就听见六号悄声说是她。我看到一簇草丛从中分开,便跟了上去。

所幸,萨姆家在天堂镇郊区,邻居之间相隔都有几码远。跑到那片森林边缘,我停了下来,萨姆家的房子映入眼帘。那是一栋很小很简朴的房子,白铝房檐,黑色木瓦,右侧一个小烟囱,后院围着高高的木栅栏。六号现身,放下我的洛林箱。

"那就是了吗?"她问道。

"是的。"

半分钟后,伯尼·科萨落到了我肩膀上。四分钟后,萨姆穿过灌木丛也来到了我们身旁,双手撑在大腿上,气喘吁吁地抬头望着远处的家。

"你还好吗?"我问。

"感觉像个逃犯、一个不孝子。"

"想想如果我们把这件事情办好了,你爸会有多么自豪吧。"我说。

六号隐形去勘察,仔细地查看了附近房子的暗处和街道上停的每一辆车,回来说一切正常,只是右边的一栋房子装有运动感应灯。伯尼·科萨飞开了,停在屋顶的最高处。

六号抓住萨姆的手,他们一起隐形了。我夹起洛林箱悄悄地跟随他我们来到后院栅栏处。他们又现身了，六号先越过栅栏，然后是萨姆。我把洛林箱先扔过去，随后也快速地爬过栅栏。我们躲在一簇高大的灌木丛后。我环视了一下后院，有树，草长得高高的，有一个大树桩、一架生了锈的秋千，旁边还有辆古老的独轮手推车。房子左侧有道后门，右侧是两扇黑漆漆的窗户。

"就在那儿。"

萨姆手指的前方就是我刚才看到的院子中间的树桩，仔细再看，却是根大石柱。我眯起眼睛，发现石柱顶端竖起一个三角形的物体。

六号小声对萨姆说："我们马上就回来。"

六号抓住我的手，我隐形之前对萨姆说道："好了，伊格尔·古德，看好洛林箱，那就像我的生命，其实就是。"

我和六号小心地穿过高高的草丛来到那口井边，屈膝俯视。这个日晷的周边是一圈数字（左边半圈从 1 到 12，右边半圈也是从 1 到 12，0 在最上边），这些数字被一些线条圈了起来。我刚想抓住中间的三角形物体随便转动一下，就听到六号惊讶地吸了口气。

"怎么了？"我小声地问，并抬头看那两扇黑洞洞的窗户。

"中间，你看，那些符号。"

我重新审视了一下那个日晷，屏住了呼吸。虽然它们很模糊，也极容易被忽视，但我还是在那个圆圈中间发现了九个浅浅的洛林符号。我认出了前三个符号，是洛林数字 1 至 3，因为它们与我脚踝上的疤痕相似，但其他的就不认识了。

"萨姆的生日是什么时候？"我问。

"1995 年 1 月 4 日。"

我把那个三角形物体向右转到洛林数字 1 时，它像锁一样发出了咔嚓声。 接着我把三角形往左转，使劲地转到数字4——我有些激动，这是我的号码；然后转到1、9，再倒转一圈回到9，最后是5。 头几秒，什么事都没发生，随即，日晷咝咝有声地冒起烟来。 我和六号向后退，看着那口井的石盖迅速开启，发出的巨大爆裂声在夜空中回荡。 烟消雾散之后，井里露出一架梯子。

萨姆在栅栏附近高兴地跳着，一只手捂着嘴巴，另一只手攥成拳头高举着。

一扇原本黑洞洞的窗子透出了黄光，伯尼·科萨从屋顶上发出两声长长的猫头鹰叫。 我还没来得及多想，六号一把猛拉我向前，我马上现形了，顺着梯子下到井里。 六号跟在我身后，把井盖盖好，留出一条缝。 我用手掌照明，看见我们脚下二十英尺的地方是水泥地面。

"萨姆怎么办？"我小声问。

"他不会有事的，伯尼·科萨还在上面。"

空气中散发着霉味。 我们下到了地面，发现有一条蜿蜒向左的通道，于是靠我的手掌来回照着走过弯曲的通道。 等弯道平直之后，我们看见前面有个房间，里面有一张桌子，上面凌乱地摆着一些东西，几百张纸被钉在墙上。 我刚要跑进去，掌中流明却照到了门口一个长长的白色物体。

"那是……"六号立时发不出声音来了。

我僵在那里——那是一根大骨头。 六号把我推向前，我从后裤兜拔出匕首，提议说："女士优先？"

"这次不行。"

我助跑起跳，越过那根骨头，随即用双手照亮整个房间。 看到一具骨骸靠墙坐着，我禁不住叫出了声。 六号跳进房间，看到骨骸，她跌跌撞撞向后退去，撞到了桌子。骨骸高约八英尺，大手大脚，浓密的金发从头顶一直垂过宽宽的肩胛骨，脖子上挂着一个蓝色的吊坠，跟我的相似。

"这不是萨姆的爸爸。"六号说。

"肯定不是。"

"那会是谁呢？"

我走向前，仔细地观察那吊坠。那蓝色的洛林石和我的一模一样，只是比我的稍大一些。我盯着它，感觉到不管这是谁，我一定与他有联系。"我想，他应该是我们的朋友，虽然我不肯定。"我伸手从他头上取下吊坠，递给六号。

我们走到桌边，却不知道该从哪里下手。一垛垛纸上和文具上都蒙了厚厚的一层灰，桌子上方钉在墙上的纸上写着各种文字，唯独没有英文。我只认出了几个洛林数字，其余全都不认识。一块白色的电子写字板立在一把破旧的木椅上，我拿起来，用手指压它黑色的屏幕，没有任何反应。

六号打开最上面的抽屉，发现了更多的文件。当她抓住第二个抽屉的把手时，地面忽然爆炸，震得我们跳了起来。房间的天花板随后裂开一条大缝，水泥开始变形，大块大块的顶掉下来，落在我们周围。

我大叫："快跑！"

六号把吊坠挂到脖子上，从墙上撕下一些文件，我把白色的电子板插进腰后。我们快速爬上梯子，透过井和日晷之间的那点缝隙向外望去，看见几十个莫加多尔人，还有熊熊烈火。伯尼·科萨已经变成了一只有着公羊角的老虎，咬着一个莫加多尔人的手臂。栅栏边已不见了萨姆，我的洛林箱也不见了。

我刚要冲出井，六号就从我身后像一阵龙卷风一样飞过，把日晷盖子猛地扯开，冲进五个莫加多尔人堆里，把他们丢到院子的另一头。我从井里爬出来，盖上井盖。这时，六号捡起一把闪闪发亮的莫加多尔人的剑，隐形了。

我用心灵传动把井边三个武装的莫加多尔人抛向房子，他们砰地化为浓灰。这时，我回过头看见一个光着上身的男人僵在后门那里，手里握着一把手枪，身后站着萨姆的妈妈，她穿着睡袍，吓坏了。

六号在两个莫加多尔人身旁现身，他们正端着发光的火炮向我袭来。六号挥舞着剑划破了他们的喉咙，然后她使用心灵传动，把一辆手推车抛向了另一个，把他砸成了一堆灰。我抓起两个莫加多尔人向另外一个扔去，六号一下子把这三个都刺死了。伯尼·科萨跳到院子中间，咬死了几个挣扎着想要站起来的莫加多尔人。

"萨姆在哪里？"我大声叫道。

"这里。"

我扭过头，发现萨姆趴在一丛烧焦的灌木下面，血沿着头皮流下来。

"萨姆！"他妈妈在门口大叫了一声。

萨姆挣扎着爬起来："妈妈！"

他妈妈再次大声叫起来，但是一个莫加多尔人伸手抓住萨姆的衬衫，把他拎了起来。我集中力量，拔起了那架生锈的秋千。可是秋千的一根金属管还没有刺到那个莫加多尔人的胸部，他就已经把萨姆丢过了栅栏。

六号奋力地把剩下的莫加多尔人切成碎片，我从未见过她如此强悍。当她随萨姆跳过栅栏时，全身挂满了灰尘。我跳上伯尼·科萨的后背，随后越过栅栏。

萨姆仰面躺在邻居家的院子里，动作感应灯全部亮起照着他。我从伯尼·科萨身上跳下，把他扶起。

"萨姆，你没事吧？ 我的洛林箱呢？"

他半睁着眼睛说："被他们抢去了，对不起，约翰。"

"那儿！"六号指着几个莫加多尔人，他们正穿过一片田地向丛林奔去。

我把萨姆放在伯尼·科萨的背上，但是他又下来了，说："我没事，相信我。"

萨姆的妈妈在栅栏另一边大喊："萨姆！"

"我会回来的，妈妈，我爱你！"说完，萨姆第一个冲向那些莫加多尔人，我和六号很快就赶上了。 六号突然转向右边，刺死了一个最靠近我们的莫加多尔人。 在她前面三十码的地方还有四个，她猛冲向前，那颗巨大的吊坠在她的脖子上晃荡着，伯尼·科萨紧随其后。

我和萨姆跑进了泥泞的田里，两个莫加多尔人切断了我们的去路。我扭过头，看见另外两个莫加多尔人从战略性的角度出发，分别向我们逼近，其他的已经分两部分进了丛林，不知道是谁拿着我的洛林箱。 我从后裤兜抽出匕首，刀柄包住了我的手。

我向前跑，前面的那两个莫加多尔人也跑起来，他们的剑猛地插进我身后的空地。 在敌我双方相距不到五码的时候，我把匕首举过头顶跳了起来。 当我开始往下落时，一棵大树从我身下飞过，撞死了那两个莫加多尔人。 是六号。 我落到地面，扭头看见她正向萨姆和两个围攻他的莫加多尔人跑去。

左边那个莫加多尔人抱住了萨姆的腰，六号扯掉了他，并把他远远地扔进了田里，但是他马上又站起身冲过来。

我悄悄溜到另一个莫加多尔人身后，将匕首插进他的后颈，再沿着他肩胛骨的方向抽出来,他倒地化成一堆灰,飞落到我的鞋上。

伯尼·科萨猛扑向另一个莫加多尔人,很快,它的舌头上也覆上了厚厚的一层灰。

"我们必须回到车那儿,离开这儿。"六号说,"肯定还有更多的莫加多尔人正在赶过来——他们一直在伺机猎杀我们。"

"我们必须要先拿回我的洛林箱。"我说。

"那么,我们就不得不分头行动了。"六号说。她用那沾满灰尘的剑指着莫加多尔人进入丛林的两个区域。"伯尼·科萨,你跟我一起来。"伯尼·科萨变成一只鹰,随六号向左进入丛林。

我和萨姆向右进入丛林的另一边。很快,我们听到了树枝断裂的声音,于是循声跑去。我快速向前,跃过一棵棵枯树,看见四个莫加多尔人正要穿过林中的一块小空地逃走。在月光下,我还是看不清他们当中是否有人拿着我的洛林箱。

我侧身滑下山坡,压倒了一些小树,带动一些松散石头也滑了下来,形成了小规模的滑坡。我听见萨姆也跟在我身后,跌跌撞撞地下来了。

莫加多尔人已经走到那块空地中央,空地上长满了浓密的杂草,有六英尺高,我全速穿过草丛。萨姆大声叫喊着要我告诉他我的方向,我没有回答,继续往前跑,把掌中流明直射上天空,以此引路。萨姆见了又叫起来:"好了,知道了!"

终于穿过那片空地,就要再次进入森林的时候,我追上了一个莫加多尔人,一刀切穿他那沾满泥巴的卡其裤脚,割断了他的脚跟腱。他仰身号叫,双手乱舞。我爬上他的身体,将匕首刺进他的胸膛,杀死了他。

萨姆被我的腿绊倒了,摔趴在地上,问:"到手了吗?"

"没有,快点!"

我一手照明，一手做武器，轻松地飞速穿过森林，不管萨姆被甩在后面多远。不到一分钟，我又看见一个莫加多尔人正挣扎着要翻过一棵倒下的大树，于是就站在二十五码外的地方，把那棵树举离地面，翻倒过来，迫使那个莫加多尔人头朝下摔了下来。我穿过草丛，发现他趴在那儿一动不动了。看到他手上没有我的洛林箱，我就用匕首刺了他两刀，杀死了他。

萨姆在黑暗中呼唤我："约翰？老兄？"

我再次把掌中流明射向空中。萨姆来到我身边时，我正扫视着树木。

"告诉我，到手了吗？"

"还没有。"我说。

"这么说，是还没找到。"萨姆嘟囔道。

"希望六号能运气好点。"我伸手从背后抽出那块白色写字板递给萨姆，说，"但我有这个。"

他从我手中一把夺过去："在井里拿到的？"

"不只这个，以后我再告诉你还有其他什么……"我忽然意识到我们身处何方了，不禁停下脚步，甚至屏住了呼吸。

萨姆抓着我的肩膀直问："喂，老兄，怎么回事？感觉到什么了吗？是不是有人刚刚打开了你的洛林箱？"

我可以断定，我的洛林箱并没有被打开。我的心中正在酝酿的情感跟洛林箱毫无关系——"我们在萨拉家附近！"

第22章

钟楼的门吱吱嘎嘎打开之后,我听见了脚步声和呼吸声。 无论是谁,都不可能藏得住一个被麻醉的阿德莉娜、一只猫和一个装满外星人武器和制造物的洛林箱。 我慢慢地把那根小树枝放回洛林箱,盖上盖子。 超能缓缓地爬到钟楼地板的边缘,坐在那里,凝视着下面的一团黑暗。 一片静默中,阿德莉娜突然发出了长长的低沉的鼾声。

旋梯上的脚步声加快了。 我推了推阿德莉娜,想把她叫醒,她却侧过身去继续睡着。

该怎么办呢? 我张口无声地对超能说。 它跳上洛林箱,又跳下来,围着我的脚边发出咕噜声。 这并没有回答我的问题,但确实让我有了主意。 我弯下腰,把超能放在洛林箱上面,然后快速爬上两扇窗户当中的一扇。 凉飕飕的风吹透了我的睡衣,牙齿立刻打起战来。 脚步声更近了。

我小心地把洛林箱高高地举在空中,超能的爪子在箱盖上刮擦着想抓稳。 我不得不猫下腰,让洛林箱飘过头顶,飘到窗外。 洛林箱悄无声息地落在十层楼下打了霜的草坪上，超能跳下箱子，跑进了夜幕中。 然后我又让阿德莉娜飘起来，她的睡袍撩过我的头顶，我小心地把她挨着洛林箱放下。

脚步声更响了。 我抬起双腿跨过窗台，集中所有能量，让自己离开那冰冷的窗台，卷入了一股旋风中。 在我从钟楼上降下之前，看见咖啡馆里那个留着八字胡的莫加多尔人转过最后一段楼梯，迈着重重的脚步走进了钟楼。

注意力一分散，我马上成了自由落体。 直到最后一刻，我才好不容易用意念让自己像一片羽毛一样在空中稳住。 我右膝着地，紧挨着阿德莉娜发抖的身体站稳。

我有点慌了。 我必须把洛林箱和阿德莉娜带到山下镇上藏起来——可是这深更半夜的，我们又都穿着睡衣，而且小镇里只有几户人家还亮着灯。 看来，我还是得快点在孤儿院找个地方把我们藏起来。 莫加多尔人下钟楼的速度可比他上钟楼快，但是他还是需要穿过一条很长的过道，再走下另一段阶梯才能下到一楼。 我把头探出那扇大门，确定海岸空无一人后，把阿德莉娜放在洛林箱上面，让人和箱一起飘进教堂正厅。 我的能量极度损耗，但还足以把我自己、阿德莉娜及洛林箱举起，一起塞进钟楼里通风良好的一个最幽深的角落。 这个寒冷潮湿的角落正是洛林箱最初的藏放地。

现在，我开始认为是因为我打开了洛林箱才把莫加多尔人给引来的。 我丢下的那个红光脉动的水晶或许就是某种发射器吧，阿德莉娜会知道那是什么。 怎么办？ 我把头贴到阿德莉娜的胸口，双手搂住她的腰。 我之所以这样做，一是因为一个邪恶的外星种族正向我逼近，我感到恐惧，还因为我给阿德莉娜下了药，深感内疚。 当然，我也可以借此获得一点温暖。

几个小时后,我听见了阿德莉娜的哼哼声,被我压住的腿也在挪动。

我小声说:"阿德莉娜,你醒了?"

"谁? 玛丽娜?"

我悄声说道:"阿德莉娜,你得非常非常安静。"

"为什么?"她小声说,"我们这是在哪儿?"

"在教堂正厅,你藏洛林箱的地方。 但是,你听我说,他们来了。昨晚我打开洛林箱后,莫加多尔人就来找我了,我不得不找个地方把我们藏起来。"

"你一个人是怎么打开洛林箱的? 那是不可能的啊。"

"是你教我的,你那时在说梦话。"我撒谎了。 本可以告诉她是我给她下了药,但是我还没准备好,还没有找到合适的理由。

她的声音明显透着困惑:"我不记得……我,我记得下了床,然后……我想可能就是那样吧。 你打开了洛林箱? 里面有什么?"

"很多东西,阿德莉娜,非常多。 什么宝石啊,珠宝啊,其中一个还在我手中亮了起来,并开始闪光,我想正是因为这样才引来了莫加多尔人。"

"什么莫加多尔人? 发生了什么事?"

阿德莉娜想要坐起来,但是我制止了她,以免她的头撞到低矮的天花板。

我低声说:"几天前我在咖啡馆看见一个人,他拿着一本有关庇塔库斯的书,并且一直盯着我看。 看到他戴着那种帽子,留着那样的大胡子,我就知道他来自莫加多尔星球。 昨天晚上,我在北钟楼打开洛林箱的时候,他就出现了。"

"我们是怎么逃脱的？"

"我用了心灵传动，把我们飘到窗外，落到院子里，然后再用心灵传动把我们送到这里。"

"我们必须离开这里，"她小声说，"我们必须马上离开圣德肋撒修道院。"

我立即兴奋起来，在黑暗中拥抱了她。让我惊讶的是，她居然也拥抱了我。阿德莉娜轻轻地向外爬到边缘，我跟着她，洛林箱飘浮在我身后。等到正厅空无一人时，阿德莉娜让我把她放到地面上。然后我小心地把洛林箱也放下去，让它悄无声息地落在阿德莉娜没穿鞋的脚边。我刚要从上面飘浮下来，朵拉修女出现在正厅的后面，并朝阿德莉娜走来，边走边叫："你去哪儿了？整夜都不在岗，你怎么能这样？这件行李为什么在这儿？"

"我需要去外面呼吸点新鲜空气，朵拉修女。"阿德莉娜轻声地说，"很抱歉，我擅自离岗。"

我能看见朵拉修女眯起眼睛。"和玛丽娜？"

"为什么这么问？"

"昨晚半夜的时候，四个女孩子把我叫醒，说玛丽娜悄悄溜走了，原来是你和她一起溜的。"

阿德莉娜刚要说话，埃拉忽然扯着裙子出现在朵拉修女的身后。"朵拉修女，我刚刚还看见了玛丽娜。"她撒了谎。

"在哪里？"

"在卧室里，睡着呢。"

朵拉修女弯下腰，一把抓住埃拉的胳膊，埃拉脸上露出惊恐的表情，让我感到心里很不是滋味。

"你个小骗子！我刚刚从寝区过来，里面一个鬼影儿都没有，你居然为她编造借口。"

"朵拉修女，够了。"阿德莉娜说。

朵拉修女开始用力拖埃拉走，力气很大，埃拉的脚几乎都离地了。"我们去办公室，我要让你知道这不是你可以随便撒谎的地方。"

埃拉的眼泪哗哗地顺着脸颊流了下来。我将目光集中在朵拉修女的手上，把她的手指从埃拉的手臂上掰开。朵拉修女疼得大叫起来，诧异地低头看着埃拉，随后又重新抓住了她。

阿德莉娜跑过去，就在我想把朵拉修女仰面朝天地沿着主过道丢出去的时候，抓住了她的手腕。

朵拉修女甩开她的手，我的心提到了嗓子眼，为阿德莉娜和我及我的朋友建立起新的联盟而感到兴奋。

"你敢再碰我一下看看！"朵拉修女挑衅说，"你根本就不属于这儿，阿德莉娜，你带来的那个小魔头一样也不属于这儿。"

阿德莉娜平静地微笑着："没错，朵拉修女，或许我和玛丽娜并不属于这里，或许我们今天早上就会离开。但是，在这之前，能不能请你先放了埃拉？"她的声音虽透着真诚和忍耐，却也含有一丝愤恨。

"你竟敢如此大胆！"朵拉修女嘲讽说，"嘿，你本人也只不过是个孤儿，在没人要你们的时候，是我们收留了你们！"

"在主的眼中，我们是一样的。你当然会承认这一点的，对吗？"

朵拉修女又向前迈了一步，阿德莉娜再次抓住她的胳膊，这两个女人死死地盯着彼此的眼睛。

"我会跟露西娅修女说这件事的，你们很快就会从这里被赶出去，连乞求宽恕的机会都没有。"

"我已经说过了,我们今天早上就会离开,而且,我永远都有机会请求宽恕。"阿德莉娜向埃拉伸出手,埃拉抓住了。朵拉修女犹豫着,很不情愿地放开了埃拉的胳膊。"我不仅要祈求玛丽娜原谅我作为一个监护人的不称职,而且也要请求上帝宽恕你忘记了来到这里的目的。"

她们继续死死地盯着对方,几秒钟后,朵拉修女转身气冲冲地离开了正厅。等她不见了身影,而埃拉正背对着我时,我飘到地面上来。

"嗨,埃拉!"

"玛丽娜!"她放开阿德莉娜的手,跑过来抱着我,"你去哪里了?"

"我需要和阿德莉娜单独谈谈。"我说着推开了她,抬头看着阿德莉娜,"必须好好谈谈我们的将来。"

阿德莉娜眯缝着眼睛,低头看着她脏兮兮的睡袍,感到有些尴尬。"玛丽娜,去收拾你的东西,把洛林箱放到安全的地方,我们很快就要离开了。"

阿德莉娜走开后,埃拉抓住我的手,使劲地握着:"那些坏人昨晚来这儿了,玛丽娜。"

"我知道,我看见他了,所以我们才要离开。"我刚说完,便知道自己会问阿德莉娜能不能带埃拉一起走。

"他们三个我都看见了。"埃拉小声说。

我吃了一惊:"他们有三个人?"

"昨晚他们在窗外看着你的床。"

我打了个寒战,把洛林箱放回那个角落之后,我向寝区跑去,躲开一群群女孩子。她们在过道里相互耳语,说着小镇上发生的一些事情。

"他们就在这里。"她指着窗户说。

"三个?你确定?"

她点头："是的，他们看见我在窗户旁看着，就都跑了。"

"他们长什么样？"我问。

"他们很高，长着很长的头发，长长的外套一直到脚。"

"有八字胡，对吧？ 他们有八字胡吗？"

"我想没有吧，我不记得有八字胡。"

我疑惑了，但是我知道时间所剩不多，阿德莉娜马上就会出现，带着她十一年来收集的一袋子东西。 我刚想跑进浴室，另一个女孩艾娜丽挡住了我的去路。

"学校今天不上课。 那个叫米兰达·马克斯的女孩子今天早上被发现被人勒死在校园里。"

我坐在床上，感到非常震惊。 米兰达·马克斯是一个黑发女孩，住在小镇上，西班牙历史课上坐在我旁边。 我们的老师麦斯特拉·姆诺兹经常把我们俩弄混，因为米兰达同样也是又瘦又高，头发也和我的一样长。 我立刻意识到，杀死米兰达的人很可能把她当成我了，昨天晚上很可能有人想要杀死我。

"这真是……真是糟糕。"我小声说。

艾娜丽说："而且，我还听一个修女说，有些居民昨天晚上看见有人在空中飞过。 现在，那里尽是新闻采访车，正要报道呢。"

这一切都来得太快了。 莫加多尔人已经找到我了，找到了我的山洞。 我使用超能力时太大意了，让别人看见我和阿德莉娜从钟楼的窗户飞出。 同校的那个女孩可能就是因我而死。 我和阿德莉娜就要在这个隆冬时节离开孤儿院，无家可归了。

我洗了个有生以来最快的澡，然后等待着阿德莉娜。

第23章

"我们不要去萨拉家。"萨姆说。他跟着我沿森林的边沿走。"我们拿到的这个写字板,或许就是我们一直在找的发射器,我们得回去帮助六号。"

我转身走向他:"六号自己能搞定。我现在就在这里,而萨拉也在这里。我爱她,萨姆,我要去见她,不管你怎么说我都不在乎。"

萨姆向后退,我转过身继续朝萨拉家走去。

萨姆向我追问:"你是真的爱她吗,约翰? 或者你已经爱上了六号? 你到底爱哪一个?"

我转过身,用掌中流明射了一下他的脸:"你认为我不爱萨拉?"

"嘿,拜托!"

"对不起。"我小声说完,放下了手掌。

他揉了揉眼睛,说:"这是个有充分根据的问题,老兄。我看见你和六号总是在打情骂俏,总是那样,而且就当着我的面。你知道我喜欢她,但是你甚至都不在乎我的感受。再说你都已经有个俄亥俄州最性感火辣的女朋友了。"

"我在乎的。"我低声说。

"你在乎什么?"

"我知道你喜欢六号,萨姆,我在乎你的感受。但是,你说得没错,我也喜欢她,我确实喜欢她。对你来说,这很愚蠢,也很残忍,但我就是没办法不想她。她那么酷、那么漂亮,而且她还是洛林人,这实在是超酷。但是,我爱萨拉,所以我要去见她。"

萨姆抓住了我的胳膊:"你不能去,老兄,我们必须回去帮六号。想想吧,如果他们能在我家等着我们,那么在萨拉家等着我们的将会是更多的莫加多尔人。"

我轻轻地抽回我的胳膊:"你一定要见你妈妈,对吗?你在后院看见她了,对吗?"

"是的。"他叹了口气,低头看鞋。

"你已经见到了你妈妈,所以,我也要去见萨拉。"

"我们是来找发射器的,记得吗?这是我们来到天堂镇的原因,也是唯一的原因。"萨姆说着把写字板递给我,我盯着那空空的显示屏,触摸它的每个地方,试了心灵传动,还把它贴到额头上,可它就是没有任何反应。

"让我试一下。"萨姆说。在他笨手笨脚地摆弄写字板的时候,我告诉了他有关井里的一切,包括那架梯子、那具挂着吊坠的巨大骨骸、那张桌子和那面钉满文件的墙。

"六号抓了一大把文件,但我们不认识上面的字。"我说。

"这么说来,我爸爸还有一个秘密的地下室?"几个小时以来,萨姆第一次露出了笑容。"他真酷。我好想看看六号拿到的那些文件。"

"当然，"我说，"等我见了萨拉之后。"

萨姆诧异地摊开双臂："告诉我，我究竟要怎样做才能让你改变主意呢？"

"不可能。无论你怎么做，都阻止不了我。"

◨

我最后一次拜访萨拉家是在感恩节那天。我记得走在私人车道上，看见萨拉在窗前向我招手。"嗨，帅哥！"她打开门对我说，我故意扭过头去看，假装以为她是在说别人。

凌晨两点，她家的房子看起来完全不一样，每扇窗户都是黑漆漆的，车库门也关着，整栋房子看起来空荡荡、冷飕飕的，毫无魅力。我和萨姆趴在街角一栋房子的阴影处。我不知道该怎么跟萨拉说。

我拿出预付费的手机，它保持关机状态放在牛仔裤兜里好几天了。"我可以一直给她发短信，直到她醒来。"

"这倒是个不错的主意。那就赶紧发吧，发了我们就可以离开这里了。我发誓六号会杀了我们，或者更糟糕的是，她也许已经被一群莫加多尔人杀死了，而我们却躺在草地里，准备上演一场《罗密欧与朱丽叶》。"

我打开手机，输入：*我说过我会回来的，你起来了吗？*

发出去之后，我们从一数到三十，然后我又输入几个字：*我爱你，我来了。*

"或许她以为你是在逗她玩呢。"萨姆小声说。又一个三十秒过去了。"说些只有你知道的事情吧。"

我又试了一下，输入：*伯尼·科萨想你了。*

她房间的灯亮了，之后我的手机震动起来，收到一条短信：*真的是你吗？你在天堂镇？*

我使劲拔起一把草——太兴奋了。

"冷静。"萨姆小声说。

"我情不自禁。"

我回信息：*我就在外面。五区操场见？*

我的手机马上又震动起来：*我就来。:）*

萨拉刚踏上水泥球场时，我和萨姆正躲在街道尽头一个大垃圾桶后面。从看见她的那一刻起，我就情难自禁，思潮翻涌。她离我们有二十码远，黑色牛仔裤配黑色羊毛夹克，一顶白色的冬帽斜罩在头上，微风中，她那长长的金发在肩头飘绕；她那毫无瑕疵的脸蛋在球场弧光灯的照射下，微微泛红。想到自己一身灰土，沾满了莫加多尔人的死灰，我不禁感到局促不安起来。我站起来往前走了一步，萨姆抓住我的手腕把我拉了回去。

"约翰，我知道，这对你来说很难，"他悄声说，"但是我们必须在十分钟之内回到林中。我是认真的，六号还指望我们呢。"

"我尽量。"在这一刻，我根本就没有想什么后果。萨拉就在这里，我离她这么近，甚至能闻到她的发香。

萨拉四处张望着找我，最后，她坐在一架秋千上缓缓旋转起来。我蹑手蹑脚地沿着操场边缘走，不时躲到树后望她一眼。她看起来是如此的美丽，如此的完美。

我等到她背对着我时，就从黑暗中迈步出来。当她转过身来，我就已经站在她面前了。

"约翰？"萨拉把脚尖点在水泥地上，避免再转过去。

"嗨，美女。"我可以感觉到自己的笑容延展到了眼角。

萨拉惊喜得捂住了嘴巴和鼻子。

我向她走过去，她想要从秋千上下来，可是绳子太紧了，下不来。

我跳上前，双手抓住秋千的绳子，把她转向我这边，然后抬高手臂把她和座位一起抱起来，于是她的脸便朝我靠近了。我凑过去吻她，双唇相接的那一刻，我感到自己仿佛从未离开过天堂镇。

"萨拉，"我对着她的耳朵说，"我真的非常、非常、非常想你。"

"我真的不敢相信你就在这里，这不可能是真的。"

我再次吻她，我们一直转啊转，直到秋千的绳子分开。萨拉推开座位，落入我怀里。我吻着她的脸颊、她的脖子，她摸着我的头，手指紧紧抓着我的短发。

我扶她坐下来，她说："某人剪了头发哦。"

"是的，这是逃亡中的硬汉发型。你觉得怎么样，喜欢吗？"

"喜欢。"她说着把手掌压在我的胸口，"就算你没有了头发，我也不在乎。"

我向后退了一步，想把萨拉这一刻的形象永远地记住。我看到了她身后闪闪发亮的群星，和她微微倾斜的冬帽。她的鼻子和脸冻得通红，咬着下唇看着我的时候，她呼出一团雾气。

"我每一天都在想你，萨拉·哈特。"

"我发誓，我对你的思念要翻倍。"

我低下头，我们的头抵到一起。我们就这样待着，一直傻笑，直到我问她："你还好吗？现在一切都好吗？"

"现在好多了。"

"离开你，是如此的艰难。"我吻着她冰冷的手指说，"我会一直不停地想你，回味抱着你听你说话时的感觉。每天晚上，我都很想给你打电话。"

萨拉双手捧起我的下巴，大拇指划过我的嘴唇："很多次，我坐在爸爸的车里，使劲地想你到底在哪里。哪怕只知道你所在的方向，我也会开车找你去了。"

我轻声回应她："我就在这里，就在你的面前。"

她把手放下："我要和你一起走，约翰。我不在乎，我不能再这样下去了。"

"这样太危险了，我们刚刚还在萨姆家跟五十几个莫加多尔人打斗。我现在的生活就是这样，不能把你也拖进来。"

她的肩膀在颤抖，眼角泪光点点。"我不能再待在这里了，约翰。不能跟你在一起，也不知道你是死是活，叫我怎么受得了？"

"看着我，萨拉。"她抬起头。"我绝对不会死的。知道你在这里等我，会给我极大的力量。我们会在一起的，很快。"

她的嘴唇在颤抖："这太难了。现在所有的事情都糟透了，约翰。"

"所有的事情都糟透了？你什么意思？"

"他们都是些混蛋。所有的人都在说你的坏话，他们也说我。"

"比如说？"

"说你是恐怖分子，是杀人犯，你憎恨美国。学生们把你叫做炸弹·史密斯。我爸妈说你很危险，无论如何也不准我再跟你说话。除此之外，他们还悬赏取你人头，所以大家经常在谈论如何射杀你。"她越说头越低。

"我不敢相信你居然要承受这么多的压力，萨拉。至少，你知道真相，不是吗？"

"我几乎失去了所有的朋友。我转去了另一所学校，那里的人都认为我是个怪胎。"

我震惊了。 萨拉在天堂镇中学时,曾是最受欢迎、最漂亮的女生,而现在,她却被抛弃了。

"情况总会改变的。"我小声说。

她再也止不住眼泪了:"我是这么爱你,约翰,但是我简直无法想象我们该怎样走出这一团混乱。 或许,你应该自首。"

"我不会自首的,萨拉,我不能。 我们会渡过这一难关的,肯定会。我唯一的挚爱,萨拉,我发誓,只要你等着我,一切都会好起来的。"

她的泪珠还是不停地往下掉。 "那么,我要等多久? 一切都好起来以后又怎样呢? 你要回到洛林去吗?"

"我不知道。"我最后说,"天堂镇是我现在唯一想待的地方,你是我唯一想与之共度未来的人。 但是如果我们能够打败莫加多尔人,那么,是的,我必须要回到洛林。 可是,我不知道那将是在什么时候。"

萨拉的手机在口袋里震动起来,她拉出一半来查看屏幕。

"这么晚了谁给你发短信?"我问。

"是埃米莉。 或许你该去自首,告诉他们你不是恐怖分子。 我不想一次又一次地失去你了,约翰。"

"听我说,萨拉,我不能自首,我不能坐在警察局里跟他们解释整所学校是如何被毁、那五个人是如何被杀死的。 我又该如何去解释亨利的身份? 如何解释他们在我们的房子里找到的那些文件? 我不能被捕。我是说,如果六号知道我站在这里跟你说话,肯定会马上杀了我。"

萨拉抽噎着,用手背拭去泪水:"为什么如果六号知道你在这里会杀了你?"

"因为她现在需要我,而且我待在这里也非常危险。"

"她需要你？ 不，我需要你，约翰。 我要你在这里告诉我一切都会好起来，所有的一切都是值得的。"

她慢慢地走向一张长椅，我坐在她旁边，靠着她的肩膀。 灯光照不到我们，我看不清她的脸。

我不知道她是怎么知道的，却见她侧身躲开我，说："六号很美。"

"是的。"我承认。 我本不该说，但话就这样冒了出来。 "但是不如你美。 你是我认识的最美丽的女孩，你是我见过的最美丽的女孩。"

"但是你可以经常和六号在一起，却远离了我。"

"我们散步时候必须隐形，萨拉，并不像我和你一样，可以手拉着手，走过大街。 我们必须要躲避全世界，我和她在一起的时候总是要躲躲藏藏的。"

萨拉腾地一下从长椅上站起来，转过身去背对着我。 "你和她一起散步？ 你们走过大街的时候，你是不是拉着她的手呢？"

我站起来，双手伸向她，外套的袖子上粘的泥巴还没掉。 "我们必须牵着手，只有这样我才能隐形。"

"你吻过她吗？"

"什么？"

"回答我。"她的声音有些异样，夹杂着嫉妒和失落。 极度的愤怒让她说出来的每一个字都像是从牙缝里挤出来的。

我摇头："萨拉，我爱你，我真的不知道还应该说些什么。 我是说，什么事都没有发生。"苦恼恍如海啸般袭遍全身，我绞尽脑汁想要拼凑出合适的词句。

她愤怒了："这是个很简单的问题，约翰。 你到底有没有吻过她？"

"我没有吻过六号，萨拉。我和她没有亲吻过，我爱的是你。"话刚出口，我猛然醒悟到这些词语有多么的尖刻，这些话远比我想象的要糟糕。

"我懂了。回答这个问题对你来说为什么就这么难呢，约翰？我的生活真是越来越可笑了。她喜欢你吗？"

"那无关紧要，萨拉。我喜欢的是你，六号不重要，其他所有的女孩都不重要。"

"我感觉自己像个傻瓜。"她说着将双臂交抱胸前。

"别这样，求你了，萨拉。你误会了所有事情。"

"是吗，约翰？"她转过头来，噙着满眼的泪水，愤怒地盯着我，"为了你，我受了这么多苦。"

我伸出手想要拉住她的手，可是我刚一碰到她的手指，她就把手甩开了。

"别碰我！"她说，声音里带着一丝尖锐。手机再次在她的夹克口袋里震动起来，这回她没有理睬。

"我想和你在一起，萨拉。"我说，"我现在说什么好像都不对，但是我要告诉你，几个星期以来我疯狂地想着你，没有哪一天不想给你打电话或者写信。"我感到全身发抖，因为断定她的心正离我远去。"我爱你，萨拉，这一点你无须怀疑。"

"我也爱你。"她哭起来。

我闭上眼睛，吸了一口凉气，内心五味杂陈。当我再次睁开眼睛时，萨拉已经走开好几步了。

我的左边有响声，扭过头发现是萨姆。他目光向下，摇着头，向我和萨拉示意他本不想靠近，可是又不得不这么做。

"是萨姆吗?"萨拉问道。

"嗨,萨拉。"萨姆小声招呼道。

萨拉抱住了他。

"看见你真好,"他贴着她的头发说,"不过,萨拉,很抱歉,非常、非常抱歉,我知道你们很久没见了,但是我和约翰必须得走了。我们现在非常危险,你简直想象不到。"

"我多少能想象得到。"她放开了他。就在我刚要重申我是多么的爱她,暂时先不得已说再见的时候,混乱的场面爆发了。

一切来得太快,我甚至来不及做出反应,整个场面乱得就像是电影胶片发生了错乱。萨姆被一个戴着防毒面具的人从后面拖走,那人穿着蓝色的夹克衫,背上有"FBI"的字样。有人抱住萨拉,把她从我身边拽走。一个带有金属外壳的东西滑过草坪,停在我脚边,两头喷出的白烟熏了我的眼睛,呛了我的喉咙。我看不见了,只听到萨姆口中被塞了东西的叫声。我跌跌撞撞地离开那个金属罐筒,跪倒在一架塑料滑梯旁边,抬起头,看见十几个警察包围着我,手里都拿着枪。逮住萨姆的那个戴面具的警官,正把膝盖顶在他的背上。一个扩音器爆发出声音来:"不许动!手举过头顶,趴在那儿!你们被捕了!"我把手举过头顶,这时我发现,在我和萨拉谈话的整个过程中一直停在大街上的汽车突然之间发动起来,头灯打开,仪表盘上方红灯闪烁。警车尖叫着绕过拐角,一辆侧面印着"SWAT"(特种武器与战术部队)的装甲车越过路沿,开到篮球场中央猛地刹车停住,人们大喊大叫着疾速从车内涌出。这时有人踢了我的小腹一脚,给我的手腕戴上了手铐,我头顶上方传来直升机盘旋的声音。

我的脑海中回荡着对于这件事的唯一解释——

萨拉。那些短信。那不是埃米莉发的,那是警察。我的心,在萨拉退离我时尚未完全破碎的一角,彻底地化为了碎片。

我把脸贴着水泥地直摇头。我感觉到有人拿走了我的匕首,那块写字板也被从我的腰带上抽走了。我看见萨姆被拖出了草坪,我们的目光遭遇的那一瞬间,我无法看出他在想什么。

我的脚也被上了铐,手铐和脚镣之间有一条链子连着。我被拎着站了起来,手铐太紧,勒进了我的手腕。又有人给我头上罩了黑色头罩,在脖子处扎紧,我什么也看不见了。两个警察架起我的胳膊,另一个把我往前推。

"你有权保持沉默。"在我被拎走的时候,其中一个警察对我说。然后我就被扔进了一辆车的后备箱。

第24章

五分钟后,我下了床,翻看衣柜中有什么想要带走的衣服。拿起一件黑毛衣时,我突然想起不能就这样不跟赫克托耳说一声就走。

我扯下挂在墙上的另一个女孩子的风兜夹克,然后写了张便条给阿德莉娜:**先去镇上跟人道个别。**

大门一开,冷风顿时袭来。当看到沿主大街停放的警车和新闻采访车时,我感觉好多了,毕竟,莫加多尔人在众目睽睽之下是不会轻举妄动的。我戴上风兜走出大门。赫克托耳家的大门开了一条缝,我轻轻地敲了敲门框:"赫克托耳?"

一个女人应道:"你好,哪位?"

门被推开了,是赫克托耳的妈妈卡洛塔,她花白的头发精心地盘了起来,红润的脸上挂着微笑。她穿着一件漂亮的红裙子,围着一条蓝色的围裙,屋里有股蛋糕的香味。

"里卡多夫人,赫克托耳在家吗?"我问道。

"噢,我的天使,"她说道,"我的天使又回来了。"

她还记得我为她做的事,记得是我治好了她的病。她这样看着我,都让我有点难为情了,没想到她还弯下腰来抱我,我没法拒绝。"我的天使回来了。"她又说了一遍。

"里卡多夫人,很高兴您感觉好多了。"

她眼里满是泪水,不停地往下淌,我情不自禁地也噙满了泪水。我小声对她说:"您太客气了。"从卡洛塔身后传来一声猫叫,我侧身看到超能从厨房向我跑来,下巴上的牛奶还在往下滴。它围在我脚边咕噜咕噜地叫着,我弯下腰抚摸它漂亮的皮毛。

"您什么时候养的猫?"我问。

"今天早晨它自个儿跑到我门前的,我看它太可爱了,就给它取了个名字叫费欧。"

"你好,费欧。"

"它是只不错的猫,可能吃了。"她说着把手叉在腰间。

"我很高兴看到你们两个成为朋友。但是卡洛塔,很抱歉,我得离开了。我有话要跟赫克托耳说,他在家吗?"

"他在咖啡馆。"她说。以为赫克托耳这么早就去喝酒,我失望极了,脸上表现得一定很明显,因为我听到卡洛塔又补充道:"只是咖啡,他是去喝咖啡了。"

我跟她拥抱告别,她还亲了我两边的脸颊。

咖啡馆里人很多,我伸手刚准备把门拉开,却被眼前的景象惊呆了!我看到赫克托耳正坐在一张小桌子旁,但我只是用眼角余光看到他的。我的眼睛盯着坐在他对面的那个人——就是昨晚的那个莫加多尔人。他现在胡子刮干净了,黑色的头发在灯光下变成了栗色,但即使这样我也绝不会认错。他还是一样高高壮壮的,肩膀宽大,皮肤黝黑,浓浓的眉毛下还是那副沉思的表情。

我松开门,后退了几步,心想,哦,赫克托耳,你怎么能这样对我呢?

我的腿在发抖,心怦怦直跳。就在我站着看他们的时候,那个莫加多尔人转过头,透过窗户看见我了。我浑身发冷,一切都凝固了,我的脚被粘住了,粘在地上完全动不了了。那个莫加多尔人看着我,使得赫克托耳也向我这个方向看过来,就在看到他的面孔的那一刻,我猛地清醒了。

我跟跟跄跄后退了几步,然后转身就跑,还没跑出多远就听到咖啡馆的门开了。但我没回头,我不想知道莫加多尔人有没有追我。

"玛丽娜!"赫克托耳喊道,"玛丽娜!"

二

四个警察驾车押送我。我的指尖触到沉重的铁链,我确定,只要我想,就可以扯断铁链,或者用心灵传动轻而易举地可以打开手铐。但一想到萨拉,我就气力全无了。她不可能告发我的,神啊,千万不要是她。

第一段路走了二十分钟,也不知道到了哪里,我被拉出来推进另一辆车,感觉这车更牢固了,相应地也意味着行程会更长。第二段路走了好久,有两小时,或者三小时,到最后终于停下来时,我又被拉了出来。我感觉心里难受得几乎无法忍受了。

我被带入了一栋大楼,每转一个弯,我就要等他们开一扇门。我数了一下,总共开了四扇门。每走进一道走廊空气就不一样,随着越走越远,空气里的霉味也越来越大。最后,我被推进了一间牢房。

"坐下!"其中一个警官命令道。

我坐到一张水泥床上，头罩摘下来了，手铐依然锁着。四个警察出去时把牢门用力关上了，两个身材稍魁梧些的在我牢房外面坐下，另外两个走了。

牢房很小，是个长宽只有十英尺的正方形，除我坐的床外，还有个铁便池和水槽，床垫上满是黄色的污渍，别的什么也没有。这间房三面都是坚固的混凝土墙，后墙最上面还有一扇小窗户。

尽管床垫脏兮兮的，我还是躺下了，闭上眼睛，等着心慢慢静下来。

"约翰！"我听到萨姆叫喊的声音。

我赶紧睁开眼睛，爬起来冲到牢门口，抓住门上的铁条，向他回喊道："我在这儿！"

"闭嘴！"身材高大些的那个警卫用他的警棍指着我喝道。能听到有人也在朝萨姆叫喊。萨姆没再出声，但至少让我知道了他离我没多远。

我从牢房门的铁条间伸出手，将手掌按在锁的金属面板上，然后闭上眼睛，集中心神去感应它的内部构造，但什么也没感觉出来。一加强注意力，便有一股振动令我头痛。

牢房是电子控制的，用心灵传动开不了。

◘

我以最快的速度跑回孤儿院，风兜被风吹得像个气球一样鼓鼓的。随着奔跑的速度越来越快，我看到头上的云彩、蓝色的天空似乎都变成亮白色了。

我冲过大门，直奔寝区。阿德莉娜正坐在我床上，一张纸条折放在她的膝盖上，脚边放着一只小行李箱。看到我，她一下子跳起来抱住我。

"你必须看看这个。"她说着把纸条递给我。我打开一看,发现并不是我留的纸条,而是一张影印的照片。

我马上就明白了这是有关什么的照片:有人在附近的山坡上烧出一个巨大且精细的标志。照片上的这个标志,线条细腻、棱角分明,简直就是我脚踝上的烙印的复制品。

那张纸从我手上滑落,慢慢飘落到地上。

"那是昨天发现的,警察正在分发这些复印的照片,试图找到一些线索,"阿德莉娜说,"我们必须现在就走。"

"嗯,那是一定的,但我要先跟你说说埃拉。"

阿德莉娜歪着头问:"说埃拉的什么事呢?"

"我想她跟……"

我话还没说完,人就被雷鸣般的撞击声震倒了,阿德莉娜也倒下了,肩膀砰地撞在地上。一定是发生爆炸了,就在孤儿院的哪个地方。几个女孩尖叫着跑进房间,其他人则跑出门寻找躲避的地方。我听到朵拉修女大声喊着让大家到南边去。

我和阿德莉娜站起来正要往门口走,又传来一声爆炸,我突然感到一阵寒风刮来。周围一片嘈杂,我听不到阿德莉娜在说什么,但顺着她的视线向屋顶望去,就看到上面有一个公交车大小的洞,洞口参差不齐。就在我盯着那个洞看的时候,一个披着战袍、留着红色长发的高大男子走到那洞的边缘上,伸出手来指着我。

围都是电闪雷击,我摔倒了。 就在那时,我看到了一双炽热的眼睛,从云端看下来。

"六号!"我大声喊道,但雷声淹没了我的声音。 我知道那就是她,但是她在那儿干什么呢?

云散开了,可以看到有人掉到了山谷里。 视野再一次放大,我发现我刚才没看错:六号正愤怒地站在大批直逼过来的莫加多尔人和两个小女孩、两个年纪稍大的男人中间。 她把手举过头顶,一阵稳健的雨随即落下。

"六号!"我又朝她喊,却被一双手从背后抓住了肩膀。

眼睛突然睁开了,我猛地把头从桌上抬起来。 审讯室的灯开了,一个高个子圆脸男人站在我面前,他穿着一套深色西装,警徽夹在皮带上。手里拿着白色的写字板。

"冷静,孩子。 我是联邦调查局的侦探威尔·墨菲,你今天过得怎么样?"

"再好不过了。"我回答道,脑子里依然在为那个幻象感到疑惑:六号在保护谁呢?

"那好。"他面前的桌子上放着一支笔和一本标准拍纸簿,他坐下来时小心把写字板放在桌子左边。

"那么,"他慢慢展开话题,"六什么? 你有六个什么呢?"

"什么?"

"你睡着的时候一直在叫着数字六,能告诉我那到底是什么吗?"

"那是我的高尔夫差点。"我说。 我脑子里还在努力回想山谷里站在六号身后的那两个女孩的面孔,可就是无法看清楚。

墨菲侦探淡淡一笑,说道:"哦,是这样啊。 我和你简单地聊几句，怎么样？我们就从你交给天堂镇中学的出生证明说起吧。那是伪造的，约翰·史密斯。事实上，我们找不到任何你在天堂镇露面之前的资料。"他眯着眼，似乎很期待得到我的回答。"你的社会保险号是佛罗里达一个已经去世的人的。"

"有问题吗？"

他不再咧着嘴笑，而是得意地笑着说："为什么不从告诉你我你的真实姓名开始呢？"

"约翰·史密斯。"

"这就对了。你父亲在哪儿呢，约翰？"

"去世了。"

"多顺口。"

"事实上，这可能是迄今为止对我来说最不顺的事了。"

侦探在拍纸簿上一边写着什么，一边问道："你本来是哪里人？"

"洛林星球，有三亿英里那么远。"

"一定是个不短的路程吧，约翰·史密斯。"

"大约要一年的时间，下次我打算带本书。"

他把笔扔在桌上，双手十指交叉放在脑后，身子向后靠倒，但马上又向前坐起，举起写字板问我："你能告诉我这是什么东西吗？"

"我倒希望你能告诉我，那是我们在树林里找到的。"

他握着写字板的边缘，吹起口哨来："你们在树林里找到的？在树林里的什么地方呢？"

"一棵树旁。"

"你打算每个问题都这样糊弄我吗？"

"那可要看情况，侦探。你在为他们效劳吗？"

他把写字板放回桌上，问："我在为谁效劳？"

"莫洛克斯族。"这是我在英文课上最初学到的东西。

墨菲侦探笑了。

"你还笑得出来？他们可能马上就来了。"我说。

"莫洛克斯族人？"

"是的，长官。"

"就是《时间机器》里写的那个？"

"没错，那就像是我们的《圣经》一样。"

"让我猜一下，你和你的朋友，塞缪尔·古德，你们是艾洛伊族的？"

"实际上是洛林族，但对于我们今天的目的来说，叫艾洛伊族也不错。"

侦探把手伸进口袋，砰的一声猛然把我的匕首放到桌上。我盯着那四英寸长的钻石刀刃，假装从没见过。我只需把目光从刀刃转到他的脖子，就能轻而易举地杀死他，但我需要先救出萨姆。

"这是干什么用的，约翰？你为什么需要一把这样的刀子呢？"

"我不知道这样的刀子是用来干什么的，长官，是削东西的吗？"

他拿起笔和拍纸簿，问："你怎么不告诉我在田纳西州都发生了什么事呢？"

"我从未去过那儿。虽然我听说那是个不错的地方，也许我从这里出去后会去看看的，好好旅游一下，看看那些景点。能推荐一些景点吗？"

他点点头，将拍纸簿扔在桌子上，把铅笔掷向我。我没动一根手指就让它偏斜过去飞撞到墙上，但侦探没注意到，拿着写字板和我的匕首走出了铁门。

我很快又被推回到那间囚室里。我必须离开这儿!

"萨姆?"我喊道。

坐在囚室外面的警卫跳起来,挥起警棍要砸我的手指,我赶紧松手。

"闭嘴!"他用警棍指着我命令道。

"你以为我怕你吗?"把他弄到牢房里面来似乎是个不错的选择。

"我本可以给你点颜色瞧瞧,矮子,但是如果你一直这样下去,很快就会后悔的。"

"你想打我,不可能。看我多么矫捷,你呢,那么胖。"

警卫轻声笑道:"你就不能退后坐到你的床上去,闭上你的嘴吗,啊?"

"你知道,只要我想,随时可以杀死你,连手指都不用抬一下。"

"噢,是吗?"警卫应着向前迈了一步,他呼出的气味令人作呕,好像是变了味的咖啡。"那是什么让你没那样做呢?"

"漠然和一颗破碎的心。"我说,"但是这些终究都会消失的,那时我就会起床离开。"

"我等不及了,霍迪尼①。"他说。

只差一点点,我就能把他完全忽悠进来了。只要他打开牢门,我和萨姆就都自由了。

"你知道你像谁吗?"我问他。

"告诉我。"

---

① 即哈里·霍迪尼,美国魔术大师,"现代魔术之父",至今仍是逃生术表演的代名词。

我转过身弯下腰。

"就是这个，废物！"

警卫伸手去够墙上的控制面板，当他踢我牢房门的时候，整个监狱发出震耳欲聋的爆炸声。警卫跌撞到铁栏杆上，额头重重地撞到上面，双膝跪倒在地。我赶紧滚到床下。外面陷入一片混乱之中，呼叫声、枪声、金属碰撞声，还有巨大的撞击声。警报响起，走廊里闪过一道蓝光。

我扭过身子，双手握紧系在腕上的链子，把腿当做杠杆，挺直身子一下就把绑在手上和脚上的链子挣成两段，接着用心灵传动打开手铐，扔在地上，然后如法炮制，又打开了脚踝上的脚镣。

"约翰！"萨姆的叫声从走廊传来。

我爬到牢房前面："我在这儿呢！"

"怎么啦？"

"我还想问你呢！"我对他喊道。

其他的囚犯透过他们的牢房铁栏杆也在大声呼喊。那个倒在我牢房前的警卫挣扎着站起来，血从他额头那个很深的伤口里直往外流。

大地又开始震动，这次更猛烈了，持续的时间也更久一些，一团灰尘沿着走廊从右边涌过来。我一时间什么也看不清了，只好将手从铁栏杆间伸出去，朝那警卫吼道："放我出去！"

"嗨！你是怎么打开手铐的？"

我看到他已经站不稳了，向右晃几步，又向左晃几步，很快就被灰尘淹没了。好多持枪的警卫从他身边跑过。

不绝于耳的枪声从走廊的最右边传来，接着响起了一阵野兽般的怒吼。

"约翰！"萨姆尖叫的那种声调是我从没听到过的。

我和警卫四目相接，朝他喊道："如果你不放我出去，我们都会死的！"

警卫看向传来吼声的地方，一脸的恐惧。他慢慢地伸手去掏枪，没等他碰到枪柄，枪就已经飞离他了。我明白，我在佛罗里达午夜散步时曾见过。我看着这个警卫困惑地转过身，跑掉了。

六号在我牢门前现身，那个大吊坠依然挂在脖子上。一看她的脸，我就知道她在生我的气，也知道她正心急如焚地要把我从这儿救出去。

"那边怎么了，六号？萨姆还好吗？我什么也看不见！"我说。

她顺着走廊看过去，然后把目光锁定在某物上，于是，一大串钥匙沿着走廊飞过来，正好落到她手里。她把钥匙插到墙上一块金属嵌板里，我的牢门就开了。我跑出牢房，终于看清楚了整条走廊。这条走廊真是长，从我的牢房到出口，至少有四十间牢房。但是，本该在一面墙上的出口不见了，取而代之的是一头长着巨角的怪物，嘴里衔着两个警卫，口水混着血水从它那锋利的牙齿间淌下。

"萨姆！"没听到回音，我转身对六号说，"萨姆在那边！"

她从我眼前消失了，五秒后，我看到另一间牢房的门滑开了，萨姆朝我跑过来。我喊道："好了，六号！咱们把这一切破坏掉！"

在距我鼻子几英寸的地方现出六号的面孔："现在还不是跟这只怪兽战斗的时候，至少不是在这儿。"

"你在开玩笑吗？"我问。

"约翰，我们还有更重要的事情要去做，"她厉声说道，"我们必须立刻去西班牙。"

"现在？"

"就是现在！"六号抓住我的手，拉着我，直到我快速跑起来，萨姆紧跟在我身后。有了六号的钥匙，我们可以穿越两道门。当冲开第二道门时，我们遭遇了七个莫加多尔人，他们带着大炮模样的圆柱形管枪和剑。我本能地伸手去拿匕首，但它已不在了。六号把警卫的枪扔给我，然后伸手护在我和萨姆前面。她低下头集中注意力，领头的莫加多尔人旋转起来，他的剑划过身后的两个莫加多尔人，他们随即化为灰烬。六号踢中那小头目的背，他倒在自己的剑下。他还没死，六号就已经隐身了。

我和萨姆蹲身躲过第一枪，第二枪却烧焦了我的衣领。我开枪了，连续射击，滑进一堆灰时，子弹打光了。我杀死了一个莫加多尔人，捡起他丢弃的管枪。手指刚摸到扳机，上百盏灯顿时亮了起来，一束绿光穿透了另一个莫加多尔人。我瞄准最后两个，但是六号已经来到他们身后，用心灵传动把他们举到天花板上，然后砰地用力摔在我面前的地上，接着再举再摔，我的牛仔裤上布满了他们死后化成的灰。

六号打开另一扇门，我们进入一间很大的房间，里面有好多小房间都着火了。天花板上，一个个的洞在燃烧。一群莫加多尔人在对警察开火，警察也朝他们还击。六号夺过最近的一个莫加多尔人的剑，切下他的胳膊，然后跳过一堵正在燃烧的小隔间的墙。我用管枪在后面朝那个独臂的莫加多尔人开火，他倒地化为一堆黑灰。

我看见墨菲侦探正躺在地上，不省人事。六号掠过小隔间迷宫，飞快地挥动着剑，剑花连成一张网，她周围的莫加多尔人纷纷化为灰烬。在六号将接近她的一圈莫加多尔人纷纷划过的时候，警察从远处左侧的一扇门撤退。我射啊，射啊，摧毁了身边的莫加多尔人。

"那儿！"萨姆指着那个巨大的洞，它直通停车场。我们没有丝毫犹豫，纷纷跳过火焰和浓烟。就要跑到户外时，我看见我的匕首和那个写字板放在办公桌上，于是跑过去把两样东西都拿起来，几秒钟后追上六号和萨姆，来到一个深沟里——深沟可以掩护我们。

二

六号把剑扔回一英里远，我把莫加多尔人的管枪丢到灌木丛中。

六号突然问我："约翰！你想知道你的箱子在哪儿吗？"

"在汽车后备箱吗？"我扬扬眉毛，表示歉意。

"不是。"她说，"你再猜。"

"藏在垃圾桶里？"

六号把胳膊举过头顶，一阵狂风把我吹得飞起来，撞到一棵巨大的橡树上。接着她向我冲过来，两手紧握拳头，又问："她还好吗？"

"谁？"我问。

"你的女朋友，混蛋！值得吗？放着我被一群莫加多尔人包围，帮你去找箱子，而你去看你的宝贝小萨拉，这么做值得吗？为此被逮捕值得吗？你吻够了吗？够弥补让你的面孔再次横扫新闻头条了吗？"

"不，"我含含糊糊答道，"我想是萨拉告发我们的。"

"我也这么认为。"萨姆说。

"还有你！"六号转过来用手指着萨姆，"你也脱不了干系！我原以为你很聪明，不会干那种傻事，萨姆。没想到你真是个天才，竟然认为到那样一个全世界的警察都会监视的地方去是个好主意。"

"我从不认为自己是天才。"萨姆说着捡起我扔掉的写字板，擦掉上面的污垢。"还有，六号，我也是没有办法，真的没办法。我尽了最大努力想要把约翰劝回去，去找你，去帮你。"

"他的确尽力了。别怪萨姆。"

"好了，约翰，你们两只爱情鸟在拥抱、接吻，而我却在挨打。如果伯尼·科萨不变成一只巨大的熊象动物来帮忙的话，我早死了。他们拿走了你的洛林箱，我确定它此刻就在西弗吉尼亚的一个洞穴里，就在我的洛林箱旁边。"

"那么，那儿就是我要去的地方。"我说。

"不是，我们去西班牙，今天。"

"不，不去！"我大叫，扯下衣袖，"就算去，也要等到我拿回洛林箱再去。"

"那好，我去西班牙。"她说。

"为什么要现在去呢？"萨姆问。

我们的汽车进入了视野。

"我刚才上网，看到那边出了很严重的事。有人一小时前在圣德肋撒修道院旁的山坡上焚烧出了一个巨大的标志，那看起来跟我们脚踝上的烙印一模一样。有人需要我们的帮助，我得去。"

我们跳上车，六号慢慢地往前开，我和萨姆藏在汽车后座搁脚的地方。伯尼·科萨在前面的副驾驶座上汪汪叫着，很高兴能担当起我们的护卫工作。

我和萨姆来回传递着笔记本电脑，看一篇关于圣德肋撒修道院的文章，每人看了两遍。在山上烧出的标志无疑就是洛林符号。"如果那是个圈套怎么办？"我问道，"眼下还是我的洛林箱更重要。"这样想是有点自私，但在离开这块大陆之前，我还是想要拿回我的遗产。

"我需要知道怎样到达那个洞穴。"我说。

"约翰！现实点，你真的不打算跟我一起去西班牙？"六号问我，"读完了这些，你还打算让我和萨姆两个人去吗？"

"各位，看看这个吧，也是圣德肋撒的新闻。据报道，有位妇女日益恶化、本无法治愈的顽疾突然被治好了。圣德肋撒现在就像是活动中心，我敢打赌，每一位加尔德都在往那儿赶呢。"

"如果真是这样，"我说，"我肯定不会去了。我要去取回我的洛林箱。"

"你一定是疯了！"六号说。

我越过副驾驶座，打开汽车的储物箱，摸到了我一直在找的石头，把它丢在六号的大腿上，然后又躲回后座下面。

她拿起那块淡黄色的石头举过方向盘，在太阳光下转动着，笑了："你把通灵石拿出来了？"

我说："我想着带在手边方便些。"

"这些东西的功能都持续不了多久的，记得吗？"她说。

"能持续多久呢？"

"一小时，或许更长点。"

这消息有些令人沮丧，但是它仍然对我有用。"能请你先给它补充点能量吗？"

当六号把通灵石贴到太阳穴时，我就知道她同意了我去取我的洛林箱的决定，而她自己将去西班牙。

第26章

我毫不犹豫地就那样做了。就在那个男的在屋顶洞沿指着我的时候，我掀起两个金属床架砸向他，第二个床架直接命中目标，他向前倒下，掉进宿舍区。当他摔到石地板上时，令我惊奇的是，他居然变成了一堆灰。

"快跑！"阿德莉娜尖叫道。

我们闯入门厅，撞上一群正去南边侧翼避难的女孩和修女们。我拉着阿德莉娜的手进了教堂正厅，沿着中间过道走。

"我们去哪里？"阿德莉娜喊道。

"我们不能丢下洛林箱就走！"

又是一声爆炸，孤儿院的地面都颤动了，我一下子跌坐在长椅上。

"我很快就回来。"我小声说着松开她的手，悄悄飘向那个角落。

六号说我们离华盛顿不远。我被认为是个危险的武装恐怖分子，难怪会被带到这个国家的首都审问。

"杜勒斯机场有一次航班,还有不到一小时的时间。"她说着突然转动方向盘,"我就乘那次航班。 萨姆,你跟我还是跟约翰?"

萨姆的前额贴在后座上,眼睛闭着。

"萨姆?"六号问。

"我在想,我在想呢。"他说。 一分钟后,他抬起头,直视着我说:"我跟约翰一起。"

我对他做出谢谢的嘴型。

"不管怎样,我一个人去更容易。"六号说,但听起来有点伤心。

"你将会与更厉害的加尔德并肩作战。"我安慰她说,"而且,必须要两个人去才可能把我们的箱子都取出来。"

伯尼·科萨在前座汪汪叫,我朝它说:"是吧,小朋友,你也是我们的一员。"

箱子不见了,我惊出一身冷汗,差点吐了。 难道莫加多尔人自始至终都知道它在这儿? 那他们为什么不在这里设圈套抓我呢?

"不见了,阿德莉娜。"我又飘回到教堂正厅地板上,小声对阿德莉娜说。

"洛林箱?"

"不见了。"我抱着她,把脸埋在她的肩膀里。 她从头上扯下什么东西,那是个几近透明的淡蓝色护身符,系在一根米黄色的绳子上。 她小心地顺着我的头发把护身符挂在我脖子上。 一挨着脖子,我就感到它有点凉又有点暖,然后它就发出明亮的光来。 我惊呆了。

"这是什么?"我用手盖住那股亮光,问道。

"洛林晶体,是洛林星能量最强的宝石,只有在洛林星球的中心才能找到。我一直藏着它,它是你的,现在没有必要再藏着了。不管你戴没戴护身符,他们都已经知道你是谁了。我绝不会原谅自己,绝不会。很抱歉,玛丽娜,我没有好好地训练你。"

"没关系。"我感觉到眼泪从眼眶中涌出。这些年,我一直希望从她那里得到的就是这些——理解、陪伴,还有分享彼此的秘密。

我们离机场越来越近,离别的恐惧沉重地压在我们心头。萨姆在研究六号从他爸办公室里拿来的文件,试图借此转移注意力。"我希望自己能在哪座图书馆的参考书库里把这些文件读懂。"

"到了西弗吉尼亚之后就能,"我说,"我敢保证。"

六号仔细地告诉了我和萨姆寻找山洞的路径。她说完后一直到停车场,大家都没有再说话。我们把车开到麦当劳的停车场,那儿距离杜勒斯机场有一英里。

"有三件事你们要了解。"

我叹道:"我怎么感觉这三件事都不会是好事呢?"

她没睬我,一边在一张收据的背面写着什么,一边说道:"首先,这是我两周后的下午五点所在的地方,你们到那里等我。如果那时我不在那里,或者你们由于某种原因去不了,那就推后一周。如果接连推后两周,我们其中的一方还不能在那个时间出现在那里,那么我想,我们可以认为对方不会来了。"她递给萨姆,萨姆看了一下,放进牛仔裤口袋里。

"两周后,下午五点。"我说,"明白了,第二件事呢?"

"伯尼·科萨不能和你们一起到洞里去。"

"为什么?"

"因为那样会害死他的。我也不是很懂,莫加多尔人在山洞用某种气体来控制他们的怪兽，那气体只对动物起作用，动物只要一离开指定的地方就会马上死掉。我好不容易逃脱的那一次，就看到洞口死了一堆动物，它们靠山洞太近了。"

"真可恶。"萨姆说。

"最后一件呢？"

"他们在洞里装了各种你能想象得到的探测装置——摄像机、探测器、体温计、红外线装置等等，应有尽有。通灵石一开始会让你们顺利通过一切检测，但是一旦它能量没了，就得小心，别让他们找到你们。"

"我们去哪里？"我问阿德莉娜。既然箱子不见了，我也就不知何去何从了，即便脖子已戴上洛林护身符。

"我们去钟楼，用你的心灵传动把我们放到院子里，然后我们就跑。"

我拉着她的手开始跑，突然，一个火球从正厅后面爆发出巨大声响，后几排座位着火了，火苗蹿向了天花板，正厅现在比礼拜日做弥撒时还要亮。一个身披战袍、留着金色长发的男子信心十足地从北面过道走了出来，那是我们要逃出去的必经之路。顿时，我全身无力，像散了架一样，还直起鸡皮疙瘩。

他站在那里看着我们，火已经又蔓延了好几排座位。渐渐地，他扯出一丝冷笑。透过眼角余光，我看到阿德莉娜伸手去拉她的连衣裙，拿出了不知什么东西。她眼睛盯着正厅后面着火的地方，然后走到我跟前，把我推到身后，动作从未如此轻柔过。

"我没法追回已经浪费的时间，或者弥补我犯下的错，"她说，"但是我会去尝试。走吧，不要让他们抓到你。"

就在这时,那个莫加多尔人沿着中间过道径直向我们冲过来,他的身材比从远处看要高大很多。他举着一把长剑,剑身闪着荧光。

"你赶紧走吧,能走多远走多远,"阿德莉娜头也没回地说,"勇敢点,玛丽娜。"

二

六号把通灵石放在档位边的杯座里,下了车,关上车门时说:"我已经有些晚了。"

仔细审视了停车场的其他车和走来走去的人后,我和萨姆也下了车。

我绕过车头,看见六号在拥抱萨姆。

萨姆对六号说:"到那边教训教训他们。"

六号说:"萨姆,谢谢你帮我们,即使你完全没有义务那么做。谢谢你,你太棒了。"

"你们才了不起。"萨姆小声说,"谢谢你们能让我一路跟随。"

我和萨姆都没想到,六号居然上前一步吻了一下萨姆的脸。他们相视而笑,当萨姆的目光越过六号看到了我,他的脸刷地一下红了,赶紧打开驾驶室的门钻进了车里。

我不想让她走。我不得不痛苦地承认:我有可能再也不会见到她了。她看着我,眼里有种说不出的温柔,那种眼神我好像从没见过。

"我喜欢你,约翰。在过去的几周里,我一直说服自己不要喜欢你,尤其是在萨拉这件事上,你是多么愚蠢……但是事实就是这样,我喜欢你。"

我被这些话弄晕了,犹犹豫豫地说:"我也喜欢你。"

"你还爱萨拉吗?"她问道。

我点头。六号有权知道真相。"我爱她,但是这一切真的很复杂。

很可能是她告发的我，她可能再也不想见到我了，因为我告诉她我认为你很漂亮。但是亨利曾说洛林人一生只恋爱一次，这就意味着我会一直爱着萨拉。"

六号摇头，说："不要因为我下面要说的话而生气，好吗？卡塔莉娜从没告诉我这些。事实上，她告诉我，她在洛林星多年来一直保持着多角恋爱关系。我确信亨利是个了不起的男人，毫无疑问，他全身心地爱着你。但听起来他是一个浪漫的人，他有了一份真爱，也想让你能像他一样拥有一份真挚的爱情。"

我沉默了，选择相信了她的话，把亨利的话抛到一边。

她能感觉到我在因为她的话而痛苦挣扎着，于是又说："我刚才说的，当洛林人坠入爱河，大多数人是从此钟爱一生的。很明显，那对亨利适用，但情况并不总是如此。"

说完最后一句话，六号向我迈进一步，我也向她迈了一步。在佛罗里达散步时没有接成的那个吻现在又把我们的心紧紧地系在一起。这种激情我本以为是留给萨拉一个人的。我真不想结束这个吻，但是萨姆发动了引擎，我们不得不分开了。

"萨姆也喜欢你，你知道。"我说。

"我也喜欢萨姆。"

我抬起头："但你刚才说你喜欢我。"

她推了下我的肩膀："你喜欢我和萨拉，我喜欢你和萨姆，很公平。"

她隐身了，但我能感觉到她还在我面前。

"到那边小心点，六号，我不喜欢离别。"

她的声音从空中传来："我也希望这样，约翰。但是不管是谁在西班牙，他现在需要帮助。你能感觉到，不是吗？"

在我回答说"能"的时候,我能感觉到她已经离开了。

□

我想走,但却被定住了。 我注意到阿德莉娜手上闪着光,意识到她从裙子里拿出的是把菜刀。 她冲向那个莫加多尔人,我开始沿着长椅从另一条道跑开。 我从未见她如此精准过,就在莫加多尔人跳起来挥剑刺向她喉咙的那一刻,她俯身倒地。 莫加多尔人扑了个空,她又跳起来,一道刀光砍中那厮右大腿。 深色的血往外喷,但这丝毫没让莫加多尔人懈怠,他转身挥剑劈下,阿德莉娜向前一滚,丝毫没有畏惧。 就在冲力让她重新站起来的那一瞬间,她的刀又砍中了那厮另一条腿。 我怎么能丢下阿德莉娜孤身奋战呢?

然而,我还没来得及出手,那厮的左手就已经扣住阿德莉娜的脖子了,他把她高高举起,右手挥剑刺穿了她的胸膛。

"不要!"我呼喊着跳到长椅上,踏着木椅冲向他们。

阿德莉娜的眼睛闭上了,使出最后的力气将手臂往上一伸,刀在她面前画了一个弧形,然后从她手中滑落,掉在地上。 我还以为她没击中那厮,但是我错了。 她切割得相当干脆利落,过了整整两秒,深黑的血才开始涌出。 他松开阿德莉娜倒下了,双手紧紧按住喉咙试图止血,但血还是如同瀑布一般地穿过他的手指往外喷。 我走向他,深深地吸了一口气,伸手从地上捡起阿德莉娜的菜刀,就在他睁大眼睛看着我的时候,把菜刀刺进了他胸口。 他就在我眼前分解,躯体化为灰烬,撒落一地。

我跪下来抱起阿德莉娜已经没有气息的身体,托着她的后脑勺,紧紧地抱着她。 我们的脸挨在一起,我哭了。 她就这样走了,扔下我不管了。 我知道我没法让她醒过来,我需要别人的帮助。

第 27 章

　　左边传来一声咆哮，抬头看到一个身披战袍、留着棕色长发的男人，我赶忙站起来。只见那个莫加多尔人举起手，射出一道光，狠狠地击中我的左肩，我不由自主地向后飞去。痛感袭来，我顿时头晕目眩，感觉有一股电流在顺着肩膀往胳膊下延伸，深入我的骨髓，在骨头里穿行，左手完全麻木了。我抬起右手摸了一下左肩上那道又长又深的伤口，仰起头绝望地看着那厮。

　　我想到了符咒。记得逃亡期间阿德莉娜曾告诉我，如果不按长老们设定的顺序来，我是杀不死的。但这次的伤很严重，足以令我丧命。我低头看着自己的脚踝，看几个月以来一直是三道的疤痕现在有没有变成六道，但并没看到什么变化。那我怎么可能被杀死呢？怎么可能伤得这么重？莫非……莫非符咒已经被破除了？

　　我和那厮再次四目相接的一刹那，他突然化为一堆灰烬，我一时竟荒唐地以为是我的意念杀死了他。他身后站着我在咖啡馆见过的那个莫加多尔人，就是我一直在躲避的、手里拿书的那个。我不解：他们是一伙的,难道还会不惜杀了同伴以求亲手杀死我?

"玛丽娜!"他叫了一声。

"我,我会杀了你。"我的声音在颤抖,忧伤盈满胸腔。血不断从肩膀上涌出来,顺着胳膊往下流。我扭头看了一眼阿德莉娜的尸体,开始哭起来。

"不是你想的那样。"他说着慢步跑向我,伸出手要拉我,"时间很紧,我是你们的一员,是来帮你的。"

我抓住他的手。我还有别的选择吗?他拉起我,趁还没有人来,把我带离教堂正厅,经过北边的走廊来到二楼,直奔钟楼。每走一步,我的肩膀都要忍受剧痛。

"你是谁?"我忍不住问道,上百个问题快速闪过脑海。如果他是我们的一员,为什么这么久才告诉我呢?为什么之前要这样折磨我呢?我应该相信他吗?

"嘘,安静。"他轻声说。

古旧的走廊异常安静,在走廊变窄的地方,我听到楼下传来沉重的脚步声,大概有十几个人。终于,我们来到那扇橡木门前,门打开一条缝,从里边探出一个小女孩的头,我不禁倒吸一口凉气。赤褐色的头发、充满好奇的棕色眼睛、矮小瘦弱的身材——虽然看上去比"她"略长几岁,但我确定就是同一个人。

"是埃拉吗?"我问。

她看上去有十一二岁。也许是因为看到我的缘故,她的脸上洋溢着兴奋的神色,但是却显得越发瘦削了。埃拉打开门让我们进去。"嗨,玛丽娜。"她的声音听起来很陌生。

那个男人把我拉进去,关上门,在门和第一级台阶间挡了一块厚厚的木板，然后我们三个迅速冲上弧形石阶。当我们到达钟楼时，我又扫了一眼埃拉。我所能做的就只有像这样满脸疑惑地盯着她看，甚至忘记了血液正沿着胳膊滑过指尖滴下。

"玛丽娜，我是克雷顿。"那个男人自我介绍说，"对你的赛邦我深感遗憾，真希望我能早些到达。"

"阿德莉娜死了吗？"比我认识的稍大一些的埃拉问道。

"我还是不明白这是怎么回事。"我盯着埃拉说。

"我保证，一会儿就给你答案。现在时间来不及了，你失血过多。"克雷顿说，"你可以治愈别人，对吧？能给自己疗伤吗？"

在混乱的逃跑过程中，我根本没想到要给自己疗伤。于是我试着把右手放在外翻的伤口上，一股寒意过后，伤口自动愈合了，左手和左胳膊的麻木感随之消失。三十秒后，我完全好了。

"以后请多加小心。"克雷顿说。

我顺着他指的方向看去："我的洛林箱。"

附近传来一声爆炸，钟楼晃动了一下，灰尘、石块纷纷从屋顶、墙壁上脱落。随着又一声爆炸，更多的石块飞落下来，我也失去重心摔倒了。我用心灵传动隔空移物，阻止石块下落，然后把它们扔出窗外。

"他们正在找我们，要不了多久，他们就会发现我们的藏身之地。"克雷顿说着看看埃拉，又看看我，"她是你们其中之一，是洛林加尔德的一员。"

"但是她没有这么大。"我摇摇头，难以将眼前的这个女孩和我认识的小埃拉想象成同一个人。"我还是不明白。"

"你知道什么是埃特努斯吗？"

我摇摇头。

"埃拉，展示给她看。"

埃拉站在我面前开始了变化：她的手臂变短，肩膀变窄，个子矮了二十厘米，体重也明显变轻了。最让我吃惊的是，她的脸开始变小，很快，她就变成了那个我喜欢的小女孩。

"她就是一个埃特努斯，"克雷顿解释道，"她可以在不同的年龄层里变来变去。"

我支支吾吾地说："我，我……真的难以相信这是真实的。"

"埃拉十一岁，跟着我乘坐后面的另一艘船来的，当时她只是一个刚出生几个小时的婴儿。当时唯一还活着的长老罗利达斯，为了让埃拉继承他的衣钵，拥有他的能量，牺牲了自己，把一切都传给了埃拉。"克雷顿说。

当我看着克雷顿的时候，埃拉像以前经常做的那样，把手悄悄地塞进我手心，但是这次的感觉很不同。我又瞥了她一眼，看到她又变成长大版的埃拉。她可能意识到了我的不适，又自觉地变小，很快，四年的时光从她身上消失了，她又变成了七岁。

"她是第十个孩子，"克雷顿说，"第十位长老。我们为她编了一个身世，说她父母在车祸中双双身亡，把她送到你身边，就是为了观察你的行踪，成为我需要的眼线。"

"对不起，玛丽娜，我一直没能告诉你事情的真相。"埃拉柔声说道，"但就像你说的，我是这个世上最好的守密者。"

"你的确是的。"我说。

"我只是一直在等阿德莉娜把你的洛林箱给你。"她笑着说。

"你知道谁是第十位长老吗？"克雷顿问，"改变自己的年龄是罗利达斯长寿的秘诀，甚至在其他长老都去世之后，他还能活那么久。每当他老一些，他都会再变年轻，赋予自己生机和活力。"

"你是埃拉的赛邦吗？"

"只是个代理赛邦，因为当时她刚出生没多久，还没来得及安排赛邦。"

"我以前一直认为你是莫加多尔人。"

"我知道，那是因为你对那些线索进行了错误的理解。今天早上，当我和赫克托耳聊天的时候，是在努力向你证明我是你的朋友。"

"但是，既然你来了，为什么不立即过来把我带走呢？为什么要先派埃拉进来呢？"

"最初我试图接近阿德莉娜，但是她知道我的身份后，立刻就把我赶出来了。而我们一定要帮你拿到洛林箱，没拿到我就不能带你走。所以我把埃拉派过来，甚至不等你求她，就开始帮你找洛林箱了。莫加多尔人知道你的大概位置有相当长一段时间了，我一直尽力让他们找不到你的行踪，杀了一些莫加多尔人，或者说是大部分，同时编造几百英里外一些村庄的传闻来扰乱他们，都是关于一些神奇儿童的事，比如有个小男孩能把汽车举过头顶，或者有个小女孩能在湖面上行走等等。这些一直都挺管用的，直到他们发现你住在圣德肋撒修道院。但即便那样，他们还是无法确定到底哪个是你。之后，埃拉找到了洛林箱，你打开了它，我马上赶来，想跟你私下谈谈。然而，在你打开洛林箱的同时，也把莫加多尔人引过来了。"

"因为我打开了洛林箱？"

"没错。试试吧，现在打开它。"

我松开埃拉的手，拿起箱子上的锁。一想到阿德莉娜已死，我自己就可以开箱，不免有些伤感。我开了锁，掀开盖子，里面的那块小水晶仍在闪着微弱的蓝光。

"别碰它。"克雷顿阻止我说,"水晶发光说明整个宏观世界正在某处按轨道运行,你一碰,就会暴露你的确切位置。我不确定是谁的宏观世界正在发生作用,但是我敢断定,莫加多尔人已经偷了其中一个加尔德的洛林箱。"

我听完一头雾水,完全不明白他在说些什么。

"什么宏观世界?"我疑惑地问。

他摇摇头,有些无奈地说:"没时间解释那么多了,锁上吧。"他张开嘴想要再多说点什么,楼下嘭嘭的撞门声打断了他。我们可以听见故意压低的陌生话音。

"我们得走啦。"克雷顿说着冲到房间后部,抓起一只黑色的大手提箱,猛地掀开,露出里面十把不同型号的枪、几颗手榴弹和几把匕首。他肩一抖,将外套丢到地板上,露出一件皮马甲,把所有武器都背上后,又迅速穿上外套。

莫加多尔人用一件重物使劲地撞门,随即便听到他们上楼梯的脚步声。克雷顿抽出一把枪,迅速装上弹匣。

"山上的标志是你烧出来的吗?"我问克雷顿,"是你吗?"

他点点头:"恐怕我是等得太久了。当你打开箱子时,我就想,这下子不可能从他们眼皮底下逃脱了,于是我尽自己最大的努力烧出了最大的信号。现在我只希望其他人也看到了,正赶过来援助我们,否则……"他说着突然压低声音,"否则我们就别无选择了。我们现在立即赶到湖边,那是我们唯一的机会了。"

我不知道他所说的是什么湖,也不明白他为什么要去那里,只知道自己浑身颤抖,只想尽快离开这里。

脚步声越来越近了，埃拉紧紧地抓住我的手，又变成了十一岁的模样。克雷顿推动了枪的滑动装置，咔嚓一声，子弹上膛，瞄准了钟楼入口处。

"你在城里有个好朋友，是吗？"他问道。

"你说的是赫克托耳吗？"我突然明白了为什么早晨会见到他们在咖啡馆里聊天——克雷顿当时不是在散播谣言，而是在讲实情。

"是的，希望他能信守诺言吧。"

"他会的。"不管克雷顿让他做什么，他都一定会做到的。"以他的名誉担保。"我补充道。

"拿起箱子。"克雷顿说。

我俯身提起箱子，夹在左臂下，这时我们听到脚步声已迫近楼梯井的最后几个拐角。

"你们俩，跟紧我。"克雷顿说着看看埃拉又看看我，"埃拉生来就会改变年龄，但是她还太小，什么超能力都还没有。别让她离太远，还有洛林箱，一定不能放手。"

"别担心，玛丽娜，我很快的。"埃拉笑着说。

"你们俩准备好了吗？"

"好了。"埃拉说着抓紧了我的手。

"他们都穿着防弹铠甲，地球上几乎所有的子弹都拿他们没办法。"克雷顿说，"但是我的子弹昨天在洛林液里泡过了，现在没有任何东西可以挡住我的子弹。我要杀了他妈的他们每个人。"他眯了眯眼睛，又说道，"让我们祈祷赫克托耳正在门外等着我们吧。"

"他一定在的。"我说。

克雷顿扣动了扳机，一直到打完最后一发子弹。

第28章

我们开着车窗,几乎没说什么话,对眼前的任务感到有些气馁。萨姆紧紧地抓住方向盘,让车沿着公路蜿蜒穿过弗吉尼亚州。

"你觉得六号能成功吗?"萨姆问我。

"我想她一定会做到的,但是谁知道她会发现什么呢。"

"真是个好吻,你们俩!"

我欲言又止,过了一分钟,才又开口说:"你知道吗,她也喜欢你。"

"是呀,像朋友那样。"

"不,萨姆,她是出于喜欢才喜欢你的。"

萨姆脸红了。

"她也吻过你,兄弟,我看见了。"我用手背拍了一下他的胸口,看得出来,他的脑海中分明正在回放那个吻。"我亲过她之后曾问她是否知道你喜欢她,还有……"

我们猛地越过路上的双黄线。

"你在干什么？兄弟，放松，千万别因为这样就死了。"萨姆又把车开回原来的车道上。"她也说过喜欢你。"

一个魔鬼般的笑容在萨姆脸上荡漾开来，他最后说道："真有趣，真让人难以置信。"

"天哪，萨姆，我有必要骗你吗？"

"不，我的意思是说，我不敢相信这整件事是真的，不敢相信你或者六号是真实的，不敢相信和人类敌对的外星种族遍布整个星球，却似乎没一个人类知道。我指的是，他们挖空了这个州中部的一座山，怎么可能不被发现？他们挖出的那些泥土和岩石弄哪儿去了呢？就算是在人烟稀少的弗吉尼亚西部地区，也一定会有人什么时候撞见过他们，比如说徒步旅行者或猎人，又或者小型飞机的飞行员等等。不是还有卫星成像系统吗？谁又知道他们在地球上有多少阵营、多少前哨阵地，或者其他什么随你怎么叫的组织？我只是不明白，他们怎么可能如此来去自如？"

"我明白你的意思。"我说，"我也不知道他们是怎么做到的。我有一种预感，觉得我们对他们的认识甚至连一半都不到。还记得你第一次向我提过的'阴谋理论'吗？"

"不记得了。"

"我们谈到整个蒙大拿镇被劫持的事情，你说该镇政府允许劫持，以此来换取高科技。现在想起来了吗？"

"隐约有些印象……是的，想起来了。"

"那么这就可以说得通了。也许科技和这件事情无关，也许政府并未允许劫持，但某些协议的确已经生效。你说的没错，他们不可能四下活动而不被人注意到，他们人太太太多了。"

萨姆没有回应,我扭头看到他在微笑。

"萨姆?"我叫了一声。

"我只是在想,如果你们没有来的话,此刻我会在哪里呢? 或许独自一人待在地下室里收集更多关于'阴谋理论'的东西,然后猜想我父亲是否依然活在人世。 这么多年,我一直是这样过来的。 令人难以置信的是,我真的相信他还活着,他一定在什么地方,约翰,我就是知道。 是你们增强了我的信心。"

"我也希望这是真的。"我说,"我记得当时很冷,亨利来到俄亥俄州试图找到他。 随后你和我一见如故,成为朋友,这一切好像是命中注定的。"

萨姆笑着说:"或者说是宇宙联盟。"

"胡说。"我回道。

停顿了片刻,萨姆又问:"嗨,约翰,你确定井里边的尸骨不是我父亲,对吗?"

"绝对肯定,兄弟。 那是个洛林人,骨架很大,比人类的骨架大。"

"那么你猜最可能是谁呢?"

"我真的不知道,只希望他是个无关紧要的人。"

四个小时过去了,我们终于看到了指向安斯特德镇的路标——就在前方六英里处。 我们又一次陷入沉默。 萨姆拐了个弯,驶上一条蜿蜒曲折的上山双车道,这条道一直延伸到小镇边界。 我们驶过边界,在镇上唯一的交通信号灯处左拐。

"是老鹰巢,对吧?"

"是的,沿着这条路再走一二英里。"萨姆说。

在那里，我们会找到六号三年前画的地图。

二

地图的确如她所说，藏在"老鹰巢州立公园"，公园俯瞰着新河。沿基斯普小径走四十七步，萨姆、伯尼·科萨和我来到一棵树下，树干上深深地刻着"E6"的字样。离开小径向树的右边再走三十步，继而急转向左，接着走零点一英里，就看到一棵树，比其他树都要高。扭曲的树干底部有一个空隙，一只黑色塑料盒安然无恙地藏在里边，盒子里正是指引我们去山洞的地图。

回到车里，我们又行进了十五英里，最终来到一条荒芜泥泞的小路上。这是我们可以走的最近的路，位于那个山洞正北五英里的地方。萨姆从口袋里掏出六号写的地址，放到仪表盘上的凹陷处。"仔细想想，"他又把地址放回口袋，说，"这里最安全。"

我把通灵石和防水胶带装进六号留下的背包里，萨姆把背包背在肩上。我把匕首折起，塞进后裤兜。

我们三个都下车后，我把车门锁上，伯尼·科萨围着我转来转去。还有几个小时天就黑了，留给我们的时间不多了。就算双手能帮很大忙，我也难以想象在没有太阳的情况下我们还能轻轻松松地找到山洞。

萨姆把地图拽在手里，在地图的右边，六号重重地画了一个'×'，左边就标着我们现在所在的位置，这两个点又由一条大概五英里长的蜿蜒小径连接。我们一路沿着河床走，将会经过一些由其外形特点命名的地标，所有这些都标得很详细，以确保我们不会走错路。这些路标包括：龟岩、鱼竿、环形高原、国王的宝座、情人之吻以及守望角。

我和萨姆不约而同地抬起头，看到前方大约四百米处竖着一块岩石，其形状像极了龟壳，伯尼·科萨对着它叫起来。

"我想我们知道首先该往哪里走了。"萨姆说。

我们按照地图标的路线出发了。根本没有路，在被另外一个世界的生物或者就是这个世界的生物所践踏的山里，根本没有任何可以和路搭上边的通道。我们一到达龟岩，萨姆就看到悬崖边上似倒非倒地悬着一棵树，正好和悬崖边呈四十五度角，看起来恰似一根耐心地等着鱼上钩的钓鱼竿。我们在夕阳下继续寻路前行。

此时的我们，随时都还可以转身后退，但是我们谁都没有这样做。

"萨姆，你这个朋友真不赖。"我对他说。

"你也不错啊。"他接着又补充道，"其实我的手一直在抖。"

"国王的宝座"其实是一块细长的嶙峋怪石，看起来像一张高背椅。经过它，我立即看到两棵树略略倾斜着靠在一起，枝杈伸展着，像胳膊一样环抱相拥。我不由得笑起来，一时把恐慌都抛到九霄云外去了。

"再过一个路标就到了。"萨姆的话猛地又把我拉回到残酷的现实面前。

五分钟后，我们到达守望角，整个行程总计耗时一小时十分钟。夜幕降临，我们的影子都拉长了。身边的伯尼·科萨冷不防发出一声低吼，一低头，看到它龇着牙，牙齿闪闪发光，背上毛发倒竖，眼睛直视山洞，随后开始往后退。

我拍拍它的背以示安抚："没事的，伯尼·科萨。"

萨姆和我趴下来，匍匐在地，目光越过小山谷，盯着难以辨认的山洞入口。洞口比我们想象的要大得多，长宽大概有二十英尺，而且隐藏得很好：洞口上方遮盖着网状物或防水布之类的什么东西，使洞口和周边融为一体，只有知道这里存在一个洞口的人才有可能看出来。

"绝佳的位置。"萨姆低声说。

"确实。"

我的不安迅速转为恐惧。尽管山洞很神秘,但是我确信里头一定不缺武器、野兽、陷阱之类的东西,而所有这些都可能要我们的命。也许不到二十分钟,我就会死,萨姆也会。

"这究竟是谁的主意?"我问道。

萨姆哼了一声:"你的啊。"

"嗯,有时我就会犯傻。"

"的确是,但是我们无论如何也要拿回你的箱子。"

"箱子里有那么多东西,我甚至都不知道怎么用……也许他们会用。"突然,有一样东西引起了我的注意。

"你看洞口前面的地上。"我指着入口处一些黑色的东西对萨姆说。

"是那些石头吗?"

"那些不是石头,是动物的尸骨。"我说。

他摇摇头,叹道:"真是恐怖。"

六号已经告诉过我们,见此场景我本应见怪不怪的,但是亲眼目睹之下,还是感到毛骨悚然。

"好吧,"我说着坐起身来,"既然来了就进去吧。"

我吻了一下伯尼·科萨的头,从前到后抚摸了一下它的背,希望这不是诀别。它暗示我不要去,我告诉它别无选择,必须去。"你是我的好兄弟,伯尼·科萨,我爱你!"

我站起来,右手拽着衬衫的下角,这样,不用碰到包,我就可以拿出通灵石了。

萨姆摆弄了一番他的电子表的按钮,调成秒表模式。我们一旦隐身，就看不到表盘了，但是当一小时时间到了，表就会滴滴地响起来——尽管我可以想象到时候我们自己也会意识到。

"准备好了吗？"我问他。

我们一起迈出第一步，接着是第二步，然后沿着那条很可能直接通向末日的小路走下去。我只回了一次头，那是在我快要到达洞口的时候。我回头，看到伯尼·科萨一直在望着我们，眼中满是依恋。

第 29 章

　　我们在没有被发现的情况下尽可能快速地靠近了山洞,然后俯身蹲在一棵树后。 我把通灵石放在粘有防水胶带的一侧,萨姆在一旁用手指按着秒表。 "好了吗?"我问,他点点头。

　　我把通灵石和胶带紧紧地压在胸口,立即隐形了。 萨姆按了一下表的按钮,手表轻轻地发出滴的一声。 我抓住萨姆的手,跟跟跄跄绕过树干急速向洞口走去。 现在我满脑子想的都是眼下的任务,反而没有之前那样恐惧慌乱了。

　　洞口覆盖着防水布伪装,我们小心翼翼地跨过动物墓园,生怕踩到任何尸骨。 但是很难,因为我们现在看不见自己的脚。 外边没有莫加多尔人站岗,我赶忙上前费力地把帆布往边上移了一点。 我和萨姆跌跌撞撞地进了山洞,四个守卫突然从座位上站起来,举起圆筒状的枪,就是那天晚上在佛罗里达顶着我头的那种。 我们立即像尊雕塑一样静静地站了一会儿,然后轻轻地溜过去,希望他们会将此当做是外边的风吹动了防水布。

从通风管道吹来一阵凉风,空气顿时异常清新,这倒是出乎我的意料,本以为里面充满了毒气。灰色的墙刷得就像打火石一样光滑,昏暗的灯呈串连状挂在电线上,每二十英尺一盏。

我们经过几个哨兵,滑行而过,没有被察觉。我们时而慢跑,时而快跑;一会儿踮起脚尖,一会儿全脚踩地。当通道变窄、缓缓下降时,我们顺着沿侧面走。清凉的空气变得又热又闷,可以看到通道的尽头透出深红的光。我们拖着脚前行,终于来到山洞的"心脏"。

这个又宽又深的中心区域,比我看六号的地图时想象的还要大得多。一条长长的窄道沿着周围的墙壁从顶至底一路盘旋而下,整体看上去像个蜂房。这里也如蜂房一样异常繁忙,放眼望去有数百名莫加多尔人,他们跨过那座险要的石拱桥,从各条隧道进进出出。巨大的天花板和地板之间相距有半英里,我和萨姆正好处在近乎中间的位置。两根巨大的柱子从洞底直插洞顶,以防山洞坍塌,我们周围的通道更是数不胜数。

"天哪!"萨姆环顾四周,充满敬畏地感叹道,"我们要是想把这些都搞清楚,至少得几个月的时间。"

我的目光被下面湖里闪着绿光的液体吸引了,就算隔了这么远,湖里散发出来的热气也让我呼吸困难。然而,尽管温度几乎可以把人烤焦,却仍有二三十个莫加多尔人在湖边作业,他们把湖里冒着泡泡的东西填满推车,然后拉走。经过湖边时,我又注意到了别的东西。

"我想我可以猜到在这些粗大的铁条栅起来的通道里会发现什么。"我低声说。那条通道的高度和宽度是我们走的这条的三倍,通道由形状不一的粗铁条栅起来,就跟圈野兽的围栏一模一样。我们可以听见从下边传来阵阵咆哮声,深沉而又有些悲伤。有一点毋庸置疑:巨兽的数量绝不在少数。

萨姆用不自信的语气重复道："至少得几个月时间。"

我回应道："嗯，而我们只有不到一个小时的时间，所以必须得抓紧了。"

"我想我们可以在那些看起来被堵住的又黑又窄的通道上画一个大'×'。"

"同意，我认为应该从正对着我们的这条通道开始。"那条通道看起来像是通向主室的命脉，比其他通道宽而且光亮，来往于这条路的莫加多尔人也最多，连接它的桥是一块顶多两英尺宽的坚固的拱形岩石。"你可以通过上边那条拱道吗？"

"我们就要达到目标了。"萨姆回答道。

"你要打头还是殿后？"我问他。

"我先吧。"

萨姆不确定地迈出了几步。因为我们的手必须紧紧握在一起，所以最初的四十英尺，我们几乎是侧着身子拖着脚走的。这样耗时太长了，按这个速度，我们要想走到对面再折回来，是不可能的。

"别往下看。"我对萨姆说。

"别啰嗦了。"他挺直身子应道。

我们慢慢地往前移，我真希望能看到脚，好过了这道障碍。我全神贯注地不让自己掉下去，甚至都没有感觉到萨姆突然停下来了，因此我猛地撞到他身上，我们俩险些从拱桥上坠下去。

"你干什么？"我的心怦怦直跳，向他喝道，然后抬头去看他为什么突然停下来。前边一个莫加多尔人正一路小跑着朝我们的方向奔来，距离如此之近，我们根本没时间做出反应。

"我们无路可走了。"萨姆说。这个士兵继续往前走，胳膊下夹着一束包扎好的什么东西。当他逼近时，我感觉到萨姆蹲了下去。大概过了一秒钟，萨姆抬腿往莫加多尔人的双脚扫去，这个莫加多尔人险些掉下拱桥，只好腾出一只手抓住桥的边缘，手中的东西掉了下去。我用隐形的脚猛踩他的手指，疼得那厮哇哇直叫，最终无奈地松开手，坠下拱桥，我们远远地听到下边传来闷闷的撞击声。

趁还没有新的状况出现，萨姆带着我奋力向前。本区域的每一个莫加多尔人都停了下来，面面相觑。我在想，他们会不会相信刚才发生的一切不过是个意外呢？又或者他们将会提高警惕？

我们过了拱桥，萨姆用力握了一下我的手，松了口气，继续蹒跚前行。杀了那个莫加多尔人让他信心满怀。

接下来的通道宽阔又显忙乱，我和萨姆很快就意识到走错了方向。我们经过的这些房间，看起来就是莫加多尔人生活起居的地方：摆满床的洞穴，陈列了几百张桌子的开放式餐厅，以及一个射击场。我们迅速换到旁边的一条通道，结果一样，于是又换一条。

我们沿着蜿蜒的隧道越走越深，进入大山深处。主通道又出现多个分叉，我和萨姆随意选择，全凭直觉。除了我进的中央大厅，其他地方就只是由潮湿的石廊交织成的错综复杂的网络通道，通道近处的各种房间包含了多个研究中心，里头摆满了实验桌、电脑和锋利的工具。我们大概又走了一英里，也许是两英里，一无所获让我们不由得全身紧绷。

"约翰，我们只剩不到十五分钟的时间了。"

"我知道。"我小声说。我有些失望、急躁，很快就失去了信心。

再转一次弯，冲到一道长长的斜坡上，我们遇到了最担心的事情：看到一间满是囚室的大房间。萨姆立即停下脚步，紧紧地抓了一下我的手，于是我也停下来。二三十个莫加多尔人看守着一排四十多个囚室，每个囚室都有一扇沉重的铁门，门前都闪着蓝色的电场。

"快看那些囚室。"萨姆说。 我知道他又想起了他的父亲。

"等等。"我脑海里灵光一闪，掠过一个想法，脉络分明。

"什么？"萨姆问。

"我知道箱子在哪儿了。"我答道。

"没开玩笑吧？"

"唉，我真笨。"我低声说，"萨姆，如果要你在这个鬼山洞里选一个你死都不想去的地方，会是哪里呢？"

"当然是锁着那些咆哮的野兽的洞穴了。"他毫不犹豫地回答。

"没错。 快点，咱们走。"

我带着萨姆沿着通往山洞中心部位的通道退出，但是就在我们快要离开身后的囚室时，其中一扇门叮当一声开了，萨姆猛地扯了一下手让我停下来："快看！"

离我们最近的囚室门打开，两个守卫进去了。 他们愤怒地用自己的语言说了十秒钟，当他们出来的时候，胳膊下架着一个面色苍白、瘦骨嶙峋、年近三十的男子。 那男子太虚弱了，走路都有困难。 当守卫往前推他的时候，萨姆把我的手握得更紧了。 其中一个守卫打开另一扇门，然后他们三个都进去了。

"你认为他们都把谁锁在这里呢？"当我推萨姆往前走的时候，他问道。

"我们得走啦，萨姆，没时间了。"

"他们正在折磨人类，约翰。"当我们到达中央大厅时萨姆说，"人类啊！"

"我知道。"我一边说，一边扫视着这个偌大的房间，想找到一条最快捷的路。这里到处都是莫加多尔人，但是我已经习惯不为他们所扰地越过他们身边。除此之外，直觉告诉我，我们将发现比哨兵更令人恐慌的东西。

"这些有家室的人，他们的家人可能不知道自己的亲人都到哪里去了。"萨姆低声说。

"我懂，我懂。"我说，"快点，等我们出去了再谈这个。也许六号已经有计划了。"

我们顺着螺旋状的窄道快步跑起来，接着要爬下一架高高的梯子。但是我发现抓着一个站在你上方的人的手是没法下梯子的。我往下瞅了一眼：还有很长一段距离。

"我们得跳下去，"我对萨姆说，"这样爬下去得十分钟。"

"跳下去？"他狐疑地问，"我们非得摔死不可。"

"没事，"我给他打气，"我会接住你。"

"我一直抓着你的手，你怎么接住我？"

没有时间去争论了，我深吸一口气，直接从距洞底一百英尺高的窄道上跳下去。萨姆尖叫出声，还好叫声被莫加多尔人作业过程中连续的敲击声淹没了。我的双脚踏到坚硬的岩石上，整个人向后倒去，因为我紧紧地抓着萨姆，所以他落在我身上。

"再也没有下次了。"他说着站了起来。

底层热得让人几乎喘不过气来，但是我们还是沿着绿湖迅速地往锁着野兽的大门跑去。当我们来到门前，一阵凉风穿过栅栏灌进来，我意识到，这里之所以不断地换气，是为了阻止其他气体进入这条隧道。

"约翰，我想时间快到了。"萨姆用渴求的口吻告诉我。

"我知道。"我说着给迎面而来的十个莫加多尔人让路。

我们走进一条隧道，里头漆黑一片。墙上似乎都粘着黏液，被栅起来的屋子有序地排在隧道两侧，天花板的中心挂着十个大型工业用风扇，都对着我们刚进来的入口吹，以保持室内空气凉爽而湿润。这些锁起来的屋子大小不一，里面时不时传出凶残且愤怒的嘶吼声。我们左边的笼子里锁着二三十头克劳尔兽，跳来跳去发出刺耳的尖吠声。右边关着的是一群和狼体型相当的狗，黄眼睛，浑身没有毛，看上去像魔鬼。它们旁边立着一个鼻上长满疣，看起来似巨怪的野兽。隧道另一头一个较大的笼子里，一只身形庞大的派肯兽踱来踱去，嗅着空气，与那天早晨撞破监狱墙的怪兽不同。

"我们最好别管这些小笼子，"我说，"如果我的洛林箱在这里，那它一定在隧道尽头那个最大的笼子里。我甚至不想猜到底什么怪兽才要那么大的门。"

"我们只剩几秒钟了，约翰。"

"我们最好快点。"我说着把萨姆往前推，迅速地扫视了被关起来的各种恐怖怪兽：长着翅膀的滴水嘴样的动物，长着六只手臂的红皮肤怪兽，还有更多的二十英尺高的派肯兽，一只长着三叉触角的爬行动物变异体，一只身体透明、内脏尽显无遗的怪兽……

"哇！"我在一堆圆形的水箱、器皿之类旁边停下来。它们大部分都是银铸的，尽管其中两个带着热度表，呈古铜色。我猜这里可能是锅炉房。

"这就是维持整个山洞正常运作的地方吧？"萨姆说。

"一定是。"

只见最高的竖井直耸到洞顶，每个水箱都连着粗重的管子，上面还有喷水孔和铝制导管。竖井旁边的墙上装着一个控制板，伸出一堆电线。

"快点！"萨姆急躁地拉了我一把。

我们一起跑到隧道的尽头，那里有一扇长宽均约四五十英尺的大铁门，铁门右侧是一扇小木门，大开着，我一眼就看出了个中蹊跷。

"天哪！"萨姆看到这只庞大的怪兽，不由得惊叹起来。

我也顿时感到眩晕，呆呆地看着它。在离我们较远的角落，一个庞然大物坐在那里，双目紧闭，均匀地呼吸着。它站起来必定有五十英尺高，黑色的躯体酷似人类，但手臂要长很多。

"我不想和这地方有任何瓜葛。"萨姆说。

"你确定？"我轻轻地推一下他，好让他的目光从怪兽身上抽离出来。"快看！"

笼子中间，和眼睛持平的地方立着一个厚重的石基座，我的洛林箱就放在上面。右边还有一个，外表一模一样，好像都在等着人来取似的，但是基座四周围着铁栏杆，上边罩着嗡嗡——噼啪作响的电场，电场被一沟冒着蒸汽的绿色液体包围着，再加那个正在熟睡的怪物看守。

"那不是六号的洛林箱。"我说。

"你说什么？那会是谁的呢？"萨姆疑惑地问。

"萨姆，你记得吗，在佛罗里达州，他们通过打开六号的洛林箱找到了我们。"

"是的，我记得。"

"但是你看箱子上的挂锁，他们原本有足够的时间打开它来一探究竟的，为什么又把它锁上了呢？这只箱子看上去从未被打开过。"

"也许你是对的。"

"这可能是其他人的。"我看着箱子摇摇头，低声说，"五号、九号或其他任何还活着的人。"

"这么说来,他们只是偷了洛林箱却没杀死加尔德?"

"就像对待我一样。 又或者莫加多尔人抓了其中一个,他正像六号以前那样被关在这里?"我说。

萨姆还没来得及说话,他手腕上的秒表就滴滴地响起来。 大概过了三秒钟,上百个报警器一起响起,在山洞的墙壁上四处回响。

"真见鬼!"我扭头对萨姆说,"我可以看见你了。"

他点点头,显得有些惊慌失措,随即松开我的手说:"我也可以看到你。"

掠过萨姆的肩膀,我看见怪物睁开双眼,眼神空洞,接着眯起眼睛瞄着我们。

第 30 章

枪声震耳欲聋,停止后,我的耳朵仍在嗡嗡作响。 烟从枪管末端升起,克雷顿毫不懈怠,立即退去废弹匣,咔嚓一声装上新的,堆积的灰烬使空气混浊不清。 我和埃拉站在克雷顿身后等着,他举着枪,手指放在扳机上。 一个莫加多尔人手里拿着自己的枪爬进入口通道,但是克雷顿先开了枪,一下子击中那厮腰部,那厮向后猛地摔去,但还没撞到墙,就随着一声爆炸声灰飞烟灭。 又进来一个,手里拿着之前击中我肩膀的那种发光武器,但还没来得及发射,就被克雷顿除掉了。

"现在我们暴露了,快点!"克雷顿吼道。 等不及我用心灵传动把大家带出窗外,他已经冲向前去,下楼了。 我和埃拉牵着手紧随其后。 克雷顿在楼梯井的第二个拐角停下来,揉着眼睛。 "我的眼睛被灰迷了,什么都看不见了。"他说,"玛丽娜,你打头,如果前边有什么东西出现,就喊一声并立即躲开。"

我把洛林箱夹在左臂下,埃拉走在中间,分别拉着我和克雷顿的手。 我把他们带下楼,走出已被击破的橡木门,钟楼旋即在我们上空炸得粉碎。

我尖叫一声，拉着埃拉一起蹲下，克雷顿本能地开始开火。只见他手中的枪发出一条超速子弹流——每秒八到十发子弹，一群莫加多尔人全部应声倒下，克雷顿停止了射击。

"玛丽娜？"他向前点头问道，并没有看见我。

我转过身，仔细观察了一下满是灰尘的门厅。"我想没人了。"话音未落，一个莫加多尔人从一扇开着的门里跳出来开火了，一阵白色流星般的东西嗖嗖嗖地射过来，晃得我们睁不开眼。

千钧一发之际，我们矮身躲过，险些命丧黄泉。克雷顿迅速举起枪，子弹倾泻而出，击毙那厮。

我们继续前行，数不清克雷顿到底杀了多少莫加多尔人，地面上堆起的灰已没到脚踝了。我们在台阶顶部停下，光线从窗户透进来，克雷顿也睁开了眼睛，开始领路。他把枪紧握在胸口，躲在拐角后边。一旦转过拐角，阻隔我们到达通往外面那扇门的就只有一段阶梯、一小截过道、教堂正殿后侧以及一道主门厅。克雷顿深吸一口气，点点头，转身放低枪管准备开火，但却没有发现射击目标。

"快跟上。"他咕哝道。

我们跟在他身后，由他掩护经过教堂正厅的后侧，这里被火烧得一片焦黑。我迅速地瞥了一眼阿德莉娜的尸体，因为距离远而显得十分渺小。看到她，我的心隐隐作痛。"勇敢点，玛丽娜。"——她的话回响在耳际。

我们右侧的墙外突然发生爆炸，石头都炸飞进来。我本能地抬起手防止石头击中我和埃拉，但是克雷顿不幸被狠狠击中，人被撞飞到我们左边的墙上，落地时哼了一声，枪从手中滑落。这时，一个莫加多尔人持枪从这个新打出的洞口钻进来。来不及多想,我用心灵传动把他向后抛去,拿起克雷顿的枪,扣动扳机。枪的后坐力比我想象的要大得多,我险些握不住,但很快缓过来,继续开火,直到那厮化为灰烬才停火。

"拿着。"我把枪塞到埃拉手中。从她自如的握枪姿势看,她也是用枪老手。

我冲到克雷顿身边。他胳膊断了,头部、脸上的伤口汩汩地冒着血,但是双目圆睁,非常警觉。我把手放在他手腕上,闭上眼,一股冰寒从我体内扩散到他身上。我看到他胳膊上的骨头在皮肤下移动着,脸上的伤口也很快愈合了。他的胸口剧烈地一起一伏,我生怕他的肺会炸掉。不一会儿,他平静下来,坐起来,自如地摆动胳膊。

"干得好!"他说。

他从埃拉手中接过枪,带着我们从墙上的洞爬出来,到达圣德肋撒修道院的前院。我和埃拉跑在前边,穿过层层铁门,连个人影也没见着。克雷顿拿着枪前后扫视,寻找任何可能的射击目标。越过他的左肩,我看到教堂顶上迅速爆发出一团红色,随着一声巨响,发射出来的火箭嗖地向克雷顿袭来。我凝视着火箭头,全神贯注地扬起手,在最后一刻微微改变其飞行路径。火箭偏离克雷顿,直击前边的山,山上顿时升起一片羽状火云。克雷顿目光警惕,瞄着枪,带着我们快速穿过一道道门。突然,他停下来,猛地转过身。

他摇摇头,身后传来教堂门被撞开的声音。

"他没来。"克雷顿说。

正当他转身准备开枪时,我们听到汽车加足马力即将驶出那一刻轮胎摩擦地面的声音。用于藏车的塑料盖布脱落了,露出了赫克托耳,他双目圆睁,坐在驾驶座上。车向我们快速驶来,到我们身边时猛一刹车，卡车嘎吱一声停下，赫克托耳伸手过来推开车门。

我把箱子扔到赫克托耳身边，然后和埃拉一起爬上车。克雷顿站在车外对着从教堂门出来的莫加多尔人扫射，直到把子弹打完。敌人倒地几个，但来得实在太多了，不可能杀光。克雷顿也跳进来，关上车门，车轮擦着地面的鹅卵石，像是在试图获得一些摩擦力。我们又听到火箭发射声逼近，但此时车已带着我们沿主大街驶去。

"我爱你，赫克托耳。"我情不自禁。一眼见到他坐在方向盘后，我心里顿感温暖无限。

"我也爱你，玛丽娜。我不是经常说吗，跟着赫克托耳·里卡多，他会好好照顾你的。"

"我从未怀疑过。"我说。其实我撒谎了，今天早晨我就对他心存怀疑。

我们到达山脚，路过镇际界标。

我扭身透过车后窗看着圣德肋撒修道院渐渐消失在背后。我知道这应该是最后一次看它了，虽然我等了很多年，只为离开它，没想到这里却成了阿德莉娜神圣的安息之地。很快，小镇被甩在脑后，消失在远处。

"谢谢你，玛丽娜小姐。"赫克托耳说。

"谢我什么？"

"我知道是你治好了我亲爱的母亲。她说是你，说你是她的天使，我今生都没法报答你的大恩了。"

"你已经报答我了，赫克托耳。我很高兴能帮到她。"

他摇摇头说："还没呢，不过我会尽力的。"

克雷顿仍在填充弹匣，检查他的军火储备。赫克托耳专心地在蜿蜒崎岖、路况叵测的道上开着车。山路千回万转，我们在车里一起一落、前仰后合。虽然车速很快，但没过多久，我们就看见远处有一个车队尾随而来。

"别管他们。"克雷顿说，"尽管往湖边开。"

虽然卡车一路飞奔，但尾随的车队还是越来越近。大约十分钟后，一道亮光闪过卡车上方，在我们前方的村落炸开。

赫克托耳本能地埋下头，嚷道："天哪！"

克雷顿转过身，用枪柄敲碎后车窗，开始扫射。领头的一辆车被打翻，引来我们一阵欢呼。

"这回他们该落下一截了。"克雷顿边说边迅速装子弹。

这种形势只持续了几分钟。路况越发险峻，突然出现一道大陡坡，几乎和山脚垂直，追上来的车就在我们后上方。每一次急转弯，赫克托耳都压低声音咕哝，同时把油门踩到底。车的后胎在悬崖边上急速旋转，让人心惊胆战。

"小心点，赫克托耳，"克雷顿说，"千万可别让我们就这样死了。"

"放心吧。"赫克托耳应声说。但克雷顿就是觉得不放心，紧紧地抓着前边车座的头靠。

道路连续不断的转弯似乎成了我们唯一的庇护，这样莫加多尔人就没法直接瞄准我们射击，尽管他们一直在射击。

当车驶到一个特别急的转弯处时，赫克托耳没能及时转过来，卡车滑离了路沿。在一个七十五度角的陡坡，卡车急速冲下植被浓密的山坡，一路上碾过小树，跃过大石，险些撞上大树。我和埃拉尖叫起来，克雷顿一个重心不稳，叫着向前飞去，摔到挡风玻璃上。赫克托耳一言不发，咬紧牙关越过重重障碍，直到我们奇迹般地落到另一条路上。此时，车前盖已经凹陷，严重受损，还冒着烟，但是引擎运转正常。

"这是，嗯，一条捷径。"赫克托耳说着踩了一下油门，车轰隆隆地驶上这条新路。

"我想我们已经甩掉他们了。"赫克托耳说着抬头看了一眼悬崖。

我拍了一下赫克托耳的肩膀，笑起来。克雷顿把枪管伸出后车窗，随时准备射击。

终于，湖出现了。我很好奇为什么克雷顿认为湖可以救我们。

"这个湖有什么大秘密呢？"我问。

"光凭我和埃拉就能找到你，你不会相信，是吗？"

有那么一刻，我想告诉他，几个小时以前我还以为他是来杀我的。但是很快，我们发现莫加多尔人跟上来了，赫克托耳盯着后视镜，克雷顿转过身去。

"很快就结束了。"克雷顿说。

"爸爸，我们就要摆脱这件事了。"

埃拉看着克雷顿说。听到她叫爸爸，我的心里暖暖的。他慈爱地对她笑着，点点头。埃拉捏了一下我的手说："你会喜欢奥莉维亚的。"

"奥莉维亚是谁？"我问。

但她还没来得及回答，就见前方道路突然出现一个九十度大转弯，转而直通前面的湖。车开到路的尽头时，埃拉紧紧地抓住我的胳膊，赫克托耳几乎没松开油门。车直接撞断环绕湖的铁链，撞到一个低矮的隆起物上，完全飞起来了，接着砰一声落下，在岸边颠簸着。赫克托耳径直往水边加速开去，就要到达的时候，他猛踩刹车，车滑行一段后停下。克雷顿用肩膀顶开车门，向湖飞奔过去，直接跳入水中，直到水没过他的膝盖。他左手仍抓着枪，右手向湖中尽可能远地丢了一件东西，同时口中念念有词，说着我听不懂的话。

"快点！"克雷顿喊道。 只见他将双手用力伸向空中，好像在给什么人打气。 "快出来吧，奥莉维亚！"

赫克托耳、埃拉和我冲下车，跑到他身边。 不出片刻，我们就看到湖中心水面泛起波澜，并开始冒泡。

"玛丽娜，你知道喀迈拉，也就是双头犬吗？"

就在那时，一辆载着莫加多尔人的悍马突然出现，快速向山下驶来，车顶架着枪。 当坦克似的悍马直奔我们冲来，进到水里时，克雷顿开始猛烈地对着车的挡风玻璃射击。 吉普车顿时失去控制，直接撞到赫克托耳的车尾，砰的一声，金属碰撞，玻璃碎裂。 又有十几辆车轰隆隆地驶下最后一道山坡。 一时间，爆炸声震撼了整个湖滨，整个世界硝烟弥漫，我们四个都被击倒在地。 沙子和湖水如雨水般落下，我们快速站起来，克雷顿紧紧抓住我的衣领大喊：

"快离开这儿！"

我拉着埃拉的手，尽可能快地沿着湖的左边跑。 克雷顿开始射击，但我听到的不是一支枪而是两支枪齐发的声音，我只希望是赫克托耳扣动了另一支枪的扳机。

我们冲进一片从山坡倾斜下来直指水边的树丛中，踩着湿湿的石头，埃拉加快步伐跟上我。 枪声不断，响彻天空。 稍有停歇，便有一阵咆哮越过头顶，吓得我立即止住脚步。 我扭头看是什么怪物能发出这般震耳欲聋的嘶吼，马上意识到它不属于这个星球：那肌肉发达的长脖颈伸出水面有十到十五层楼高，呈亮灰色，最上边长着一颗巨大的蜥蜴头，扁圆的嘴唇大张着，露出一排硕大的牙齿。

"奥莉维亚！"埃拉欢呼起来。

奥莉维亚扬起头,又发出一声振聋发聩的怒吼。伴随着这声吼,山上传来一阵阵尖声的吠叫,我抬头看到一群小野兽向湖这边跑来。

我倒吸一口凉气,问埃拉:"那是什么?"

"克劳尔兽,好多啊。"

奥莉维亚的脖子完全伸出水面了,大概有三十层楼高,随着整个身子慢慢现出水面,它的脖子开始变宽,躯干也开始变大。莫加多尔人立即向它开火,奥莉维亚将头猛砸下来,一次砸死好几个,产生一大堆灰。我可以模糊地看见远处克雷顿和赫克托耳的身影,他们仍在激战。当一百来只克劳尔兽进入湖里游向奥莉维亚时,莫加多尔人向后退去。这些小野兽跳出水面,向奥莉维亚发起攻击。它们爬到奥莉维亚的背上,用力地撕扯着它的脖根,湖水中顿时有了一条条的鲜红色。

"不要!"埃拉哭喊着。

她想往回跑,但是我一把拉住她:"我们不能回去。"

"奥莉维亚!"

"回去等于送死,埃拉,小野兽太多了。"

奥莉维亚痛苦地嘶吼着,用力地向两侧和后背甩着头,试图把爬得满身都是的黑色克劳尔兽压死或者咬死。克雷顿将枪瞄准这些小野兽,一想到有可能射中奥莉维亚,他又垂下了手。然后他和赫克托耳开始向排成一排准备发起新一轮攻势的莫加多尔人开火。

奥莉维亚面向大山痛苦地怒吼着,身子左右摇晃,然后慢慢地向湖心退去,慢慢沉入血湖之中。克劳尔兽纷纷散开,向莫加多尔人游去。

"不要!"在一片混乱之中,我听到克雷顿的喊叫声。我看到他试图下湖,被赫克托耳拖到岸边去了。

"趴下!"

埃拉抓住我的胳膊把我往下拽。头顶一阵疾风刮过，一只巨大的黑蹄子猛地踏在我身边。抬起头，我看到一只长着触角的怪兽，它的头有赫克托耳的卡车那么大，它一吼，气流吹着我的头发拍在脸上。

"快跑！"我喊道。我们朝树林快速跑去。

"分头走。"埃拉说。我点点头，转身向左边一棵枝蔓横生的大山毛榉跑去。我把洛林箱放下，本能地举起双手，然后又分开。令我吃惊的是，树干张开一个口，里边的空间看起来正好够藏两个人和一只箱子。

侧过头，看到那只怪物正穿过茂密的树林追赶着埃拉，我就把箱子扔进树洞，用心灵传动拔起两棵树，像发射火箭一样朝怪物的后背射去。树正好击中怪物乌黑的后背，发出巨大的撞击声，怪物跪倒在地。我跑过去抓起埃拉颤抖的手，把她往另一个方向拽，拽到我箱子所在的那棵山毛榉前面。

"那棵树，埃拉，快进去！"我冲她喊道。她坐在箱子上边，尽量让自己身体变小。

"那是一只派肯兽，玛丽娜，快进来！"我没等她说下去，就合上了树干，只给她留下一条空隙，让她能看到外面。

"对不起。"我透过缝隙对她说，但愿那只巨兽没有看见我藏箱子和埃拉的地方。

我转身跑起来，试图引开派肯兽，但是它很快赶上了我，从身后撞我。它的冲击力惊人的大，我沿着一道陡坡滚下去，直到抓住一块巨石才停下来，扭头发现我距岩石丛生的悬崖不足一米之遥。

派肯兽出现在陡坡顶上，拖着双脚往一侧移了移，直到完全站在我正上方。它声嘶力竭地吼着，我只觉得脑中一片空白。我听到远处埃拉在呼喊着我的名字，但是我已快要窒息，更不用说回应她了。

怪物开始沿着陡坡往下来，我举起一只手，拔起身旁一棵纤弱的小树朝它胸口射去，正好刺中，派肯兽失去重心，倒向一侧。它尖叫着向我冲来，我闭上眼，等着承受重重的一击。但是，我并没有被碾在它笨重的身体下，然后撞飞到悬崖底，反而是它，撞到我正抓着的巨石上，一弹，从我身上越过。我一扭头，发现派肯兽跌下悬崖。

我终于缓过劲来，集中精力把自己飘浮上陡坡。我急忙往山毛榉的方向跑，去找埃拉和我的箱子，可是刚听到枪声，就不幸被射中。这次比以往任何一次都痛，我眼前只剩一片红色和白色的光。我难以自控地在地上翻滚，痛苦地抽搐着。

"玛丽娜！"我又听到埃拉在叫我。

我翻过身，平躺在地上看着天。嘴和鼻子在流血，我可以尝到，甚至闻到血腥味，几只小鸟在头顶盘旋。我在等着死神的到来，这时，看到天空覆盖上一层厚重的乌云，云层翻滚叠加，脉动着，好像正在呼吸。我想我是在死前产生了幻觉。突然，一大滴水珠落在我的右脸颊上，眨眨眼，又一滴落在我的眼睛上，接着一道闪电把天空劈成两半。

一个穿着金黑双色相间盔甲的莫加多尔人站在我上方，微笑着。他用枪抵在我的太阳穴上，然后朝地上吐了一口。就在扣动扳机之前，他抬头看了一眼即将到来的暴风雨。我趁机把手放在腹部的伤口上，感觉到皮肤下涌动起那股再熟悉不过的寒意。当乌云堆积，在天际筑成一堵厚重的黑墙时，大雨倾盆而下，冲刷着我。

第31章

从萨姆的表情，我可以断定他已丧失活着逃离此地的信心。那只巨兽就在我们面前，正在站起，慢慢地瞪大它那硕大的白眼睛，我自己也有些气馁。只见巨兽不慌不忙地伸直肌肉发达的颈部，静脉如同古罗马柱子一样在两侧凸起，脸上黝黑干裂的皮肤活像头顶突出的石头，再加上它的长臂，简直就是一只外星球的大猩猩。

等那只巨兽完全舒展开来站起身时，足足高达五十英尺，我的匕首手柄迅速包住我的右手。

"双面夹击！"我大喊道。萨姆跑向左边，我冲至右边。

巨兽首先移向了萨姆，他立即转身绕着圆形壕沟边缘奔跑，巨兽笨拙地追着他。就在那时，我冲向它，短剑左右横出，割下它小腿上的一块块肉。它抬起头，用鼻子撞向天花板，一只前蹄向下朝我挥来，有根掌趾刮到了我的一条腿，我旋转着摔到墙上，左肩着地后脱臼。

"约翰！"萨姆喊道。

巨兽再次朝我挥来，但我可以跳离它的拳头。巨兽虽然强大，但动作太慢了。问题是,我们所在的洞穴不大,没办法跑得很远,快慢都无所谓,所以巨兽仍占优势。

当我踽踽着从一块巨石跑到另一块巨石时,怎么都看不见萨姆了。巨兽追我追得很艰难。一旦意识到自己有足够的时间,我便慢慢地把左臂举过头顶,旋转手掌,让掌心贴到后脑勺。疼痛迅速从颈部延伸到脚跟,趁着还能忍受,我不断地伸手,脱臼的肩膀咔嚓一声就位,顿感松了口气。但是这种感觉太短暂了,因为一抬头,就见巨兽的魔掌正悬在我的头顶。

我举起匕首,刺穿了它的手掌,但这不足以阻挡它收拢掌趾将我抓住。它提起我,掌趾挤压的力量致使我的匕首掉到地上,钻石刀刃叮当有声。当我被完全倒过来的时候,我用目光四处搜寻匕首,以便用心灵传动拿回它。

"萨姆!你在哪儿?"

当巨兽又把我头朝上颠倒回来的时候,我已辨不清方向。巨兽将我举到它鼻子以上几英尺的地方,此时,萨姆从墙上的一道裂缝中出现。他跑过去捡起我的匕首,随即传来那巨兽疼痛的尖叫声。它把我抓得紧紧的,我用上全身的气力去掰它的掌趾。随着它向后绊了一下,我终于抽出了自己的肩膀、胳膊和手。我开启掌中流明,转动手掌,闪亮的流明直刺巨兽的眼睛,它的眼睛立刻瞎了,身子后退撞到墙上,我趁机挣脱,跳开了。

我接过萨姆扔过来的匕首冲向巨兽,在每条掌趾缝上刺了一刀。它咆哮着弯下腰,我趁其俯身的瞬间用流明直射它的眼睛。等它失去了平衡,我又举起它身后的一块巨石狠狠地砸向它背部下端。巨兽向前绊了一跤,伸出长长的前爪想要防止自己摔倒,但是它那巨大的手掌落入了灌有绿色冒泡液体的深沟里，它那肉体被灼烧的声音也随之传来。我看着它已无生息的头颅撞到电场的底部和放着洛林箱的巨石平台。猛烈的撞击摧毁了电场，巨石平台飞到房间的另一头，撞断了，巨兽则躺在那里一动不动了。

"告诉我，这些都是你计划好的。"萨姆说着跟我走向洛林箱。

"我也希望是。"我说。

打开箱子，我发现里面的东西都在，包括装着亨利骨灰的咖啡罐和裹在毛巾里的水晶。"看上去不错。"我自言自语道。

萨姆拿起另一只箱子，指着我们刚才进来的那扇小木门问："如果我们穿过那扇门会发生什么事？"

我们杀了巨兽，拿到了箱子，但是却不能隐身漫步于众多的莫加多尔人中间。我打开箱子，摸着里面不同的水晶和其他东西，但还是不知道大部分东西能派什么用场，而我知道如何用的那几件东西也不可能帮我们冲破一座外星人的山。环顾四周，我有些失望，幸好，检查巨兽正在融化的皮肤和分裂的骨骼后，我有了主意。

我把匕首收回裤兜，慢慢地移向装满绿色冒泡液体的壕沟，深吸一口气，用一根手指小心地蘸了一下。正合我意，这液体有如绿色岩浆，但对于我，它就像火一样只能让我感觉稍有些痒痒而已。

"萨姆。"

"嗯？"

"我一说开门，你开门后就快速躲开。"

"你要做什么？"

脑海里又浮现出亨利训练我时的画面：我躺在茶几上，双手伸在火焰里，亨利拿着洛林水晶在我周身移动。我将手伸进壕沟舀起一些绿色岩浆，闭上眼睛，集中意念。睁开眼，岩浆已在我手上形成一个完美的火球。

"我想就是这个了。"我说。

"鬼点子。"

萨姆跑到木门边，我点头示意准备完毕。

他快速打开木门，随即跳到右侧。一群重甲装备的莫加多尔人向我们冲来，一看到绿色岩浆球飞来，又赶紧转身。就在岩浆球即将击中第一个莫加多尔人时，我用意念将岩浆球摊成一张燃烧的毯子，好几个莫加多尔人被击中，短暂挣扎后化为灰烬。

我不断地将绿色岩浆球抛向更多的莫加多尔人，击毙他们。萨姆收集了一堆掉落的枪支。稍息片刻，我又抓起两个岩浆球，跑出门外。萨姆也跟了出来，两只胳膊下面各夹着一杆黑色的长枪。

沿着漆黑的隧道冲过来的莫加多尔人不计其数，灯光乱闪，警报嘶鸣。萨姆双枪齐发，扫倒一排又一排的莫加多尔人，但他们还是不断涌来。子弹打光，萨姆又抓起两杆枪。

"我这里需要帮忙！"萨姆大喊，随即又撂倒一排莫加多尔人。

"我在想，在想！"

隧道的墙壁上沾满黏液，似乎不会引发一场大火，而且我手里的绿色岩浆又不够多。我左边是银色的气罐和竖井，连着粗大的管子、喷嘴和铝导管。紧挨着最高的竖井，我看见了控制面板，上面连着众多的电线。在隧道深处，我听到了关在铁栅栏里的野兽的尖叫和嘶吼，可见它们不知有多饿。

我将一个岩浆球投向控制面板，面板一下子就爆裂了。沿隧道墙壁的一个个房间的铁栅栏开始升起，我见状接着又向气罐和竖井投掷了一个绿球。

我抓着萨姆全速跑回巨兽的房间。爆炸的一瞬间,我把萨姆快速按到木门和正在升起的铁栅栏之间的石体部分,用我的身体挡住了那袭来的火浪。顿时,我的耳中充斥着爆炸声和火焰的呼呼声。

几十只克劳尔兽蹿出敞开的牢笼,从后面突袭那些毫无防备的莫加多尔人;几只派肯兽咆哮着,迈着沉重的步伐,挥着前蹄踏进隧道;长角的爬行动物变异体朝隧道后面冲来,在派肯兽胯下费劲地爬过莫加多尔人和克劳尔兽;像是滴水嘴怪兽但却长了翅膀的生物在天花板上嗡嗡乱飞,然后突然俯冲下来啄上一口任何可以啄到的东西;皮肤透明的怪物狠狠地将其一排排牙齿咬进一只派肯兽的小腿——这一切尽在一瞬间,持续了短短几秒钟,随后即被火海吞没。

几分钟后,隧道内的大火退去,但火仍沿着隧道口的螺旋式山洞继续在整个山里进行疯狂的破坏。我们面前的长廊里充斥着一堆堆灰烬和焦黑的怪物骨架。我熄灭身上的火,把手在大腿上擦了擦。

萨姆被火燎了,好在没什么大碍。

"你太棒了,老兄!"他说。

"咱们赶紧离开这鬼地方吧,出去以后就可以庆祝一下了。"

我把我的洛林箱夹在腋下,萨姆抓起另一只,我们迅速穿过大火摧毁之处,那里恶臭冲天,令人窒息。隧道口那被烧焦了的梯子看上去还算稳固,我们只能腾出一只手,所以爬得很艰难。我们的脚一踏上被烟熏得漆黑的螺旋形窄道便全速跑起来,一圈又一圈,直到山洞的中央大厅。

我放的这场大火造成的破坏性后果比我想象的要严重得多,我们看见一堆接一堆的灰烬,但同时也看见数以百计的莫加多尔人正从各条走廊和隧道里爬出来,痛苦地号叫着。我们从他们身上跳过,此时的他们已经既拿不起枪,也做不了其他任何事。还有些士兵在我们头顶的窄道

第25章

审讯室还算温暖，但没有灯，漆黑一片。我把头靠在面前的桌子上，叫自己尽量不要睡着。结果真是一整夜没睡，可我实在有些撑不住了，很快，我感觉到幻象出现了，还听到了窃窃私语声。我感觉到自己正在飞越黑暗，就像被从火炮射出一样，浑身烈火地穿过一条黑暗的隧道。先是黑色，接着变成蓝色，最后变成了绿色。随着我在隧道里越飞越远，身后的窃窃私语声也越来越微弱。我的身子猛地停了，一切归于沉寂。狂风乍起，眼前一片明亮，往下一看，发现我正站在白雪皑皑的山顶上。

景色很壮观，山脉绵延数英里。脚下有个很深的绿色山谷，还有一面水晶蓝的湖。湖边有一束一闪一闪的光，我被那湖吸引住了，开始往山下走。我好像戴了双筒望远镜似的，视野一下子放大了，我看到成百上千个全副武装的莫加多尔人正在射杀四个奔跑的人。

我顿时怒上心头，往山下跑去，视野逐渐变得模糊。在距湖几百码的地方，空中响起阵阵雷鸣，乌云翻滚，山谷阵阵闪电，雷声咆哮。周上跑着，不是带着枪，就是带着伤。

我弄不清出口是哪条路了。我领头穿过一系列的隧道，脖子上的吊坠在身前来回摆动。我和萨姆各自捡起一把被丢弃的枪端在胸口，什么挡路打什么。即使不知道在往哪儿跑，我们还是不停地跑，直到来到关着人类的牢房，这时才真正地意识到我们跑错了方向。我拉着萨姆准备向反方向跑，他的脚却像是生了根，迫使我也停了下来。我可以看到他的脸上写满担忧和希望。这些牢房的钢门离地面有一英尺高，但是蓝色电场已经消失。

"牢门打开了，约翰！"他喊道，顺手就把他抱着的洛林箱扔到我脚边。我丢下枪，拿起箱子。萨姆最终说出了我知道他一直在想的那个问题："我爸爸要是在这里怎么办？"

我看着他的眼睛，知道我们得找找。他沿着过道左边一路跑去，冲着每间牢房大声喊着他爸爸的名字。我检查右边的牢房，一个和我年龄相仿、留着黑色长发的男孩冷不丁从门底下探出头来，同时将一只手小心地伸向走廊。

"电场真的消失了吗？"他朝我喊道。

"我觉得是！"我喊道。

萨姆把枪背到肩头，把头伸进关着那个男孩的牢门里，问他："你认识一个叫马尔科姆·古德的人吗？他四十岁，棕色头发，他在这里吗？你看见过他吗？"

"闭嘴，退一边去，小孩！"我听见那个男孩说道，声音里透着一股坚毅，一种让我不安的坚毅，于是我赶紧将萨姆拉到一边。男孩抓住门的底端把门用力拔了出来，像扔飞盘一样扔到走廊。顿时，屋顶开裂，巨石滚落，我用心灵传动护住萨姆和我，以免被砸。却见那男孩拍拍手上的灰尘走了过来，他光着上身，肌肉发达，个子比我高。

萨姆走上前去，出乎我意料地用枪指着那个男孩的头逼问道："告诉我，你认识我爸爸吗？他叫马尔科姆·古德！拜托你告诉我！"

男孩的目光掠过萨姆和他的枪，最终落到我腋下的洛林箱上。这时，我注意到他腿上也有三道疤痕，就像我的一样，所以——他是我们中的一员。

我太震惊了，把另一只洛林箱丢到地上："你是几号？我四号。"

他斜眼瞄了我一下，然后伸出手，自我介绍说："我是九号。干得不错，还活着，四号。"

他伸手去拿我刚丢掉的那只洛林箱。萨姆放低了枪退到走廊，每隔几秒就探头看看牢房里面。九号把手放在锁上，锁立刻震动，随即弹开。待他打开盖子，一缕黄色的光即刻照亮他的脸。

"哦，没错。"他大笑着将一只手伸进箱子，从里面拿出一小块红色的石头，递到我面前。"你也有一块？"

"我不知道，或许吧。"我为对自己的箱子知之甚少而感到尴尬。

九号把那块小石头放在指节中间，握起拳头对准最近的那面墙。一束锥形白光忽现，我们的目光马上穿透墙壁，看见一个空空的囚室。

萨姆朝我们跑来："等等，你能用X射线透视？"

"那呆子是几号？"九号问我，同时又在箱子里找起来。

"那是萨姆，不是洛林人，但他是我们的盟友，他在找他爸爸。"

他把那块红色石块扔给萨姆，并说道："萨米，这个会让你的屁事儿办得快点儿，瞄准了使劲一握就行了。"

"他是人类，老兄。"我说，"他不会用这种东西。"

九号把他的拇指放到萨姆的前额上，萨姆的头发被吹了起来，我甚至闻到了空气中放电的气味。

萨姆向后跟跄了几步:"哇哦!"

九号又把手伸到箱子里,说道:"你有十分钟的时间,开始吧。"

九号能传递能量给人类,这使我感到震惊。萨姆顺着走廊跑去,手腕一弹就可查看牢房。当跑到尽头那扇巨大的金属门跟前时,他用石块指向它,门的另一边现出十几个武装的莫加多尔人,其中一个正将一个打开的小键盘裸露的电线缠到一起。

"萨姆!"我惊叫着拿起枪,"快回来!"

呼的一声,门升了起来,莫加多尔人冲上前来,萨姆飞速跑开,边跑边朝身后射击。

"你还有其他的超能力吗?"我穿过枪声问九号。

他眨了一下眼,沿着裂开的屋顶飞速离去。直到九号落在他们身后时,莫加多尔人才有所察觉,但为时已晚。九号就像一股飓风,凶猛地袭向他们,我竟不知道洛林人还有这等本领,即使是六号,也会对此刮目相看的。我和萨姆停止了射击,就让九号赤手空拳撕碎每个莫加多尔人吧。

战斗结束,九号沿着左侧墙壁跑回,然后绕过天花板来到右侧墙壁上,身后只留下一缕灰尘。

"反重力!"萨姆说道,"这才是最酷的超能力。"

九号滑到他的箱子旁边,一脚关上了它。"我的听力也非常好,能听到四英里外的声音。"

"好,咱们出发吧。"我说着拿起我的洛林箱。九号轻松地把他的箱子扛在肩上,顺手又从地上捞起一把枪。

"其余那些牢房怎么办呢?"他指着走廊问萨姆。在莫加多尔人进来的地方还有一百多间牢房。

"我们必须马上离开。"我说。 但是我不可能说服萨姆。

萨姆已经握着那块红色石头跑进那扇大门。 又有十几个莫加多尔人出现在一个隐蔽的隧道入口处,萨姆贴着墙开枪射击,我看见一些莫加多尔人化成了灰烬,但很快,我的视线被一群流着口水的克劳尔兽挡住了。

我将意念集中到一块巨石上,用意念将巨石抛向克劳尔兽,砸扁了大部分的克劳尔兽。 九号抓住一只克劳尔兽的后腿,把它重重地摔向墙壁,接着又摔了两只,之后,他转身冲着我大笑。 我正打算问他什么事这么可笑,不料他突然向我掷来一块巨石。 我急忙跳开,险些被击中,转瞬间,我的后背蒙上一层黑灰。

"它们到处都是!"他笑着说。

"我们得赶紧去帮萨姆!"就在这时,一只巨大的派肯兽伸手抓住了我们俩。

"萨姆!"我惊喊道,"萨姆!"

我们的声音被萨姆的枪声淹没了,他根本就听不见。 派肯兽将我们朝另一边拉去,就像是慢镜头一样,慢慢地,我看不见我最好的朋友了。我还没来得及喊出第二声,派肯兽就将我们朝对面的隧道扔了过去。 我撞到墙上,落到一只洛林箱上,另一只箱子砸在我身上,我一时喘不过气来。 抬起头,就看见九号在吐血,但他居然还咧着嘴笑。

"你疯了吗?"我问他,"你是不是很享受这种感觉?"

"我被监禁了一年多了,这是我生命中最美好的一天!"

两只派肯兽蹒跚着走进隧道,挡住了我们通向萨姆的直路。 九号擦了擦下巴上的血,打开了他的箱子。 他拿出一根银制短管,管子迅速向两边伸开,直至六英尺长,并开始泛红光。 他将管子举过头顶冲向派肯兽,我站起来想加入战斗,却感到肋骨一阵剧痛。我把手伸进箱子寻找我的疗伤石,找到的时候,发现九号已经杀了两只派肯兽。他沿着屋顶跑回来,将管子在身体一侧快速旋转着。在离我还有二十英尺远的时候,他大喊着让我移开,红色的管子就像一杆标枪飞过我的头顶,直刺入一只派肯兽的腹部。

"别客气。"我还没吱声,九号就说道。

隧道远处尽头又涌来更多的派肯兽,我转过身正要跑,却见一群透明的、长有锋利牙齿的怪鸟向我们飞来。九号从他的箱子里抓起一把绿色石块扔向鸟群,石块悬停在半空,像黑洞一样将所有的鸟吸了进去。

他闭上眼睛,石块呼啸着飞向派肯兽,旋转着把那群怪鸟甩到它们脸上。九号指着我喊道:"用巨石打他们!"

我按照他说的,飞快地将巨石一块块砸向派肯兽和怪鸟。在我们的火力攻击下,它们终于崩溃了。

又有几只派肯兽挤进隧道,咆哮着。我抓住九号的胳膊阻止他继续进攻。

"它们会不断地涌来,"我说,"我们必须找到萨姆,离开这里,六号在等我们。"

他点点头,我们跑出去了,在下一个入口突然左转,每次转弯都发现身后的敌人越来越多。每跑过一条隧道,九号就用心灵传动搬来巨石,弄塌洞顶或墙壁。

我们来到一座较长、弧度不大的拱形石桥上,与我和萨姆之前走过的那座相似,桥下是一个冒着蒸汽的绿色岩浆池。这座窄桥的另一端冲过来一大群莫加多尔人,我们身后的隧道里也有几只派肯兽竞相直冲我们跑过来。

"我们该去哪儿？"走上桥时我大喊道。

"去下面。"九号说。

到达桥拱顶时，我的世界实际上是上下颠倒的，直到我们沿着桥拱底部跑时才正过来。九号事先没有任何预警就松开了原先抓住我的手，但我的鞋子仍然紧紧地贴着桥底。我将手伸过头顶，舀起一堆绿色岩浆。当我们到了房间另一侧的时候，我手中已有了一个漂亮的绿色火球。我把火球朝桥上的莫加多尔人甩去，并在脑中想象着火球在他们头顶散开的情景。当我们矮身钻进另一个洞时，我听到了莫加多尔人的肉体被烧得嗞嗞响的声音。

我们来到一道陡坡时，我已经上气不接下气了。我正在判断坡度有多大时，身后猛地响起一声爆炸，我向前翻倒，以惊人的速度摔落下去。当地势最终平坦后，又是那刚才脱臼的肩膀最先着了地。我趴在那里，无比疼痛，那一击正中我的后背，肌肉不可控制地痉挛着。我几乎不能呼吸，更不用说找我洛林箱里的那块疗伤石了。我现在唯一能做的，就是紧盯着隧道末端那银色的月光忽隐忽现。那是防水布在风中飘动，说明我又回到了起点。

我听见身后的岩石脱落的声音，身上的疼痛难以想象。此刻，除了想要离开这座山外，我别无他求。"直走，那里就是出口，我们可以在那里会合。"我挣扎着说道。

如果我们能出去，那我就可以把自己治好并把洛林箱藏在森林里。气罐已经被毁坏，或许伯尼·科萨可以跟我们回到洞里。守在入口处的四个莫加多尔人不见了，九号穿过防水布跳到外面，冲入森林，我紧跟其后行动。动物尸体上发出的恶臭袭向我们，我们赶紧捂住了嘴。跑进一片树林中,我靠着一棵树瘫坐下来。 我想我需要休息五分钟,五分钟后就去找萨姆,枪和我的双手还在燃烧。

九号在翻他的箱子,我闭上眼睛,眼泪流了下来。 有什么粗糙的东西突然碰了碰我的左手,我一惊,睁眼一看,是伯尼·科萨,它变成一只猎兔犬,正在舔我的手指。

"我不值得你那么做。"我告诉他,"我是胆小鬼,我该死。"

它注意到我的伤口和眼泪后,又去嗅了嗅九号的脸,接着变成一匹马。

"哇哦!"九号惊得向后一跳,"这到底是什么东西?"

"喀迈拉。"我低语道,"它是我们的同伴,属于洛林星球。"

九号快速地摸了一下伯尼·科萨的面部,然后把一块疗伤石按到我的后背上。 当疗伤石的能量在我体内发挥作用时,我注意到一场猛烈的暴风雨正在酝酿。

电闪雷鸣。 我非常高兴,以为是六号回到了我们中间,不自觉地站起身来,甚至忘记了背上的疼痛。 但是,乌云以我从未见过的形式奇异地变幻着,天空突然给人一种邪恶感。 这不是六号,她没有回来帮我们。

我盯着那在我最糟糕的幻象中才看到过的漏斗云。

一艘完美的球形飞船,白如珍珠,快速穿过龙卷风的风眼,正好降落在山洞的入口处,震得地动山摇。 见此情景,伯尼·科萨竖起前蹄。 正如我在幻象中也见过的一样,飞船旁边不知从哪里出现了一扇门,简直就是溶开的。

是我幻象中的莫加多尔人的头领,他来了。

九号深吸一口气,说道:"希特雷库斯·雷,他来了,就是他。"

我吓得说不出话来，一动不动，半晌，才终于低声问道："他叫这个名字？"

"曾经是。他们每天都想办法折磨我和我的赛邦，我要用这个杀了他。"红色的管子在九号手中闪烁，两端扩展成旋转的刀片。"我要去杀了他，你要帮我。"

希特雷库斯·雷走向洞口，但并没走进去，他身形巨大，身影看上去凄凉如幽灵。透过狂风暴雨，他转过身，朝我们所在的方向看了一眼。尽管离得很远，他粗壮的脖子上泛着微光的三个吊坠依然清晰可见。

我和九号从树林中跑出来，伯尼·科萨紧跟在后。但为时已晚，希特雷库斯·雷已经消失在洞中，洞口随即被冒着泡的蓝色电场覆盖，与封住洞中囚室门的电场一样。

"不！"九号大叫着滑过去，将管子戳进地里。

我手里拿着匕首继续前进。九号尖叫着要我停下来，但我脑子里只有一个念头，那就是杀了希特雷库斯·雷，救回萨姆和他爸爸，结束这场战争，就在此地此时。然而，当我撞到蓝色电场的时候，雄心壮志瞬间萎缩。

第32章

雷声隆隆，乌云伴随着一条条明晃晃的闪电扩展开来。大雨滂沱，那个全副武装的莫加多尔人低头看着我，他用枪抵着我的吊坠，嘴里说着我听不懂的话。我腹部的伤口已经差不多痊愈了，透过雷声，我听见埃拉在呼喊我的名字。

如果我要死的话，也得先把埃拉放出来才行，我们中间必须有一个活下来去告诉其他人这一切。我小心翼翼地抬起手臂，想象着树干正在分开。就在此时，远处劈来一道闪电，顷刻间，我身上的莫加多尔人化为灰烬，被风刮走了。

我爬起来，看到山毛榉的树干已经被我打开一半了。我一边朝树跑过去，一边继续开启树干。"埃拉，你还好吗？"

埃拉从树干中跌落出来，倒在我怀里。"我看不见你，"她说着抱紧了我，"还以为我失去你了。"

"还没有。"我说着抓起洛林箱，"快！"

我们转身就跑，看到克雷顿和赫克托耳向我们走过来。赫克托耳受伤了，他将手臂搭在克雷顿的肩膀上寻求支撑。暴风骤雨仍在肆虐，在他们身后，第一波莫加多尔人和克劳尔兽正冲上岸，追了过来。见此情景，我从一棵枯树上折下一大根树枝，朝最近的一群克劳尔兽用力掷去。树枝打倒了几只克劳尔兽，但是更多的克劳尔兽旋即又追上来。一个莫加多尔士兵扔过来一颗手榴弹，我用意念把它拦截在半空中，然后将其折回直射进他的腹部。手榴弹爆炸，把几个莫加多尔人和克劳尔兽掀翻在地，化为湿漉漉的几堆灰烬。我不停地扔着一根又一根的大树枝和一块又一块的石头，一些莫加多尔人和克劳尔兽被撞翻在地，更多的则被撞死了。

"帮我一下！"克雷顿喊道。

我跑过去把赫克托耳从他身边扶开。赫克托耳腹部被咬伤，手臂上有个弹孔，伤口流血不止。

"大家加油！"克雷顿边喊边从口袋里掏出子弹迅速装入空弹匣。"我们得到大坝上去！"

我张嘴刚要回应，只听得咔嚓一声，闪电像上帝的经脉在天空延伸开来，在空中留下独特的金属气息，震耳欲聋的雷声响彻山谷。风停了，雨住了，乌云一圈又一圈地旋转成一个大漩涡，直到形成一只黑暗的炽热的眼，从高高的山顶俯视着我们。莫加多尔人和我们一样被迷惑住了。风又开始肆虐，伴随着乌云、雷和闪电，起先缓慢，但很快加速，奔我们而来。一个完美的风暴，旋转滚动的中心非常震撼，前所未见。我们所有人都只能望着厚厚的乌云咆哮着向我们滚来。

"怎么回事？"我顶着风声尖叫道。

"不知道！"克雷顿回答，"我们要寻找掩护。"

但是他没有动，谁都没有动。赫克托耳望着这一切，似乎也忘了伤口的痛楚。

"走！"克雷顿最后喊道，然后迅速转身，向莫加多尔人开火，以掩护着我们翻过一座小山丘下至山谷。我看到大坝在我右侧，连接着两座较低的山头。距离实在太远，我无法切实地相信我们能够到达。赫克托耳脸色苍白，身体垮得很快，我开始寻找能为他疗伤的地方。克雷顿的枪声停了，我担心最坏的结果已然出现，幸好他只是子弹用完了而已。他把枪往身后一丢，追上我们。

"我们跑不到大坝！"他喊道，"跑到湖里去吧！"

我们四人改变方向时雨又开始下了。子弹不是射入我们刚刚跑过的草地，就是击中巨石弹起。乌云在我们头顶移动着、咆哮着，但转瞬间，我们仿佛到了一座桥下：雨停了。我回头发现，就在几步之外，雨仍在狂下，风也更猛烈了。顷刻间，我们身后的那些莫加多尔人就被困在我所见过的最大的暴风雨里，彻底地消失在一片模糊中。

我们滑过岸边的沙地，埃拉和克雷顿一头扎进湖水中。

"我不行，玛丽娜。"赫克托耳说，他的脚还没踩到湖水呢。

我扔下箱子，抓住他的胳膊说："我会帮你，赫克托耳，你可以的。"

"那没有用，我不会游泳。"

"我是海之玛丽娜，赫克托耳，记得吗？"我让冰寒从我的指尖蔓延至他手臂上的弹孔，看着伤口从黑色变成灰色、红色，再变成皱褶皮肤上一个棕色的斑点。我迅速地把意念集中在他衣服下腹部的咬伤上，赫克托耳突然就充满精神地站直了。我直视着他的眼睛说："作为海之皇后，我会和你一起游的。"

"但是你还有那个。"赫克托耳指着箱子说。

"那你得拿着它。"我把洛林箱放进他怀里说。

我们慢跑着进入湖里,直到脚不再接触湖床,然后我用右臂环住赫克托耳的胸部,用左臂划水。赫克托耳把箱子抱在腹前,仰面漂着,头刚好露出水面。埃拉和克雷顿已经踩着水来到湖中央了,我拖着赫克托耳朝他们游去。

头顶的乌云消散,在天空中缩成万缕灰蓝。前进中的莫加多尔人已不再是暴雨中的模糊影像,他们从能看清的那一刻起,就朝湖这边追了过来,几十只克劳尔兽尖叫着冲在他们前面。

当最后一片乌云消失,一个小黑点落了下来,看上去越来越像是一个人。

黑点落在湖岸上,沙滩泛起涟漪。这是一个美得令人震惊的女孩,有着乌黑发亮的头发,脖子上戴着一个很大的蓝色吊坠。从我看到她的那一刻起,我就知道她正是我一直在梦里见到的那个女孩,那个被我画在岩壁上的女孩。

"她是我们的人!"我喊道。

女孩环顾四周,与我的目光相遇片刻之后,就消失了。我震惊极了,有些沮丧,以为刚才只是幻觉。

"她去哪儿了?"埃拉问。

意识到埃拉也看到了她,我知道那不是幻觉了。我看到两只离得最近的克劳尔兽在空中不知怎的被往后猛拉。它们悬在半空,对着身后的什么东西尖叫、咆哮,接着相互猛撞,直到毫无生气地落下来。一只克劳尔兽击中两个莫加多尔士兵的腿部,另一只被抛到空中,朝其余克劳尔兽和莫加多尔人飞去。

"隐形,她拥有隐形的超能力。"克雷顿低声说。

她能隐形？我又惊讶又嫉妒，但更多的是感激。每一只触到湖水的克劳尔兽都被一只看不见的手往后猛拽，并被重重地摔到硬沙石上或者砸向莫加多尔人。

一把丢弃的枪从草地上升起，朝四下里开火，一只又一只的克劳尔兽被摧毁，几十个莫加多尔人化为灰烬。

一阵阵冲击波从湖的另一面袭来，我转身看到二十个以上的莫加多尔人站在齐腰深的水中。许多光束击打着我们周围的湖水，致使雾气升腾，害得我几乎看不清眼前的赫克托耳。

"埃拉？"我喊道。

"在这里！"她在我左边喊。

"接过赫克托耳。"

埃拉搂起赫克托耳的胸部："你要干什么？"

"因为我不想待在这里让那个女孩孤军奋战，这也是我的战斗。"

趁别人还没来得及阻止，我沉入水中，湖水立刻让我的肺部感觉很舒服。我游向更深处，直到湖水由蓝绿色变成灰色。我看到奥莉维亚庞大的身体在我下方，它毫无生气地躺在湖床上，大团大团的血液从它背上的数百个咬伤处流出。

我向对岸游去，一分钟后就看到了那些莫加多尔人的腿。我游到最左边一个莫加多尔人身旁，把脚扎入满是淤泥的湖床，然后将自己射出水面。那厮来不及做出反应，就被我用意念扔向了湖心。我将那厮的枪移到我手中，一直扣着扳机朝他们射击，湖边的莫加多尔人纷纷化为灰烬。把他们全部杀死之后，我把枪对准了车附近的几百名莫加多尔人。

我听到身后的水里有动静，但是为时已晚。一只克劳尔兽跳起来，牙齿嵌入我的肋骨，就像有人拿着烙铁烙我的肋骨一样。这怪物把我头朝下拖入水中，一直拖到岸上沙地。我喘了口气，尖叫起来，怪物咬住我，又把我拖回水里。我确信我就要这样死去了，但突然，克劳尔兽的嘴张开了，放下了我。我趴在岸上，看见克劳尔兽的嘴仍然张着，不久便听到它身上的骨头折断的声音。乌发女孩在我面前现身，双手扯着怪物颤抖的嘴唇。她回头看了我一眼，然后用力把它的颌竖直扯平，杀死了它。

"你还好吗？"女孩问我。

我掀起衬衫，把手放到伤口上："我马上就好。"

她矮身躲过一击："很好。你是几号？"

"七号。"

"我是六号。"她说完消失了。

冰寒从我的指尖蔓延至全身，但我知道在逼近的莫加多尔人到达之前，我无法使自己痊愈。于是我翻入湖中潜在水下，再次浮出水面时，我的伤已经差不多痊愈了。

六号手握一把闪闪发光的剑，站在武装悍马车上。她在同时和几个士兵搏斗：砍下他们的肢体，用刀刃阻塞枪弹，用心灵传动在头顶架起一杆枪，横扫编队边缘的数十名莫加多尔人。然后她将剑甩向一群莫加多尔人，同时刺穿三个士兵，随后又抓起车辆顶部的重型机枪，几秒之内就像割草般地消灭了几十个莫加多尔人。

现在只剩下二三十个莫加多尔人了，或许还有四只克劳尔兽。六号一只手举过头顶，另一只手持枪射击，摧毁了湖边的悍马。山的上空乌云聚集，闪电噼啪作响，将她身边的大地撕裂。莫加多尔人第一次显露出惧意，我看到有几个扔下武器逃进了树林。

"到岸上来！"我喊道，很担心闪电击中同伴。埃拉把赫克托耳拖到湖边，克雷顿跟在后面。

我来到六号附近的湖岸边，拾起两把枪。我努力站稳，扣动扳机，将更多的莫加多尔人化为灰烬，并杀死了两只克劳尔兽。一个藏身于一辆悍马残骸后面的伤兵朝六号背后扔了一颗手榴弹，但我将其在空中击中。爆炸声让六号和枪转过来，不一会儿，那受伤的士兵就只剩灰烬。

我无法将视线从六号身上移开，她的力量令人着迷，那个蓝色的吊坠在她身上弹跃不已。她转向左边，将一只克劳尔兽打成碎片，转向右边，用一道闪电又除掉几个莫加多尔人。

山谷明亮但却硝烟弥漫，空气潮湿又有股焦味。我环顾四周，无法相信只要再有几秒钟，我们就将获得最终的胜利。克雷顿跑过来，我扔给他一把枪，他立即就把退进树林的士兵杀了。赫克托耳拿着我的箱子跑起来，他和埃拉很快就站在了我身后。我朝六号点点头，冲着我的朋友们微笑着，想着最坏的时刻已经过去了。然而就在此时，埃拉抬眼看着我的头顶，脸色煞白。

"派肯兽！"埃拉喊道。

四只长角的怪物全速冲下山坡，它们的正下方，六号正全神贯注于那几个残存的莫加多尔人和克劳尔兽。我尽可能多地连根拔起银杉树，把它们像火箭一般发射出去，有四棵砸中了领头的那只，那厮向后倒去，挡住其余三只的路，被急速奔跑的怪兽们踩死了。

"六号！"我大喊。她听到了，我指向那些轰隆隆冲下山谷的派肯兽。她快速转过枪，打掉了左边那个怪兽的膝盖。它翻滚摔下来的速度比其余两只怪兽的奔跑速度还要快。在它的尸体伴随着巨响压平悍马之前，六号跳下了车。

我和克雷顿朝另外两只派肯兽射击，但它们跑得太快了。六号站起身，乌云咆哮起来，一道巨大的闪电击中一只派肯兽，切下它的一条前蹄。它吼叫着跪倒在地，但很快又重获平衡，向前猛冲，血从身体侧面喷射而出。另一只派肯兽躲避着克雷顿的炮火，从另一个方向冲过来。我们都向六号跑过去，但是，赫克托耳手里捧着洛林箱，跑得太慢了。两只派肯兽围上来，我来不及帮忙，那独臂怪兽就已经伸手把赫克托耳和箱子抓住，握在手中。

"不！"我尖叫起来，"赫克托耳！"

我惊呆了，以至于当派肯兽把毫无生息的赫克托耳和洛林箱扔进湖中的时候，我没有用心灵传动阻止他们下沉。

六号已经杀掉了另一只派肯兽，此刻她转向我们，双手举向天空，制造了一道闪电将怪兽的头颅和躯体分离。

天地终于安静了。我靠向六号，看着埃拉，看着克雷顿，看着火焰，看着他们身后的废墟，我知道我的生命中将很少再有这样安宁的时刻。

"你的箱子，玛丽娜，"克雷顿说，"你得去把它找回来。"

我转向六号，拥抱了她："谢谢你，谢谢你，第六号。"

"我确信我们将来还会有机会一起战斗的。"她双臂抱着我的肩膀说，"叫我六号就好了。"

"我叫玛丽娜。这是克雷顿和埃拉，她是第十号。"

埃拉走上前，将身体缩小至七岁的身材，向张着嘴却说不出话来的六号伸出手。

克雷顿开始向六号解释埃拉和二号船的事。我走进湖中，第一次感觉到它的凉意。我游向中间，潜入水中，一直向下，直到水中不再有任何光亮，一直到我的脚触到湖床。我在湖底搜寻，直到看见我的洛林箱。

我将箱子前后摇晃，晃掉淤泥，然后单手划水往上升，当湖水变蓝，我看到了赫克托耳的尸体，便伸出另一只手抱住了他的腰。

埃拉和克雷顿跟六号站在湖边。我放下箱子，用湿漉漉的手掌拍打赫克托耳的胫骨、手臂、脖子以及他被击碎的背部，祈祷冰寒传到我的指尖来救活他。

"他死了。"克雷顿说着，拉住我的肩膀。

但我不肯放弃，我为自己放弃了阿德莉娜而懊悔。我触摸赫克托耳的脸，用手梳理他灰色的头发，甚至使他飘离了地面几厘米，接着从头又试了一遍，无奈，他确实走了。

第33章

我时而在草上飞驰,时而漂浮在河水里。我感到沮丧、痛苦。每次当我大胆地睁开双眼,发现自己不是正越过一根圆木,就是滑行在多石的山丘上。几分钟之后,我才意识到那不停歇的嘈杂声是伯尼·科萨的马蹄声。我正伏在它背上,在山中快速奔跑着。

"你醒了?"九号问道。我抬起头,看到他坐在我身后,腋下夹着我俩的洛林箱。

"我不知道我变成啥样啦!"我说着闭上双眼,"发生什么……什么事了?"

"你撞到了那蓝色的东西,那是在地球或者洛林或者任何地方都最不应该做的事情。"他听上去有些愤怒,就好像我刚把他从自己的生日派对上强行带走似的。

"那希特雷库斯·雷怎么样了?"我问道。

"在山里某个地方吧,胆小鬼。可是我还没找到其他进入的通道,我找过了。"

我惊恐地撑起自己:"萨姆在哪里?"

"没机会了,四号。你的兄弟要么早已走了,要么正被倒挂着,盯着刀尖看。"

我开始呕吐,伯尼·科萨迅速降低身形让我从它背上滑下,尽情地呕吐。九号安慰我说恶心很快就会好的,他当时想要逃离监狱时也经历了几次,疗伤石对电场是无能为力的。但是我眩晕得厉害,出现了萨姆被折磨至乖乖听话的幻觉。我的恶心来自于我的背叛,并非来自莫加多尔人的电场。我想我永远不会原谅自己。他去了那儿是我的错误,也是因为我的错误,他才被落下了。我背弃了最好的朋友。

"我们必须回去,"我说,"萨姆会回来找我的。"

"现在还不是时候,你现在一团糟。就像你之前说的一样,我们需要其他人。"

我勉强站起来,但马上又趴到地上:"你甚至不知道我们现在在哪里。"

"我们在离你的车子几英里远的地方。"九号说。他一定是看到了我脸上的困惑,因为他笑着拍拍伯尼·科萨的后背,说:"没想到我可以与动物对话吧,谁会想到呢?伯尼·科萨是来引路的,我们出发吧。"

我没力气再争执下去了。伯尼·科萨尽力飞奔起来,它掠过灌木丛和被放倒在地的树木,带着我们越过重重障碍。我忍受着身体的疼痛,紧紧抓住它的身体。我们弯弯绕绕地上山下山,越过两条湍急的河流。天空中慢慢出现星星,我认得其中远远的一颗,它正闪着微弱的光,那是洛林的太阳,照耀着一颗正在休眠的行星。

"那么,我们下一步怎么办?"我们在阴影处小跑时,九号问道。

我没有回答,想着亨利对于我们下一步的行动可能会做出怎样的安排。我想象着他脸上会有什么样的表情。他对于我找回洛林箱、营救了一名加尔德并在此过程中杀死如此之多的莫加多尔人会感到自豪吗？还是会因为我没有抓住机会与莫加多尔人的头领较量一番，并抛弃了萨姆而感到失望？

每隔几秒钟，我的脑海里便出现萨姆被锁在铁门背后的幻象，我的泪水止不住地滑落在伯尼·科萨的脖子上。我不愿去想这件事，但我宁愿他死掉，也不要他被拷问关于我的信息。

我想责备萨拉向警方告发我们，但我只能责备自己在众人反对的情况下去联系她。我强自镇定，脚跟用力磕了一下伯尼·科萨，它加快了脚步。

六号在西班牙的某处，希望她是和另一名加尔德在一起。我真想登上一架飞机直接飞到她身边，但是我刚刚逃离联邦监狱，我的面孔仍挂在联邦调查局的重要通缉犯名单上。

终于到达我们的 SUV 旁，我痛苦地下了马（伯尼·科萨变的），开了后备箱，九号静静地将两只洛林箱放进去。我爬到后座上，内心越发讨厌自己。

我问九号是否愿意开车，他答道："我就知道你会问。"我将车钥匙递给他，感觉到车子随即发动了。

有什么东西压在我身体下面，侧过身，发现是萨姆爸爸的眼镜。我把眼镜举在头上，让月光反射到镜片上，然后深深吸了一口气，声音低沉地说道："我们很快会再次见面的，萨姆，我保证。"就在这时，我想到一件事，感觉比蓝色电场给我的打击更大。"噢，见鬼！与六号碰面的地址放在萨姆的口袋里了。我真是愚蠢至极！这下我们该怎么找到她啊？"

九号回过头，说道："不用担心，四号，有些事是注定的。如果我们注定应该与六号或五号甚至与其他任何人碰面，就总能见到的。如果萨姆注定继续参与我们的行动，那他就一定能活下来。"

伯尼·科萨以猎兔犬的身形跳到后座，舔着我的脸颊。我轻轻拍着着它的头，长长地叹了口气。我不敢相信在过去的四十八小时里，当所有事情都不如意时，我居然还将六号写给我的地址弄丢了。窗外刮的是南风，风是否可以告诉我些什么，或者至少给我指出一个正确的方向，就像六号相信风曾给她带来信息一样？

"向北行进吧。"我说，"我觉得北方不错。"

"得令，老板。"九号说着加大了油门。我低头看着伯尼·科萨，它蜷在那里，已经睡着了。

我们把赫克托耳埋在坝底，在那里，白色混凝土与青草相接。

"他曾经跟我说过改变的关键在于释放恐惧，"我看着埃拉、克雷顿和六号说，"我不知道我现在是否已经释放了恐惧，但是改变已经开始，确确实实在发生，我只希望你们能陪我一起度过。"

"我们是一个团队，"埃拉说，"我们当然会帮你的。"

在和赫克托耳道别之后，我们爬上大坝，站在大坝顶上俯瞰谷底和湖面。大坝的另一面是由水闸围成的一个更大的湖——看到这个景象，我不禁想到这正是我当前处境的一个隐喻。横在我面前的谷和湖正是我的过去，过去的我是如此的渺小，随时可能曝尸荒野；在我和我的加尔德同伴后面的则是我的未来，恢宏，但却被非自然的巨力所阻隔。

我转头问六号："你认识俄亥俄州一个叫约翰·史密斯的吗？他是我们的一分子吗？"

她给了我一个灿烂的笑容："我确实认识他,他是四号。"

我伸出双手,牵着左边的埃拉和右边的六号,静静伫立,任凭山风轻拂我们的脸和头发。埃拉扭过头看着六号,问道:"我们能去美国吗?"

"符咒解除了,我看我们现在聚在一起也没什么大不了的了。"六号耸耸肩,又转身看向下面的湖。

克雷顿加入我们,说道:"女士们,我讨厌这么说,但是这只是暴风雨前的寂静。我们已经赢了太多场交锋了,已经让他们不能轻松面对了。你们的实力对于他们来说正变得过于强大,他们将竭尽全力对付你们,不会再只派几百个士兵和几只笨拙的怪兽了。他们的头领希特雷库斯·雷很快就会到达这里。"

"谁?"我问。

"希特雷库斯·雷,"克雷顿说着摇摇头,"我觉得我们现在还对付不了他。"

"那就这么定了,"我说,"我们去俄亥俄州,去找约翰·史密斯。"

"确切点说,是西弗吉尼亚,整整两周后。"六号说。

"我不确定这是不是一个明智的选择,不过我们确实应当先聚齐所有伙伴。"克雷顿起身走开。

六号跟上他:"这个主意不错,只是我不知道他们现在在哪儿。"

克雷顿头也不回地说道:"我知道,我还知道我们的喀迈拉在哪儿。如果希特雷库斯·雷认为解决我们是件很容易的事儿的话,他可就错了。"

我们跟着他,沿着大坝的另一侧迈步踏上无数级台阶中的第一级。